U0531207

# 唐宋诗词的语言艺术

蒋绍愚 ⊙ 著

商务印书馆
The Commercial Press

图书在版编目(CIP)数据

唐宋诗词的语言艺术/蒋绍愚著.—北京:商务印书馆,
2022(2025.4重印)
ISBN 978-7-100-21390-5

Ⅰ.①唐… Ⅱ.①蒋… Ⅲ.①唐诗—诗歌研究 ②宋诗—诗歌研究 ③唐宋词—诗歌研究 Ⅳ.①I207.2

中国版本图书馆CIP数据核字(2022)第117999号

**权利保留,侵权必究。**

TÁNG SÒNG SHĪCÍ DE YǓYÁN YÌSHÙ
**唐宋诗词的语言艺术**
蒋绍愚 著

商 务 印 书 馆 出 版
(北京王府井大街36号 邮政编码100710)
商 务 印 书 馆 发 行
三河市春园印刷有限公司印刷
ISBN 978-7-100-21390-5

2022年8月第1版　　开本850×1168　1/32
2025年4月第6次印刷　　印张 9⅜
定价:88.00元

# 目　录

前　言　语言的艺术，艺术的语言 …………………… 1
第一章　歧解和误解 ………………………………… 4
　一　歧解 …………………………………………… 5
　二　误解 …………………………………………… 7
第二章　意象和意境 ………………………………… 25
　一　意象 …………………………………………… 26
　　（一）单纯的意象 ……………………………… 26
　　（二）复合的意象 ……………………………… 31
　二　意境 …………………………………………… 39
　　（一）情景交融 ………………………………… 39
　　（二）情景交融和意境 ………………………… 44
　　（三）意境的构成 ……………………………… 46
第三章　炼字和炼句 ………………………………… 51
　一　炼字 …………………………………………… 52
　　（一）诗话中所说的炼字 ……………………… 52
　　（二）唐宋诗词中的炼字 ……………………… 54
　　（三）炼字常用哪一类字 ……………………… 58
　二　炼句 …………………………………………… 63
　　（一）把主谓结构转换成名词语 ……………… 64

1

  （二）紧缩句 ……………………………………… 66

  （三）两句不可一意 ……………………………… 70

  （四）用叠字 ……………………………………… 72

## 第四章　句式和语序 ……………………………………… 77

 一　句式 ………………………………………………… 78

  （一）连贯句 ……………………………………… 78

  （二）问答句 ……………………………………… 82

  （三）特殊兼语式 ………………………………… 84

  （四）特殊述宾式 ………………………………… 87

 二　语序 ………………………………………………… 90

  （一）主谓倒置 …………………………………… 90

  （二）述宾倒置 …………………………………… 93

  （三）主述宾倒置 ………………………………… 94

  （四）状语后置 …………………………………… 97

  （五）倒装句 ……………………………………… 98

  （六）插入和补足 ………………………………… 101

  （七）复杂的句子 ………………………………… 103

 三　诗家语 ……………………………………………… 109

## 第五章　话题句和名词语 …………………………………… 114

 一　话题句 ……………………………………………… 114

  （一）什么是话题句 ……………………………… 114

  （二）唐宋诗词中话题句的类型 ………………… 117

  （三）话题与非话题 ……………………………… 123

  （四）特殊话题句 ………………………………… 124

  （五）句首是颜色词的诗句 ……………………… 130

（六）话题句小结 ················································· 133
　二　名词语 ··························································· 134
　　（一）什么是名词语 ············································· 134
　　（二）名词语的类别及其表达的意义 ························ 135
　三　关系语 ··························································· 142

第六章　今昔和人我 ················································· 146
　一　词中的今昔和人我 ············································· 146
　二　诗中的今昔和人我 ············································· 153
　三　怎样判断今昔和人我 ·········································· 163
　　（一）唐宋词里的有关词语 ···································· 164
　　（二）唐宋诗里的有关词语 ···································· 169

第七章　比喻和对比 ················································· 170
　一　比喻 ······························································ 170
　　（一）唐诗中比喻的广泛运用 ································· 170
　　（二）诗词中比喻的特点 ······································· 174
　　（三）双向的比喻 ················································ 174
　　（四）糅合的比喻 ················································ 177
　　（五）精妙的比喻 ················································ 180
　　（六）代字 ························································· 185
　　（七）通感 ························································· 188
　二　对比 ······························································ 190
　　（一）两句或几句对比 ·········································· 190
　　（二）通篇对比 ··················································· 191
　　（三）篇末对比 ··················································· 194
　　（四）不明显的对比 ············································· 196

3

## 第八章 奇巧和真切 ·············· 200
### 一 奇想 ·················· 200
#### （一）奇幻 ············· 201
#### （二）夸张 ············· 203
### 二 巧思 ·················· 206
#### （一）变换角度 ········· 206
#### （二）赋物以情 ········· 209
#### （三）别出新意 ········· 213
#### （四）细致入微 ········· 218
### 三 真切 ·················· 222
#### （一）情景 ············· 223
#### （二）心理 ············· 225
#### （三）言语 ············· 227

## 第九章 细密和疏朗 ············ 229
### 一 细密和疏朗的比较 ········ 229
### 二 细密和疏朗的表达方法 ···· 235
#### （一）转折 ············· 235
#### （二）递进 ············· 239
#### （三）衬托 ············· 240
#### （四）重复 ············· 242
#### （五）跳动 ············· 245
#### （六）含蓄 ············· 248

## 第十章 继承和发展 ············ 259
### 一 用其句 ················ 259
### 二 改其句 ················ 262

三　用其意 ······ 267
四　用其句律而不用其句意 ······ 271
五　同一情景的表达 ······ 274
六　用典 ······ 277
七　翻案 ······ 284

参考文献 ······ 290

# 前言  语言的艺术，艺术的语言

唐宋诗词是我国传统文化中的瑰宝，尽管时隔一千多年，唐宋诗词仍以其强大的艺术魅力吸引着我们，给我们精神的熏陶和艺术的享受。

诗词是语言的艺术，要阅读和鉴赏唐宋诗词，首先要懂得其语言。如果由于语言方面的阻碍，读不懂唐宋诗词，当然就谈不上理解和鉴赏。唐宋诗词的语言不是一般的语言，而是艺术的语言。为了增强诗词的艺术表达力和感染力，唐宋诗词有自己独特的语词，独特的句法和语序，独特的表达方式。所以，即使能读懂唐宋时期一般的古文，也未必能读懂唐宋诗词。这就需要我们对唐宋诗词的语言艺术进行研究，本书就是为此而写的。

本书共十章。

第一章"歧解和误解"，诗词的语言凝练、灵活，所以会产生歧解。如果不懂唐宋诗词的语言，就会产生误解。

第二章"意象和意境"，对唐宋诗词中的意象、意境进行分析，并从语言的角度说明意象如何产生，意境如何构成。

第三章"炼字和炼句"，说明唐宋诗词的作者是怎样使词语和句子充满艺术魅力的。

第四章"句式和语序"，对唐宋诗词中一些特殊句式和语序做了讨论，如果不了解这些特殊句式和语序，就会读不懂唐宋诗词或产生误解。

第五章"话题句和名词语",这两者都是在唐宋诗词中很常见的。本章分析了这两者与阅读理解的关系,并说明唐宋诗词中一些比较特殊的句式是一种特殊话题句。

第六章"今昔和人我",这是指时间和人物关系。有些唐宋诗词的时间和人物关系比较复杂,这一章告诉读者在阅读时如何厘清这些关系。

第七章"比喻和对比",这一章分析了唐宋诗词中比喻和对比的多种情况,说明什么样的比喻才能有新意。

第八章"奇巧和真切",这一章分析了唐宋诗词中奇、巧、真三种不同的表现手法,讨论了一些相关的问题,如奇幻、夸张、变换角度、赋物以情、别出新意、细致入微等。

第九章"细密和疏朗",这一章对唐宋诗词中一些细密和疏朗的作品做了比较,讨论了与此相关的语言表达手段,如转折、递进、衬托、重复、跳动、含蓄等。

第十章"继承和发展",唐宋诗词既有继承又有发展。这一章通过具体例子的比较和分析,说明唐宋诗词如何继承,如何发展。

这本书是写给唐宋诗词的爱好者看的,是为了帮助他们提高阅读和鉴赏唐宋诗词的能力。既然是对唐宋诗词的语言进行研究,当然会使用一些必要的语言学术语,会对句子做一些简要的句法分析,但最终还是为了说明这些句子的意义应如何理解。对句子的分析力求简明易懂,相信不会成为读者的阅读障碍,也不会使读者感到枯燥乏味。本书的各章都有大量的例句,我们的分析讨论就是以此为基础的。为了使更多的读者能看懂,我们力求选用一些大家比较熟悉的例句,一些比较难懂的例句也做了适当的讲解。中等文化程度的读者是能看懂这本书的。

这本书也想拿来向有关专家请教。汉语语言学的研究，特别是历史语言学的研究，近年来进展很快，但对中国古典诗词语言的研究还是有些欠缺。从语言角度研究中国古典诗词的，据我所见到的，专著有王力《汉语诗律学》，高友工、梅祖麟《唐诗的魅力》，松浦友久《唐诗语汇意象论》，周振甫《诗词例话》，王云路《汉魏六朝诗歌语言论稿》《六朝诗歌语词研究》《中古诗歌语言研究》，以及我的《唐诗语言研究》等，还有一些单篇论文，总的来说不算太多，这方面的研究还是有待加强的。我的这本小书也是为推进这方面研究所做的一点儿努力，希望得到研究汉语语言学的同行专家的批评指正。我对中国古典文学没有研究，如果书中在这方面存在问题，也希望研究古典文学的专家予以指正。

我对唐诗语言的研究一直有兴趣，1990年出版的《唐诗语言研究》就是我的一种尝试。在那以后，我的精力集中到汉语历史词汇学研究、近代汉语研究和古汉语字典的编撰上了，直到《汉语历史词汇学》在2015年出版，《近代汉语研究概要（修订本）》在2017年出版，《论语研读》在2017年完稿以后，才开始回过头来做唐诗语言的研究，并把范围扩大到宋诗和唐宋词。在三四年的时间里，从收集整理材料做起，写成了初稿，又经过几次修改，终于完成了这部书稿。承商务印书馆不弃，愿意出版此书，对此我深表感谢。商务印书馆的责编董媛媛对这部书稿的审阅和出版做了大量工作，我也非常感谢。

诗词的语言是很灵活的，各人的看法会有不同；更由于我自己学识的限制，书中问题肯定不少，希望得到读者和专家的批评指教。如果我还有精力，今后可以做进一步的修订。

蒋绍愚<br>2020年9月于北大

# 第一章 歧解和误解

人们在阅读诗词的时候,常常会看到对词句和意义不同的解释,这时就会想起"诗无达诂"这句话。"诗无达诂"见于董仲舒《春秋繁露·精华》:"所闻诗无达诂,易无达占,春秋无达辞。"刘向《说苑·奉使》也说:"传曰:'诗无通诂,易无通吉,春秋无通义。'"既然董仲舒说"所闻",这就表示"诗无达诂,易无达占,春秋无达辞"这样的说法早就有了。董仲舒和刘向所谈论的主要是《春秋》,顺带提到了"诗无达(通)诂"。这里的"诗"指的是《诗经》,《诗经》在古代的社会生活中用得很广泛,人们可以从不同的角度来解释和引用其中的一些篇章,春秋时期人们在赋诗言志时就常常是"断章取义",秦汉之际《诗经》的传授也有古文的毛诗和今文的三家诗(鲁、齐、韩)这些不同的学派,对《诗经》的解说各不相同。"诗无达诂"是对此所做的概括。把"诗无达诂"用于诗歌的阅读和理解是很晚的事。

那么,就诗歌的阅读和理解而言,"诗无达诂"的说法对不对呢?

从一方面看,这句话是有道理的。诗词的语言凝练、含蓄、跳动,留给读者较大的想象余地,因此,人们可以对同一首诗词的词句和意义有不同的理解。这些不同的理解很难说哪一种正确,哪一种不正确。这种不同的理解,我们称之为"歧解"。

但另一方面,"诗无达诂"并不意味着对诗词怎么理解都可以。如果有的理解是无法说通的,那就不是歧解,而是误解。这就不能用"诗无达诂"来为之辩解了。这种错误的理解,我们称之为"误解"。

下面,我们分别谈一谈歧解和误解。讨论的重点是误解。

## 一 歧解

下面这些诗句都有不同的解释,而且两种解释均可。

(一)《敕勒歌》:"敕勒川,阴山下。天似穹庐,笼盖四野。天苍苍,野茫茫,风吹草低见牛羊。"

最后一句的"见",究竟应该读 jiàn 还是读 xiàn？我认为两种读法都可以。因为,这首民歌可以有两种理解。一种理解是诗歌的作者站在辽阔的草原上,抒写自己的胸怀。那么,"见牛羊"应该是作者所见,"见"应该读 jiàn。另一种理解是作者提供了一幅草原的图景,一片一望无际的大草原,只有在风吹草低时才现出牛羊,那么,"见"应该读 xiàn。这两种理解都可以。

《敕勒歌》是北朝民歌,不属于唐宋诗词的范围。但为了说明诗歌的歧解,我们还是用了这个例子。

(二)李白《峨眉山月歌》:"峨眉山月半轮秋,影入平羌江水流。夜发清溪向三峡,思君不见下渝州。"

最后一句的"君",有人认为指峨眉山月,有人认为指同住峨眉山的友人。从诗歌本身难以判断孰是孰非,这两种理解都可通。

(三)杜甫《八阵图》:"功盖三分国,名高八阵图。江流石不转,遗恨失吞吴。"

有两种理解:(1)"失吞吴"是说未能吞吴;(2)"失吞吴"是说吞吴是失策。从字句来看,"失"做这两种解释都可以。从文意来看,也可以有两种理解:(1)做八阵图是为了控扼孙吴,但最终未能吞吴,终是憾事;(2)诸葛亮的基本方针是联吴抗曹,想要吞灭孙吴是失策,故为憾事。所以两种理解可以并存。

至于诗词的背景是什么,诗词的言外之意是什么,那就更有理解和想象的余地了。如:

(四)李商隐《夜雨寄北》:"君问归期未有期,巴山夜雨涨秋池。何当共剪西窗烛,却话巴山夜雨时。"

这首诗思念的对象究竟是友人还是妻子?从诗中找不出答案。冯浩《玉谿生诗集笺注》云:"语浅情浓,是寄内也。"有一定道理,但也未可作为定论。《夜雨寄北》一作《夜雨寄内》,这是版本的不同,但版本的不同也是因为后人理解不同而产生的。后人用"剪烛西窗"作为典故,用在思念友人和思念妻子的场合都有。所以,这首诗的两种理解只能并存。

有一些诗词,有两种不同的理解,这两种理解哪一种更合适,是可以讨论的。如:

(五)苏轼《江城子·乙卯正月二十日夜记梦》:"十年生死两茫茫。不思量,自难忘。千里孤坟,无处话凄凉。纵使相逢应不识,尘满面,鬓如霜。　夜来幽梦忽还乡。小轩窗,正梳妆。相顾无言,惟有泪千行。料得年年断肠处,明月夜,短松冈。"

这是一首感人至深的悼亡词。其中"千里孤坟,无处话凄凉"两句有不同的理解。(1)孤坟相隔千里之远,我(作者)何处话凄凉?"如果坟墓近在身边,隔着生死,就能话凄凉了吗?这是抹杀了生死界线的痴语,情语,所以觉得格外动人。"(《唐宋词鉴赏辞典》)(2)你的孤坟远隔千里,境况凄凉却无处诉说。这"是体贴亡妻处境之孤单凄凉,却有人解为作者自叹心情凄凉而无处说,反而浮浅了,远不及悯恻亡灵之苦更深刻而合乎情理"(《宋词三百首全解》)。

　　这两种不同理解的产生,是因为词的语言简练,"千里孤坟,无处话凄凉",是谁"无处话凄凉"? 是作者,还是亡妻? 词中没有说,也不必说,要读者自己去理解。那么,两种不同的理解,究竟哪一种更好呢? 我赞同第一种。因为从这首词的脉络看,上阕是写对亡妻的思念之情,短短几句中有多处转折。"十年生死两茫茫",生死相隔,但却情意难忘,这是一个转折。然而孤坟千里,无处倾诉,这是又一转折。但自己历经忧患,形容衰老,即使相逢,妻子也应不识,这是第三个转折。这三个转折一层比一层深,把思念而不能相见之情推到了极致。然后,在下阕就写梦中相见了。梦,消除了生死的间隔;也消除了地域的间隔,回到了家乡;消除时间的间隔,回到了妻子的年轻时候。这时才出现妻子的形象:"小轩窗,正梳妆。"夫妻二人,"相顾无言,惟有泪千行"。如果把上阕的"千里孤坟,无处话凄凉"理解成妻子无处话凄凉,那么,妻子的形象在这里就出现了,从诗的脉络看,并不顺畅。但这样的理解也还说得通,不能算错。所以,这也是歧解,而不是误解。

## 二　误解

　　下面,我们着重讨论一些误解的例子,分析导致错误的原因,说明在阅读唐宋诗词时应注意的一些问题。

　　(一)李白《静夜思》:"床前明月光,疑是地上霜。举头望明月,低头思故乡。"

7

这是我们很熟悉的一首诗,但对这首诗有不同的理解。

马未都《〈静夜思〉新解》:"李白诗中的床,不是我们今天睡觉的床,而是一个马扎,古称'胡床'。""李白拎着一个马扎,坐在院子里,在月下思乡。唐代的窗户非常小,月亮的光不可能进入室内。尤其是当你的窗户糊上纸,糊上绫子的时候,光线根本就进不来。"(《中华读书报》2008年3月19日)

这和大家所熟悉的意思差得很远,也可以说是一种新解。但这种新解是否正确?

首先,把"床前明月光"的"床"理解为"胡床",即"马扎",是否正确?

"床"这种家具,在中国古代是可用于卧,也可用于坐的。《说文解字·系传》:"床,安身之几坐也。"段玉裁注:"床之制略同几,而庳于几,可坐……床亦可卧。"作为坐具的床未必就是胡床;胡床也有很大的,也不一定就是马扎。

但这个问题我们不深究。我们要讨论的是:李白《静夜思》中的"床",究竟是坐的床,还是卧的床?

《〈静夜思〉新解》的作者认定是坐着的床,他认为,根据唐代的房舍建筑,月光不可能照到卧室内的床上。这种说法有根据吗?

我们可以看一看下列唐诗中的句子,这些诗句都是写月光照到了床上:

1 岑参《送许员外》:"水驿风催舫,江楼月透床。"

2 孟郊《赠韩郎中愈》:"欲知万里情,晓卧半床月。"

3 元稹《夜闲》:"风帘半钩落,秋月满床明。"

4 白居易《独眠吟二首》其二:"就中今夜最愁人,凉月清风满床席。"

5 姚合《山居即事》:"斜月照床新睡觉,西风半夜鹤来声。"

6 杜牧《秋夜与友人宿》:"寒城欲晓闻吹笛,犹卧东轩月满床。"

7 郑谷《重阳夜旅怀》:"半床斜月醉醒后,惆怅多于未醉时。"

8 杜荀鹤《山中寄友人》:"破窗风翳烛,穿屋月侵床。"

9 韦庄《清平乐》:"梦觉半床斜月,小窗风触鸣琴。"

显然,作者的论断无法成立。

还有一点也很重要,文学是有继承性的,从《古诗十九首》开始,直到晋代的陆机,都有一些诗作写明月照床,夜不能寐,忧思难遣:

10《古诗十九首·明月何皎皎》:"明月何皎皎,照我罗床帏。忧愁不能寐,揽衣起徘徊。"

11《乐府·伤歌行》:"昭昭素月明,晖光烛我床。忧人不能寐,耿耿夜何长!揽衣曳长带,屣履下高堂。"

12 陆机《拟明月何皎皎》:"安寝北堂上,明月入我牖。照之有余辉,揽之不盈手。凉风绕曲房,寒蝉鸣高柳。踟蹰感节物,我行永已久。游宦会无成,离思难常守。"

李白的《静夜思》显然是继承了这种文学传统,他一定是在卧室的床前见明月而思故乡,不可能是在院子里坐在马扎上思念故乡。

(二)白居易《惜牡丹花》:"惆怅阶前红牡丹,晚来唯有两枝残。明朝风起应吹尽,夜惜衰红把火看。"

有人对这首诗这样解释:第一句"惆怅"惜花之深情,第二句"晚来唯有两枝残","强调到晚来只有两枝残败,才知道满院牡丹花还开得正盛呢"。既然如此,为什么诗人要"夜惜衰红把火看"呢?因为一叶知秋,看到两株残败,就预想到春去花落,体现了诗

人惜花的痴情。(《唐诗鉴赏辞典》)

这样理解没有顾及诗的第三句"明朝风起应吹尽"。假如有两片残败的叶子从树上飘落,诗人再敏感、"一叶知秋",也不会在此时就预想到"明朝风起应吹尽",因此也不会在夜间把火来看。所以,这样的理解与诗意不合。

关键在于对诗中的"残"字如何理解。"凋残,残败"是"残"的常见义,但"残"还有别的意义,即"剩,剩余"。这个意义在词典中就有,在唐诗中也很常见,白居易的诗中用得最多。下面略举数例:

1 杜甫《洗兵马》:"中兴诸将收山东,捷书夜报清昼同。河广传闻一苇过,胡危命在破竹中。祗残邺城不日得,独任朔方无限功。"

2 杜甫《暂往白帝复还东屯》:"复作归田去,犹残获稻功。筑场怜穴蚁,拾穗许村童。落杵光辉白,除芒子粒红。加餐可扶老,仓庾慰飘蓬。"

3 白居易《衰荷》:"白露凋花花不残,凉风吹叶叶初干。无人解爱萧条境,更绕衰丛一匝看。"

4 白居易《十二月二十三日作兼呈晦叔》(节录):"案头历日虽未尽,向后唯残六七行。床下酒瓶虽不满,犹应醉得两三场。"

5 白居易《自城东至以诗代书戏招李六拾遗崔二十六先辈》:"青门走马趁心期,惆怅归来已较迟。应过唐昌玉蕊后,犹当崇敬牡丹时。暂游还忆崔先辈,欲醉先邀李拾遗。尚残半月芸香俸,不作归粮作酒赀。"

6 戴叔伦《送谢夷甫宰余姚县》:"君去方为宰,干戈尚未销。邑中残老小,乱后少官僚。廨宇经兵火,公田没海潮。到时应变俗,新政满余姚。"

7令狐楚《三月晦日会李员外》:"三月唯残一日春,玉山倾倒白鸥驯。不辞便学山公醉,花下无人作主人。"

这些例句我们不必一一解释,只看白居易的三例。"白露凋花花不残",是说白露凋花花无剩余,所以只有"衰荷"了。"案头历日虽未尽,向后唯残六七行",是说日历上只剩了六七行。"尚残半月芸香俸",是说还剩下半月的俸钱。"残"都是"剩"义。

理解了白居易《惜牡丹花》中的"残"为"剩"义,这首诗就很好懂了。诗人在晚上看到阶前的红牡丹只剩下两株了,生怕明朝会落尽,所以要在夜间把火看。

表"剩"义的"残"是唐代的口语词。王梵志诗:"去马犹残迹,空留纸上名。"这是较早的用例。唐宋诗词中有不少唐宋时期的口语词,其意义应当特别注意。

(三)晏几道《清平乐·留人不住》:"留人不住,醉解兰舟去。一棹碧涛春水路,过尽晓莺啼处。 渡头杨柳青青。枝枝叶叶离情。此后锦书休寄,画楼云雨无凭。"

这首词的抒情主人公是男子,还是女子?有人认为是男子:"留人不住的'人'就是自己,挽留者则是作为情人的女子。……'此后锦书休寄,画楼云雨无凭。'以后你信也不必写了……散了拉倒!"(《宋词三百首全解》)

这样理解的根据是什么?注释者为"锦书"做了一个注:"锦书:女子写的情书。用《晋书》窦滔妻苏蕙织锦为回文诗赠夫事。"既然"锦书"是女子的情书,那么,"此后锦书休寄,画楼云雨无凭"就只能是男子说的了,整首词的抒情主人公也只能是男子。

但这里有个问题:结语"此后锦书休寄,画楼云雨无凭",这两句该怎样理解？注释者引周济的话说："结语甚怨，然不忍割。"如果这两句话是男子对女子说的，那就是决绝之语，而且是直接指责对方是青楼女子，不可信任。那就是怒而不是怨了，而且毫无"不忍割"之意。

从整首词来看，抒情主人公应是女子。"留人不住"，是留不住她心爱的男子。他"醉解兰舟去"，"一棹碧涛春水路，过尽晓莺啼处"，是女子目送他离去并想象他的一路行程。"渡头杨柳青青。枝枝叶叶离情"，是写女子送别后还在渡头徘徊，充满了离情别意。但男子挽留不住，最终离去，未免又使她产生怨意，说出了"此后锦书休寄，画楼云雨无凭"。自己本是青楼女子，你既然执意离去，索性"此后锦书休寄"！这才是周济所说的："结语甚怨，然不忍割。"

那么，怎样解释"锦书"呢？这成了一个关键问题。不错，"锦书"用的是苏蕙之典，本来指的是女子写的情书；在宋词中，确实也有很多是指女子写的情书。但在宋词中，"锦书"并不限于女子所写，如：

1 陆游《钗头凤·红酥手》："红酥手。黄縢酒。满城春色宫墙柳。东风恶。欢情薄。一怀愁绪，几年离索。错错错。　春如旧。人空瘦。泪痕红浥鲛绡透。桃花落。闲池阁。山盟虽在，锦书难托。莫莫莫。""锦书"指他和唐氏之间的书信。

2 刘克庄《满江红·嫌杀双轮》："嫌杀双轮，驾行客、之燕适粤。也不喜、船儿无赖，载他江浙。荡子不归鸳被冷，昭君远嫁毡车发。叹子规、闲管昔人愁，啼成血。　渭城柳，争攀折。关山月，空圆缺。有琵琶改语，锦书难说。若要人生长美满，除非世上无离别。算古今、此恨似连环，何时绝。""锦书"指离人的书信,兼指男女。

3 石孝友《点绛唇·醉倚危樯》:"醉倚危樯,望中归思生天际。山腰渚尾。几簇渔樵市。　帆落西风,一段芦花水。八千里。锦书欲寄。新雁曾来未。""锦书"指作者给友人的书信。

4 李壁《阮郎归·劝袁制机酒》:"苏台一别费三年,锦书凭雁传。风姿重见阆江边,玉壶秋井泉。　翻短舞,趁幺弦,篆香同夕烟。多情莫惜为留连,落花中酒天。""锦书"指作者与袁制机之间的书信。

5 李清照《一剪梅·红藕香残》:"红藕香残玉簟秋。轻解罗裳,独上兰舟。云中谁寄锦书来,雁字回时,月满西楼。　花自飘零水自流。一种相思,两处闲愁。此情无计可消除,才下眉头,却上心头。""锦书"指丈夫寄给她的书信。

这样,这首词就可以读通了。

(四)王昌龄《从军行》:"青海长云暗雪山,孤城遥望玉门关。黄沙百战穿金甲,不破楼兰终不还。"

第二句"孤城遥望玉门关"怎样理解?

有人认为,"遥望"不是"遥看",而是"遥遥相望",所以把前两句这样解释:"青海湖上空,长云弥漫;湖的北面,横亘着绵延千里的隐隐的雪山;越过雪山,是矗立在河西走廊荒漠中的一座孤城;再往西,就是和孤城遥遥相对的军事要塞——玉门关。"也就是说,"孤城遥望玉门关"是说孤城和玉门关遥遥相对。(《唐诗鉴赏辞典》)

对这个句子还有另一种解释:"孤城"即指玉门关。(《唐诗选》)

这两种解释哪一种对?

看来,第二种理解是不对的,"孤城"和"玉门关"中间隔着一个

13

动词"遥望",怎么可能"孤城"即指"玉门关"呢?

确实,"孤城遥望玉门关"这样的句子,在散文中一般是不可能理解为"孤城"即指"玉门关",但在唐宋诗词中是可能的。这是唐宋诗词特殊的句式。请看下面的句子中加线的部分:

1 宋之问《登粤王台》:"冬花采卢橘,<u>夏果摘杨梅</u>。"意即"摘杨梅这种夏果"。

2 韩翃《华州夜宴庚侍御宅》:"<u>酒客逢山简</u>,<u>诗人得谢公</u>。"意即"逢山简这个酒客,得谢公这个诗人"。

3 白居易《轻肥》:"<u>果擘洞庭橘</u>,<u>脍切天池鳞</u>。"意即"擘洞庭橘这种果,切天池鳞这种脍"。

4 李商隐《赠送前刘五经》:"<u>别派驱杨墨</u>,<u>他镳并老庄</u>。"意即"驱杨墨这种别派,并老庄这种镳"。

5 冯延巳《鹊踏枝·窗外寒鸡》:"<u>屏上罗衣闲绣缕</u>。"意即"闲绣缕之罗衣"。

6 晏几道《阮郎归·天边金掌》:"<u>兰佩紫</u>,<u>菊簪黄</u>。"意即"佩紫兰,簪黄菊"。

7 苏轼《满江红·寄鄂州朱使君寿昌》:"<u>空洲对鹦鹉</u>,苇花萧瑟。"意即"对鹦鹉这个空洲"。

8 史达祖《临江仙·愁与西风》:"<u>旧游帘幕记扬州</u>。"意即"记扬州之旧游帘幕"。

这些句子中加线的部分结构不完全相同,但有一点是共同的:动词之前的词语 $N_1$ 和动词之后的词语 $N_2$,在意义上有密切的关系。这又可分为两类:(1)$N_1$ 是大类,$N_2$ 是其中之一。如例1、例2、例3、例4、例7。(2)$N_2$ 是修饰 $N_1$ 的。如例5、例6、例8。[①]"孤

---

[①] 对这两类句式的分析在本书第五章"话题句和名词语"中再谈,这里从略。

城遥望玉门关"属于(1)类,应理解为"遥望孤城玉门关",意即遥望玉门关这座孤城。

上面的第一种理解没有注意唐宋诗词句式的特殊性,把"孤城遥望玉门关"理解为"孤城和玉门关遥遥相对",是对这个句子的误解。

这里还要回答一个问题:既然这句诗的意思是"遥望孤城玉门关",那么,诗人为什么不按照通常的词序表达,而要写成"孤城遥望玉门关"呢?

我想有两方面的原因。

第一,王昌龄这首诗,高棅《唐诗品汇》编入七言绝句,也就是说,这首诗的平仄是符合格律的。这首诗的平仄为:

㊉仄平平仄仄平,平平㊉仄仄平平。

平平仄仄平平仄,仄仄平平㊉仄平。(加圈表示可平可仄)

如果写作"遥望孤城玉门关",那么,平仄就成了:

㊉仄平平仄仄平,㊉平仄平仄平平。

平平仄仄平平仄,仄仄平平㊉仄平。

第二句就成了四六叠平,而且第一句和第二句不对、第二句和第三句不粘了。

第二,《苕溪渔隐丛话》前集卷五十二:"《西清诗话》云:'王仲至召试馆中,试罢作一绝题于壁云:"古木阴森白玉堂,长年来此试文章。日斜奏罢长杨赋,闲拂尘埃看画墙。"荆公见之甚叹爱,为改作"奏赋长杨罢",且云:"诗家语如此乃健。"'"

写作"孤城遥望玉门关",是为了形成"诗家语",是修辞的需要。

(五)李颀《送魏万之京》:"朝闻游子唱离歌,昨夜微霜初渡河。鸿雁不堪愁里听,云山况是客中过。关城树色催寒近,御苑砧声向晚多。莫见长安行乐处,空令岁月易蹉跎。"

对这首诗的头两句,有两种解释:

(1)"开头两句是说:在微霜的早晨,送魏万渡河。"(《唐诗选》)

(2)"一开首,先说魏万的走,后用'昨夜微霜初渡河',点出前一夜的景象,用倒戟而入的笔法极为得势。'初渡河',把霜拟人化了,写出深秋时节萧瑟的气氛。"(《唐诗鉴赏辞典》)

第(1)种解释有问题:诗中说"昨夜微霜初渡河","微霜"是昨夜的事,怎么又成了"在微霜的早晨,送魏万渡河"呢?揣摩注释者的意思,大概是认为既然昨夜下了微霜,那么第二天的早晨也有微霜,这时送魏万渡河。但是,这样说仍与李颀的诗矛盾:诗中说"渡河"也是"昨夜"的事。

第(2)种解释认为"昨夜微霜初渡河"是倒叙,这把"今朝"的事和"昨夜"的事分清了,"唱离歌"是今朝的事,"渡河"是昨夜的事。但是,说"'初渡河',把霜拟人化了",这还有问题:在诗歌中把"霜"拟人化是可以的,可是,霜如何渡河?是原先在河那边有霜,昨夜在河这边也有霜了吗?这是说不通的。

对这首诗还有第三种解释。方东树《昭昧詹言》续卷三:"《送魏万之京》言昨夜微霜,游子今朝渡河耳。"

这种解释和第(2)种不同,认为"渡河"的是魏万而不是微霜。这是对的。诗歌的句子比较凝练,"微霜"和"初渡河"中间没有断开,容易使人误认为"微霜"是"渡河"的主语;但实际上"微霜"是"渡河"的状语,说的是在有微霜的情况下(即在深秋时节)魏万渡河。这可以和下面的一首诗比较:

王昌龄《芙蓉楼送辛渐》:"寒雨连江夜入吴,平明送客楚山孤。洛阳亲友如相问,一片冰心在玉壶。"

这首诗的"寒雨连江"是写"夜入吴"时的情景,不是"夜入吴"的主语;是王昌龄陪着辛渐"夜入吴",而不是"寒雨""夜入吴"。也有人说:"'连'字和'入'字写出了雨势的平稳连绵,江雨悄然而来的动态能为人分明地感知。"(《唐诗鉴赏辞典》)这把诗句理解为"寒雨夜入吴",也是理解错了。

但方东树把"渡河"说成是"今朝"的事,这与原诗不合。我们可以把第(2)种解释修改一下,理解为魏万昨夜渡河至此地与李颀相见,今朝又离此地而之京。但"此地"究竟是在何处?魏万是从何地渡河而来?我们对魏万的事迹所知不多,只从李白的诗中知道魏万曾漫游吴越,后来到金陵与李白见面。至于他从何处渡河,在何地与李颀相见,然后又之京,这就不可考了,只能付诸阙如。

(六)李商隐《乐游原》:"向晚意不适,驱车登古原。夕阳无限好,只是近黄昏。"

这首诗表达诗人什么感情呢?一般都认为表达了诗人的感慨,夕阳虽好,但好景不长。"只是"是表转折。

但另有一种说法,认为"灿烂辉煌"的斜阳才是真正的美,"而这种美,是以将近黄昏这一时刻尤为令人惊叹和陶醉"!而且论证说,"只是"并非表转折,而是"就是""正是"之意,用法如同李商隐《锦瑟》:"此情可待成追忆,只是当时已惘然。"(《唐诗鉴赏辞典》)

这两种理解的差距颇大。问题在于,诗中的"黄昏"究竟是什么样的艺术形象?

语言是有社会性的,某个词语用于表达什么样的艺术形象,在同一个时代大致会有大体相同的用法。我们可以看看唐代的诗人是怎样使用"黄昏"一词的。

在《全唐诗》中,"黄昏"共出现206次。我们对这206例——

做了分析,归纳出下面几种情况,各举几例。

(1)单纯表示一个时段,没有任何色彩。这样的例句不少。如:

1 李颀《古从军行》:"白日登山望烽火,黄昏饮马傍交河。"

2 白居易《秋寄微之十二韵》:"清旦方堆案,黄昏始退公。可怜朝暮景,销在两衙中。"

(2)把黄昏描写得阴森恐怖。这样的情况不多,大约4—5例。如:

3 王翰《饮马长城窟行》:"黄昏塞北无人烟,鬼哭啾啾声沸天。"

4 杜甫《奉汉中王手札》:"夷音迷咫尺,鬼物傍黄昏。"

(3)把黄昏和冷落、悲愁的气氛联系在一起。这样的最多。如:

5 刘方平《春怨》:"纱窗日落渐黄昏,金屋无人见泪痕。寂寞空庭春欲晚,梨花满地不开门。"

6 刘禹锡《有感》:"平生红粉爱,惟解哭黄昏。"

7 罗隐《官词》:"巧画蛾眉独出群,当时人道便承恩。经年不见君王面,落日黄昏空掩门。"

(4)把黄昏写成宁静的或令人愉悦的景色。这样的例句不多,全部列在下面:

8 白居易《紫薇花》:"丝纶阁下文书静,钟鼓楼中刻漏长。独坐黄昏谁是伴,紫薇花对紫微郎。"

9 戴叔伦《宿天竺寺晓发罗源》:"黄昏投古寺,深院一灯明。"

10 鲍溶《沙上月》:"黄昏潮落南沙明,月光涵沙秋雪清。水文不上烟不荡,平平玉田冷空旷。"

11 韦庄《三堂东湖作》:"满塘秋水碧泓澄,十亩菱花晚镜清。景动新桥横蛭蛛,岸铺芳草睡鵁鶄。蟾投夜魄当湖落,岳倒秋莲入浪生。何处最添诗客兴,黄昏烟雨乱蛙声。"

在这206例中有李商隐13例。值得注意的有下面5例:

12 李商隐《楚吟》:"楚天长短黄昏雨,宋玉无愁亦自愁。"

13 李商隐《哀筝》:"延颈全同鹤,柔肠素怯猿。湘波无限泪,蜀魄有余冤。轻幰长无道,哀筝不出门。何由问香炷,翠幕自黄昏。"

14 李商隐《偶成转韵七十二句赠四同舍》:"手封狴牢屯制囚,直厅印锁黄昏愁。"

15 李商隐《行次西郊作一百韵》:"郿坞抵陈仓,此地忌黄昏。"

16 李商隐《小桃园》:"竟日小桃园,休寒亦未暄。坐莺当酒重,送客出墙繁。啼久艳粉薄,舞多香雪翻。犹怜未圆月,先出照黄昏。"

例12—例15"黄昏"都是与哀愁的气氛连在一起,例16"犹怜未圆月,先出照黄昏"是宁静的景色。

从这样的分析可以看出,无论是其他人的诗还是李商隐的诗,即使是把黄昏描写成宁静的、令人愉悦的景色,那也是月冷风清之美,和"夕阳无限好"的景色大不相同。如果用"就是,正是"把这两句连起来,说"灿烂辉煌的夕阳以将近月冷风清的黄昏这一时刻尤为令人惊叹和陶醉",那是无法说通的。

所以,"夕阳无限好,只是近黄昏"这两句诗还是应按照通常的理解:夕阳虽好,但已经接近黄昏,夕阳的余晖即将消失。这里包含了作者无限的感慨。

有一个材料可以参考:宋代著名诗人杨万里的《诚斋诗话》说:"李义山忧唐之衰云:'夕阳无限好,其奈近黄昏。'"(《历代诗话续编》)杨万里所引的异文和他的解说,表明南宋时人认为李商隐这两句诗是转折关系,而不是说夕阳好就好在正是近黄昏。

(七)刘皂《渡桑乾》:"客舍并州已十霜,归心日夜忆咸阳。无端更渡桑乾水,却望并州是故乡。"

这首诗的作者是有争论的。一般认为是贾岛,在南宋计有功《唐诗纪事》中,此诗列在卷四十贾岛名下,所以下面引的《艺圃撷余》中讨论这首诗时说的是"贾岛《桑乾》绝句"。但在《元和御览》刘皂下收此诗,题作《旅次朔方》,题下注:"向见《贾阆仙集》,原题《渡桑乾》。"(按:此注为南宋陆游作。)研究唐诗的学者认为,在贾岛的作品中或其他有关文献中,贾岛并没有在并州客居十载的经历。所以作者应是刘皂。

对这首诗有两种理解。

(1)宋人谢枋得《章泉涧泉二先生选唐诗》卷三,在选了这首诗后作注云:"久客思乡,人之常情。旅寓十年,交游欢爱与故乡无殊。一旦别去,岂能无依依眷恋之怀?渡桑乾而望并州,反以为故乡。此亦人之至情也,非东西南北之人不能道此。"

(2)王世懋《艺圃撷余》:"一日偶诵贾岛《桑乾》绝句,见谢枋得注云:'旅寓十年,交游欢爱与故乡无异。一旦别去,岂能无情?渡桑乾而望并州,反以为故乡也。'不觉大笑。拈以问玉山程生曰:'诗如此解否?'程生曰:'向如此解。'余谓:'此岛自思乡作,何曾与并州有情?其意恨久客并州,远隔故乡;今非惟不能归,反北渡桑乾,还望并州,又是故乡矣。并州且不得住,何况得归咸阳?此岛意也,谢注有分毫相似否?'程始叹赏,以为闻所未闻,不知向自听梦中语耳。"

这两种理解哪一种对?这里牵涉地理的问题。有人认为,"诗题朔方,乃系泛称。……而刘皂客舍十年之并州,具体地说,乃是并州北部桑乾河以北之地。""诗人由山西北部(并州、朔方)返回咸阳,取道桑乾河流域。……更渡,即再渡。……十年以前,初渡桑乾,远赴并州。……十年以后,更渡桑乾,回到家乡。"因为在并州住了十年,所以把并州看作第二故乡。(《唐诗鉴赏辞典》)这就是持第一种看法。

这种看法的关键是认为诗人居住十年的并州是在桑乾河以北,所以渡桑乾不是越走越远,而是从并州回故乡了。这当然和《艺圃撷余》所说的"今非惟不能归,反北渡桑乾"不同,整个解释也不一样了。问题在于:说"并州是在桑乾河以北"有没有根据?

刘皂的生平不太清楚。《宣室志》卷五:"元和初董叔经为河西守,时有彭城刘皂假孝义尉。"据此,则刘皂是元和时人。元和时人说到并州的不少,我们看下面的例子:

1 王建《送裴相公上太原》:"还携堂印向并州,将相兼权是武侯。"

2 张南史《送郑录事赴太原》:"卢谌即故吏,还复向并州。"

这两条都是诗题为"太原",诗句说"并州"。

3 刘禹锡《裴相公大学士见示答张秘书谢马诗并群公属和因命追作》:"草玄门户少尘埃,丞相并州寄马来。"

诗句中的"丞相"即诗题中的"裴相公大学士",也就是裴度。元和十一年,裴度任太原尹、北都留守、河东节度使;并州即太原,为河东节度使治所。

可见元和时期的人所说的"并州"都指太原,不可能唯独刘皂诗中以并州指桑乾河以北之地。《太平寰宇记》:"并州……后魏复为太原郡。周武帝建德六年……置并州总管……大业元年废总管,三年罢州为太原郡……唐武德元年改为并州总管,并州领晋阳、太原、榆次、太谷、祁、阳直、寿阳、盂、乐平、交城、石艾、文水、辽山、平城、乌河、榆社十六县。"据此,在历史上,并州有时称"太原郡",有时称"并州总管"。

所以,刘皂诗中说的不是在桑乾河以北住了十年,然后渡桑乾河回咸阳;而是在太原附近住了十年,又渡桑乾河往北去,离咸阳越来越远了。《艺圃撷余》的看法是对的。

在唐宋诗词中,常有这样的表达:甲地已很远了,而乙地比甲地更远。如:

4 李商隐《无题》:"刘郎已恨蓬山远,更隔蓬山一万重。"

5 贺铸《捣练子》:"寄到玉关应万里,戍人犹在玉关西。"

6 秦观《阮郎归》:"衡阳犹有雁传书。郴阳和雁无。"

这是通常的表达法。而刘皂这首诗,却是采用了另一种更曲折的表达法。

7《诗经·邶风·谷风》:"谁谓荼苦,其甘如荠。"

这不是说荼很甜,而是以荼衬托自己的苦,说自己的苦比荼更甚。

同样,刘皂的诗不是说感到并州就如同故乡,而是以并州衬托自己的渡桑乾之苦,说自己渡桑乾之后,离故乡比并州更远,思乡之苦比在并州更甚。

这首诗可以和下面的诗参看:

8 刘长卿《移使鄂州次岘阳馆怀旧居》:"多惭恩未报,敢问路何长。万里通秋雁,千峰共夕阳。旧游成远道,此去更违乡。草露深山里,朝朝落客裳。"

此诗为刘长卿任转运使判官知淮西、岳鄂转运留后时所作。

他前往鄂州,感到旧游已成远道,而离故乡更远。诗题中说"怀旧居",是怀念曾经住过的地方,但整首诗中更感慨的是离故乡越来越远。

9 崔涂《巴山道中除夜书怀》:"迢递三巴路,羁危万里身。乱山残雪夜,孤烛异乡春。渐与骨肉远,转于僮仆亲。那堪正漂泊,明日岁华新。"

诗中的"渐与骨肉远,转于僮仆亲",不是用来表达与僮仆的亲近,而是以此表达远离骨肉的悲伤。

这个例子告诉我们,读诗不能停留在表面,而要深入体会作者在诗中蕴含的言外之意。

(八)林景熙《山窗新糊有故朝封事稿阅之有感》:"偶伴孤云宿岭东,四山欲雪地炉红。何人一纸防秋疏,却与山窗障北风。"

林景熙是南宋的遗民,此诗写于宋亡之后。"故朝"即指宋。"封事"是臣子给皇帝的秘密奏章,"防秋疏"是如何防止外敌在秋季入侵的奏疏,现在这一奏疏却贴在窗户上挡北风了。虽然只有短短四句,但感情十分沉痛。

在宋未灭亡的时候,"防秋疏"不受统治者的重视,辛弃疾的词就反映出这种情况:他的《鹧鸪天·有客慨然谈功名,因追念少年时事戏作》说:"追往事,叹今吾。春风不染白髭须。都将万字平戎策,换得东家种树书。"南宋小朝廷的统治者苟且偷生,醉生梦死,毫不理会"平戎策""防秋疏",这使爱国志士感到无比悲愤。现在,宋已灭亡,"防秋疏"流散到民间,只用来糊窗户,这更使作者感到亡国之痛。这是作者所要表达的心绪。

有人这样阐发诗的含义:"诗人同时也告诉后人,即使是一张纸,也还在抵抗着北风,何况侵略者面对的是千百万人民呢?……

这首小诗值得我们重视,主要就在于它显示了人民在逆境中的希望。"(《宋诗精选》)把"障北风"解释为"抵抗北风",进而解释为抵抗北方的入侵者,这种看法,我不能苟同。是的,南宋的诗词中有以"北风"比喻蒙古军的,如:

  刘克庄《贺新郎·国脉微如缕》:"闻说北风吹面急,边上冲梯屡舞。"

  但林景熙这首诗中的"障北风"绝不是说抵抗蒙古军,而只是说抵挡北风。"防秋疏"本来是向朝廷建议抵御外敌的,但朝廷不予理睬,现在只能糊在窗上抵挡北风了。诗人或许会有这一层联想,但这种联想只能是苦涩的,绝不可能是"显示了人民在逆境中的希望"。对诗词不恰当地拔高,把一些本来没有的意义硬加上去,这也是对诗词的误解。

  总之,诗词是语言的艺术,要正确地理解诗词,就必须正确地理解诗词的词句。就是讨论诗词的言外之意,也不能远离诗词的文句。这是我们阅读和鉴赏诗词的一个基础。

# 第二章 意象和意境

在讨论唐宋诗词的语言艺术时,首先要讨论的是意象和意境。

什么是"意象"?什么是"意境"?袁行霈(1987)对此做了简明、准确的说明:

"意象是融入了主观情意的客观物象,或者是借助客观物象表现出来的主观情意。……物象是意象的基础,而意象却不是物象的客观的机械的模仿。"

"意境是指作者的主观情意与客观物境互相交融而形成的艺术境界。"

"那么意象和意境有什么区别呢?我认为可以这样区别它们:意境的范围比较大,通常指整首诗、几句诗或一句诗造成的境界;而意象只不过是构成诗歌意境的一些具体的、细小的单位。"

日本学者松浦友久的《唐诗语汇意象论》是专门研究唐诗意象的,他说:"对以唐诗为中心的中国古典诗歌来说,诗语的意象以及意象的构成,特别重要。"书中讨论了"猿声""蛾眉""断肠"等"意象",但对"意象"没有明确界定。

"意象"和"意境"两个词,在王昌龄《诗格》中已经出现:"诗有三境,一曰物境,一曰情境,一曰意境。""诗有三格,一曰生思,二曰感思,三曰取思。生思一,久用精思,未契意象,力疲智竭,放安神思,心偶照境,率然而生。"但有人认为《诗格》是后人伪托王昌龄的,未可为据。而且其中的"意象""意境"和我们今天要讨论的"意象""意境"意义也不相同。我们今天所说的"意象""意境"究竟最早见于何时,这个问题本文不讨论。

但对于"意象"和"意境"至为重要的"心"和"物"的关系,古代却早已有所论述,这是确定无疑的。《文心雕龙·神思》:"赞曰:神用象通,情变所孕。物以貌求,心以理应。"《文心雕龙·物色》:"是以诗人感物,联类不穷;流连万象之际,沉吟视听之区。写气图貌,既随物以宛转;属采附声,亦与心而徘徊。"

总之,"意象"和"意境"都是"物"与"心"交融,也就是情景交融的产物。下面我们讨论唐宋诗词中的意象和意境。

## 一 意象

意象大致可分为两类:单纯的意象和复合的意象。

(一) 单纯的意象

(1)意象都是通过词语(包括词和词组)表达的。有不少表示山水、花草、鸟兽的词语,在唐以前的文学作品中就不是单纯的物象,而是融入了人们社会、审美的主观情意。以花草树木为例,在先秦汉魏晋南北朝的文学作品中,松柏是坚贞的,兰蕙是高洁的,梅是耐寒的,菊是隐逸的,芳草总和远游连在一起,柳枝总和送别连在一起,等等,这就成了意象。

这些意象在唐宋诗词中依然存在。到唐代,又增加了不少新的意象,并在宋代用得更多,如芭蕉、梧桐等。在唐以前"芭蕉"很少见,"梧桐"只是一种鹓鹐或凤凰栖息的树木。在唐宋诗词中,芭蕉是作为愁心不展的象征：

1 张说《戏题草树》："忽惊石榴树，远出渡江来。戏问芭蕉叶，何愁心不开。"

2 李商隐《代赠二首》之一："芭蕉不展丁香结，同向春风各自愁。"

而且芭蕉和梧桐总是和雨联系在一起，雨打芭蕉或雨滴梧桐，表现了人的愁绪。如：

3 白居易《夜雨》："隔窗知夜雨，芭蕉先有声。"

4 徐凝《宿冽上人房》："浮生不定若蓬飘，林下真僧偶见招。觉后始知身是梦，更闻寒雨滴芭蕉。"

5 杜牧《雨》："连云接塞添迢递，洒幕侵灯送寂寥。一夜不眠孤客耳，主人窗外有芭蕉。"

6 皮日休《鸳鸯二首》："烟浓共拂芭蕉雨，浪细双游菡萏风。"

7 张先《碧牡丹·晏同叔出姬》："芭蕉寒，雨声碎。"

8 欧阳修《生查子·含羞整翠鬟》："深院锁黄昏，阵阵芭蕉雨。"

9 吴文英《唐多令·惜别》："何处合成愁？离人心上秋。纵芭蕉、不雨也飕飕。"

10 刘辰翁《菩萨蛮·秋兴》："芭蕉叶上三更雨。人生只合随他去。"

11 王沂孙《扫花游·秋声》："数点相和，更著芭蕉细雨。"宋词有词牌《芭蕉雨》。

12 白居易《长恨歌》："春风桃李花开夜，秋雨梧桐叶落时。"

13 白居易《宿桐庐馆》："江海漂漂共旅游，一尊相劝散穷愁。夜深醒后愁还在，雨滴梧桐山馆秋。"

14 姚合《杭州官舍即事》:"苔藓疏尘色,梧桐出雨声。"

15 韦庄《定西番·挑尽金灯》:"闷杀梧桐残雨,滴相思。"

16 孙光宪《生查子·寂寞掩朱门》:"暗澹小庭中,滴滴梧桐雨。"

17 晏几道《清平乐·幺弦写意》:"卧听疏雨梧桐。雨余淡月朦胧。"

18 苏轼《木兰花令·宿造口闻夜雨》:"梧桐叶上三更雨,惊破梦魂无觅处。"

19 李清照《声声慢·寻寻觅觅》:"梧桐更兼细雨,到黄昏、点点滴滴。"

20 张元干《祝英台近》:"可堪疏雨梧桐,空阶络纬。"

到元代,有马致远《唐明皇秋夜梧桐雨》。

这些表示具体物象的词所形成的意象,在袁行霈《中国古典诗歌中的意象》和《李杜诗歌的风格与意象》中已经讲了很多,这里不再重复。

不但具体的物象可以成为意象,就是一些抽象的物象也可以成为意象。如"秋",原来只是一个天气转寒的季节,在唐宋诗词中也可以成为意象,而且具有多种意义:"'天气晚来秋''竹深夏已秋'的'秋'有凉爽的意思;'风寒叶已秋''海树风高叶易秋'的'秋'有飘零的意思;'山容客鬓两添秋''胡未灭,鬓先秋'与色有关;'四壁老蛩秋''沧江雁送秋'与声有关;'梅子黄时麦已秋'则是成熟;'江含万籁客心秋'则是悲凄。"(《宋词三百首全解》)

(2)以上说的都是名词。动词是否也可以成为意象?可以的。下面举两个动词。

(A)卧

1 李白《赠孟浩然》:"红颜弃轩冕,白首卧松云。"

2 李白《梁园吟》:"东山高卧时起来,欲济苍生未应晚。"

3 杜甫《秋兴八首》之五:"一卧沧江惊岁晚,几回青琐点朝班。"

4 高适《人日寄杜二拾遗》:"一卧东山三十春,岂知书剑老风尘。"

5 刘长卿《送方外上人》:"远客回飞锡,空山卧白云。"

6 杜牧《遣怀》:"何当离城市,高卧博山隈。"

7 李纲《水调歌头·同德久诸季小饮》:"幸可山林高卧,袖手何妨闲处。"

8 辛弃疾《鹊桥仙·和范先之送祐之归浮梁》:"莫贪风月卧江湖,道日近、长安路远。"

9 陆游《青玉案·与朱景参会北岭》:"千岩高卧,五湖归棹,替却凌烟像。"

这些诗词中的"卧"不是通常"寝卧"的"卧",而是"隐居"之义,而且包含了对这种行为的赞颂。《世说新语·排调》:"谢公在东山,朝命屡降而不动。后出为桓宣武司马,将发新亭,朝士咸出瞻送。高灵时为中丞,亦往相祖。……戏曰:'卿屡违朝旨,高卧东山,诸人每相与言:"安石不肯出,将如苍生何?"今亦苍生将如卿何?'"

(B)笑

1 杜甫《哀江头》:"忆昔霓旌下南苑,苑中万物生颜色。昭阳殿里第一人,同辇随君侍君侧。辇前才人带弓箭,白马嚼啮黄金勒。翻身向天仰射云,一箭(一作笑)正坠双飞翼。明眸皓齿今何在,血污游魂归不得。"

作"一笑"是否可通?是谁笑?为什么笑?这些取决于对诗中的"笑"如何理解。如果把"笑"理解为一般意义的"笑",是说不通的,为什么"辇前才人""一笑"就能"坠双飞翼"?

黄庭坚《豫章黄先生别集》卷四:"得庐陵罗㲵家藏真迹,'箭'一作'笑',实用贾大夫射雉事。"《左传·昭公二十八年》:"昔贾大夫恶,娶妻而美,三年不言不笑。御以如皋,射雉获之,其妻始笑而言。"唐诗中有用这个典故的,如:

> 2 韦应物《射雉》:"走马上东冈,朝日照野田。野田双雉起,翻射斗回鞭。虽无百发中,聊取一笑妍。"

但这"一笑"与"昭阳殿里第一人"没有关系。仇兆鳌注杜诗,说:"一笑,指杨贵妃。"这是对的。不过还要进一步,把"笑"和历史上有名的褒姒之笑联系起来。

> 3《史记·周本纪》:"褒姒不好笑,幽王欲其笑万方,故不笑。幽王为烽燧大鼓,有寇至则举烽火。诸侯悉至,至而无寇,褒姒乃大笑。"

君主为了取悦宠妃,想方设法使之一笑,结果是亡国殒身。唐玄宗所做的也是如此,"一笑正坠双飞翼"就是这个意思。这句诗不是叙实,而是有象征的意味:才人射下双飞翼,固然能博取杨贵妃一笑,但也预示了这两人的悲剧结局。

唐诗中这样的"笑"不止一处。如:

> 4 杜牧《过华清宫绝句三首》之一:"长安回望绣成堆,山顶千门次第开。一骑红尘妃子笑,无人知是荔枝来。"

> 5 李商隐《北齐二首》:"一笑相倾国便亡,何劳荆棘始堪伤。小怜玉体横陈夜,已报周师入晋阳。""巧笑知堪敌万几,倾城最在著戎衣。晋阳已陷休回顾,更请君王猎一围。"

> 6 胡曾《咏史诗·褒城》:"恃宠娇多得自由,骊山举火戏诸侯。只知一笑倾人国,不觉胡尘满玉楼。"

杜牧的诗写的是杨贵妃的笑,李商隐的诗写的是北齐后主宠妃冯淑妃(小怜)的笑,胡曾写的是褒姒的笑,这些"笑"都不是一般的动词,而是受到君主宠幸而导致亡国的笑,是诗中的意象。

(二) 复合的意象

上述这些表具体或抽象物象的词语(如"梧桐"和"秋"),在日常生活或一般散文作品中都可以使用,只是这些词语所形成的意象是诗词中特有的。除了这一类以外,本文着重要讨论的是一些特殊的复合词语及其所表达的意象。这些复合词语在日常生活或一般散文作品中都很少见,是诗词中特有的。这些词语及其意象应当如何理解,是我们读唐宋诗词时应当注意的一个问题。

这些复合词语大致有如下几类:

(1) 在一个词语中既有客观物象又有主观感情,这样的词语最清楚地体现了情景交融。

白居易《长恨歌》有两句诗:"行宫见月伤心色,夜雨闻铃肠断声。""伤心色"是"伤心＋色"复合而成,"肠断声"是"肠断＋声"复合而成。"色"和"声"是客观物象,"伤心"和"肠断"是主观感情。在诗词中有不少这样由"A＋B"构成的复合词语,如下面例句中加横线的部分:

1 岑参《白雪歌》:"瀚海阑干百丈冰,愁云黲淡万里凝。"

2 刘希夷《公子行》:"可怜杨柳伤心树,可怜桃李断肠花。"

3 张仲素《燕子楼》:"北邙松柏锁愁烟,燕子楼人思悄然。"

4 李贺《黄头郎》:"南浦芙蓉影,愁红独自垂。"

5 杜牧《李甘诗》:"幽兰思楚泽,恨水啼湘渚。"

6 温庭筠《太子西池》:"花红兰紫茎,愁草雨新晴。"

7 温庭筠《懊恼曲》:"悠悠楚水流如马,恨紫 愁红满平野。"

8 韩偓《浣溪沙》:"六铢衣薄惹轻寒,慵红 闷翠掩青鸾。"

9 柳永《定风波·自春来》:"自春来、惨绿 愁红,芳心是事可可。"

10 周邦彦《瑞龙吟·章台路》:"断肠院落,一帘风絮。"

11 刘过《贺新郎·赠张彦功》:"早山遥、水阔天低,断肠烟树。"

12 辛弃疾《西河·送钱仲耕》:"从今日日倚高楼,伤心烟树如荠。"

13 姜夔《小重山令·赋潭州红梅》:"斜横花树小,浸愁漪。"

14 史达祖《秋霁·江水苍苍》:"江水苍苍,望倦柳 愁荷,共感秋色。"

15 吴文英《渡江云三犯·西湖清明》:"千丝怨碧,渐路入、仙坞迷津。"

16 吴文英《琐窗寒·绀缕堆云》:"离烟恨水,梦杳南天秋晚。"

17 吴文英《惜黄花慢·次吴江小泊》:"望天不尽,背城渐杳,离亭黯黯,恨水迢迢。"

18 张炎《忆旧游·过故园有感》:"空存,断肠草。"

这些"A+B"的复合意象,A 都表示感情,而且是悲哀的感情;B 都表示物象。"A+B"表示这种物象使人感到悲伤、痛苦。

"酸风"也属于这一类。"酸"不是感情,而是感觉,但"酸风"这个意象也是表示"风"引起了作者不愉快的感觉:

19 李贺《金铜仙人辞汉歌》:"魏官牵车指千里,东关酸风射眸子。"

20 刘将孙《满江红·五日风雨》:"千里酸风,茂陵客,咸阳古道。"

也有 A 表示的不是悲哀的感情,不过这类不多。如:

21 李清照《念奴娇·春情》:"宠柳娇花寒食近,种种恼人天气。"

22 刘辰翁《永遇乐·璧月初晴》:"禁苑娇寒,湖堤倦暖。"

有的 B 不是具体的物象,而是颜色:

23 白居易《县西郊秋寄赠马造》:"风荷老叶萧条绿,水蓼残花寂寞红。"

24 李白《菩萨蛮·平林漠漠》:"平林漠漠烟如织,寒山一带伤心碧。暝色入高楼,有人楼上愁。"

25 张元干《点绛唇·画阁深围》:"画阁深围,暖红光里芳林影。"

"伤心"在唐诗中可以是表程度的,是"十分、非常"之义,如杜甫《滕王亭子》之一:"清江锦石伤心丽,嫩蕊浓花满目斑。"但《菩萨蛮》中的"伤心碧"是说碧色使人伤心。《点绛唇》的"暖红"是说这种红色使人感到暖意。

在唐宋诗词中有"哀鸿""怨鸿"和"愁鬓",也是"A+B"的复合,而且 A 是哀愁的感情。但"哀鸿""怨鸿"是说鸿雁的鸣声哀苦,"愁鬓"是说鬓发因忧愁而变白,所以和上面所说的意象略有不同。

26 杜甫《曲江三章》之一:"白石素沙亦相荡,哀鸿独叫求其曹。"

27 吴文英《宴清都·病渴文园久》:"幽蛩韵苦,哀鸿叫绝。"

28 吴文英《惜黄花慢·次吴江小泊》:"梦翠翘,怨鸿料过南谯。"

33

29 高适《除夜作》:"故乡今夜思千里,愁鬓明朝又一年。"

30 贺铸《雨中花·回首扬州》:"但觉安仁愁鬓,几点尘埃。"

(2)另一类复合意象"A+B"中的 A 不是主观感情,而是一般的形容词。但这些形容词主要不是表示客观物象的性状,而是表示人的主观感受。如"寒+B":

1 刘长卿《长沙过贾谊宅》:"秋草独寻人去后,寒林空见日斜时。"

2 钱起《效古秋夜长》:"含情纺织孤灯尽,拭泪相思寒漏长。"

3 冯延巳《蝶恋花·窗外寒鸡》:"窗外寒鸡天欲曙,香印成灰,坐起浑无绪。"

4 柳永《雨霖铃·寒蝉凄切》:"寒蝉凄切。对长亭晚,骤雨初歇。"

5 秦观《满庭芳·山抹微云》:"斜阳外,寒鸦万点,流水绕孤村。"

这些"寒"都和物象本身的性状有一些关系:"寒林""寒蝉""寒鸦"都是秋日的景物,"寒漏"是秋夜的漏声,"寒鸡"是清晨的鸡。但作者用"寒"字主要是表达使人感到寒意。

这种意象很多,如"残+B""暗+B""苦+B""乱+B""孤+B"等:

6 白居易《上阳白发人》:"耿耿残灯背壁影,萧萧暗雨打窗声。"

7 钱起《酬刘员外雨中见寄》:"苦雨滴兰砌,秋风生葛衣。"

8 戴叔伦《别友人》:"对酒惜余景,问程愁乱山。"

9 周邦彦《氐州第一·波落寒汀》:"天角孤云缥缈。"

"残""暗"和物象的性状有关,但"残灯""暗雨"主要是渲染一种凄惨的气氛。"苦雨"和"檐雨"、"乱山"和"群山"、"孤云"和"片云"所指的物象大致相同,但用了"苦""乱""孤",主要是表达诗人感伤的情怀。

(3)唐宋诗词中最多而且最有特色的一类复合意象"A+B":A 和 B 是两种相关的物象,"A+B"不能简单地理解为"A 和 B",也不能理解为"A 的 B"或"A 中的 B",而是包含了 A 和 B 之间的复杂关系,并且蕴含着作者的感受和审美判断。

举一个例子:风泉。下面这些诗词句子中的"风泉",当然不是"风和泉":

① 刘长卿《龙门八咏·石楼》:"寂寞群动息,风泉清道心。"
② 张籍《宿天竺寺》:"夜向灵溪息此身,风泉竹露净衣尘。"

而且,也不仅仅是"风中之泉",读一读下面的诗句就可以知道:"风泉"不仅是视觉形象,而且是听觉形象,在诗人看来,"风泉"是可以听的,而且可以代替琴。所以,"风泉"应该理解为在风中叮咚作响的泉水:

③ 孟浩然《宿业师山房》:"松月生夜凉,风泉满清听。"
④ 张九龄《始兴南山下有林泉》:"萝茑自为幄,风泉何必琴。"

《全唐诗》中"风泉"共 27 见,其中和"声/韵/奏/鸣/琴/丝管/耳目"共现的有 16 例(包括上面 2 例),可见唐代诗人心目中"风泉"的意象多含有声音。

宋词中"风泉"用得不多,仅 3 见,其中一例也是说"听风泉":

⑤ 韩淲《临江仙·和答昌甫见寄》:"满眼春生梅柳意,山居清听风泉。"

再举一例"烟蓑"。"烟蓑"在唐诗中仅晚唐的郑谷 1 例,宋诗

和宋词中很多,各举2例。如:

  6 郑谷《郊园》:"烟蓑春钓静,雪屋夜棋深。"

  7 寇准《春日怀张曙》:"雨艇秋天末,烟蓑隐渭滨。"

  8 陆游《醉中示客》:"四座无哗听我歌,百年生计一烟蓑。"

  9 张元干《八声甘州·西湖有感》:"问苍颜华发,烟蓑雨笠,何事重来。"

  10 史达祖《八归·秋江带雨》:"烟蓑散响惊诗思,还被乱鸥飞去,秀句难续。"

"烟蓑"应怎样理解?当然不是"烟和蓑",也不是"烟之蓑"。张元干词中"烟蓑雨笠"并列(陆游诗中"烟蓑雨笠"并列甚多),说明"烟"包括"烟雨"。那么,"烟蓑"应是烟雨中所披之蓑。但有时又不仅仅是此义,史达祖词的"烟蓑散响"还指雨打蓑衣之声响。所以,"烟蓑"有时还应理解为"雨打蓑衣"这一动态过程。

  11 苏轼《定风波·莫听穿林》:"莫听穿林打叶声,何妨吟啸且徐行。竹杖芒鞋轻胜马,谁怕?一蓑烟雨任平生。"

  这是大家熟悉的一首词。其中的"一蓑烟雨"在宋词中共10见,在秦观、范成大、陆游、张元干的词中都有。"一蓑烟雨"就是在烟雨中披着一领蓑衣,"烟蓑"是"一蓑烟雨"的省略,意义相同;有时还可以兼含雨打蓑衣之声。

  这样的复合意象"A+B"在唐宋诗词中极多,都不能简单地理解为 A 和 B 的简单加合,而应理解为包含 A 和 B 的一幅图画或一个动态过程。很多词都可以加上另一个词构成这种复合意象。

  如"风",可以构成"A+风":

  12 李白《题元丹丘山居》:"松风清襟袖,石潭洗心耳。"

  13 孟浩然《夏日南庭怀辛大》:"荷风送香气,竹露滴清响。"

14 白居易《西湖晚归》:"卢橘子低山雨重,棕榈叶战<u>水风</u>凉。"

15 李白《有所思》:"海寒多<u>天风</u>,白波连山倒蓬壶。"

"松风"是松林中来的风,使人感到清新。"荷风"是荷塘上来的风,带来一阵清香。"水风"是湖面上来的风,使人感到凉意。"天风"是高空中的疾风,和起于青蘋之末的微风不一样。

更值得注意的是"酒旗风""一笛风""一梳风"之类的意象:

16 杜牧《江南春绝句》:"千里莺啼绿映红,水村山郭<u>酒旗风</u>。"

17 杜牧《题宣州开元寺水阁》:"深秋帘幕千家雨,落日楼台<u>一笛风</u>。"

18 曹松《晨起》:"林残数枝月,发冷<u>一梳风</u>。"

"酒旗风"是吹动酒旗的风,"一笛风"是悠扬的笛声从风中传来,"一梳风"是寒风像梳子一样从头发中穿过。

又可以构成"风+B":

19 张九龄《江上使风》:"江路与天连,<u>风帆</u>何森然。"

20 杜甫《月》:"尘匣元开镜,<u>风帘</u>自上钩。"

21 周邦彦《锁窗寒·暗柳啼鸦》:"似楚江暝宿,<u>风灯</u>零乱。"

22 贺铸《青玉案·凌波不过》:"一川烟草,满城<u>风絮</u>,梅子黄时雨。"

"<u>风帆</u>"是风推送的船帆,"<u>风帘</u>"是挡风的帘幕,"<u>风灯</u>"是在风中摇晃的灯,"<u>风絮</u>"是风中飞舞的柳絮。

更要注意"风磴""风袂"之类的意象:

23 杜甫《郑驸马宅宴洞中》:"误疑茅堂过江麓,已入<u>风磴</u>霾云端。"

37

24 张先《天仙子·观舞》:"惊鸿奔,风袂飘飘无定准。"

"风磴"是通向山巅的石阶,"风"是言其高。① "风袂"有时指风吹动的衣袂,这里是描写舞姿,指衣袂舞动时生风。

可见,用同一个物象和别的物象组合而成的复合意象,两个物象之间的相互关系以及构成的复合意象的整体意义和色彩都是很不一样的。

(4)动词有没有复合意象?也是有的。下面举两例。

(A)望断。如:

1 白居易《江南送北客因凭寄徐州兄弟书》:"故园望断欲何如,楚水吴山万里余。"

2 李商隐《曲江》:"望断平时翠辇过,空闻子夜鬼悲歌。"

3 秦观《满庭芳·山抹微云》:"伤情处,高城望断,灯火已黄昏。"

4 张孝祥《六州歌头·长淮望断》:"长淮望断,关塞莽然平。"

唐宋诗词中"望断"是个常见的动词词组。"望断"不是"望"和"断"的简单加合,而是表示深情凝望,直到望不见为止,其中饱含了作者(或抒情主人公)的深情和感伤,所以是个意象。

(B)"寂寞+动词"。如:

唐宋诗词中"寂寞"用得很多,下面两个例句的主语都是诗的作者,"寂寞"是作者感到孤单冷清,这是"寂寞"的一般用法,并不构成意象。

1 王维《山居即事》:"寂寞掩柴扉,苍茫对落晖。"

---

① 《集千家注杜诗》:"迈曰:'风磴,乃风路也。'"蔡梦弼注:"磴,道也。言其石磴之高也。"仇注:"登陟之路,凌风而上也。"

2 柳公权《应制为宫嫔咏》:"不分前时忤主恩,已甘寂寞守长门。"

但下面四个例句中的"寂寞"和一般用法不同:

3 刘禹锡《金陵五题·石头城》:"山围故国周遭在,潮打空城寂寞回。"

4 元稹《行宫》:"寥落古行宫,宫花寂寞红。"

5 秦观《满庭芳·山抹微云》:"疏烟淡日,寂寞下芜城。"

6 陆游《卜算子·驿外断桥边》:"驿外断桥边,寂寞开无主。"

这四个例句的主语都是无生命的,不会是"潮""花"等感到寂寞,用"寂寞+动词"是说这种动作的发生丝毫不受人注意,这是诗人对此事件的感受和评价,所以,"寂寞+动词"构成了意象。

## 二 意境

前面说过,"意境是指作者的主观情意与客观物境互相交融而形成的艺术境界"。什么是"主观情意"?什么是"客观物境"?什么是"交融"?这是需要进一步探讨的问题。

(一) 情景交融

"情景交融"存在于两个层面:一是构思层面,一是表述层面。

(1) 构思层面的"情景交融",是说在诗人的胸中,"情"(主观)和"景"(客观)是如何交融的。一般的说法是"触景生情/即景生情"(由客观到主观)和"移情入景"(由主观到客观)。这两个过程,不但诗人如此,一般人也都会有体会。但是,如果以此来解释诗人构思的过程,似乎有些简单。比如,杜甫的名句:

  杜甫《春望》:"感时花溅泪,恨别鸟惊心。"

  花、鸟本来是使人感到喜悦的,为什么会使人"溅泪""惊心"呢?说这是移情入景,是因为杜甫本来心中有感有恨,所以看到花鸟也感到伤心,这没有问题。但杜甫心中的感和恨是哪儿来的?是触景生情吗?显然,杜甫心中的感和恨是因为安史之乱,是因为家人离散。把安史之乱和家人离散也说成"景",未免有些勉强。但这是文艺心理学的问题,本文不谈。

  (2)本文要谈的是表述层面的情景交融,即在诗词作品中所写的情和景两者如何达到交融。这和本章要讨论的"意境"有关。

  诗词所表达的内容,大致可分为四类:叙事,写景,抒情,议论。有的诗词分别以这四类为主体,有的诗词在同一首中兼有这四方面的内容。如杜甫《北征》是以叙事为主体的,但诗中也有写景的部分,如"前登寒山重,屡得饮马窟";有抒情的部分,如写和家人见面时的心情"恸哭松声回,悲泉共幽咽";有议论的部分,如"此辈少为贵,四方服勇决"。这些都不是情景交融,也都不构成意境。诗中也有先描写物景后抒发情意的,如:"山果多琐细,罗生杂橡栗。或红如丹砂,或黑如点漆。雨露之所濡,甘苦齐结实。缅思桃源内,益叹身世拙。"这也不是情景交融,不是意境,因为情景二者虽然都写到了,但并未交融。

  那么,什么是情景交融呢?研究中国古典诗歌的学者对此有不同的看法,对此本文不拟深入讨论。本文所说的"情景交融"取的是通常的比较宽泛的理解,即诗词中的主观情意与客观物境之间有密切的内在联系。如:

  李白《子夜吴歌·秋歌》:"长安一片月,万户捣衣声。秋风吹不尽,总是玉关情。何日平胡虏,良人罢远征。"

这首诗,历来都认为是情景交融的。秋风,月色,砧声,构成一幅生动的画面,包含了深深的玉关情。最后两句,只有情而无景,但这就是玉关情的一部分。所以,这是一篇情景交融的佳作。

(3)很多诗词既有景又有情。情景结合的方式,主要有以下几种。

(A)因景抒情

1 王维《渭川田家》:"斜阳照墟落,穷巷牛羊归。野老念牧童,倚杖候荆扉。雉雊麦苗秀,蚕眠桑叶稀。田夫荷锄至,相见语依依。即此羡闲逸,怅然吟式微。"

2 刘禹锡《忆江南》:"春去也,多谢洛城人。弱柳从风疑举袂,丛兰裛露似沾巾。独坐亦含嚬。"

《渭川田家》先写闲逸之景,后抒归隐之情。最后两句的情是见到前面的景产生的;但前面的景也包含闲逸之情。《忆江南》先写春去之感慨,后写柳树兰草之情态,前面两句的情是见到后面的景产生的;但后面的景也包含了春归之情。

(B)因情写景

1 苏轼《鹧鸪天·林断山明》:"翻空白鸟时时见,照水红蕖细细香。"

2 辛弃疾《鹧鸪天·枕簟溪堂》:"红莲相倚浑如醉,白鸟无言定自愁。"

3 苏轼《蝶恋花·密州上元》:"灯火钱塘三五夜。明月如霜,照见人如画。帐底吹笙香吐麝。此般风味应无价。　寂寞山城人老也。击鼓吹箫,却入农桑社。火冷灯稀霜露下。昏昏雪意云垂野。"

同样的景物,由于作者的情绪不同,在诗词中呈现出很不一样的色彩。两首《鹧鸪天》都是写红莲和白鸟,但在苏轼词中活泼欢

41

快,在辛弃疾词中无精打采,这都是诗人心境的反映。同样是上元的景色,杭州的上元夜是风味无价,密州的上元夜是寂寞暗淡。这固然与两地情况不同有关,但更主要的是与作者的心情有关。

(C)以景喻情

1 李白《宣州谢朓楼》:"抽刀断水水更流,举杯销愁愁更愁。"

2 白居易《长相思·汴水流》:"汴水流,泗水流。流到瓜洲古渡头,吴山点点愁。 思悠悠,恨悠悠。恨到归时方始休,月明人倚楼。"

3 李煜《虞美人·春花秋月》:"问君能有几多愁,恰似一江春水向东流。"

4 贺铸《青玉案·凌波不过》:"若问闲情都几许。一川烟草,满城风絮。梅子黄时雨。"

在诗词中,作者的感情常常通过景物来表达。如李白用抽刀断水来比喻其割不断的愁思和抑郁,白居易用水流和吴山来比喻其愁绪和思念,李煜用东流的江水比喻其哀愁,贺铸连用三种景物比喻其"闲情(愁)"。

(D)寓情于景

1 李商隐《正月崇让宅》:"密锁重关掩绿苔,廊深阁迥此徘徊。先知风起月含晕,尚自露寒花未开。蝙拂帘旌终展转,鼠翻窗网小惊猜。背灯独共余香语,不觉犹歌起夜来。"

2 辛弃疾《西江月·夜行黄沙道中》:"明月别枝惊鹊,清风半夜鸣蝉。稻花香里说丰年,听取蛙声一片。七八个星天外,两三点雨山前。旧时茅店社林边,路转溪头忽见。"

作者不说自己的忧愁或欢愉,而是通过写景来表达,这种方式在诗词中十分常见。李商隐的《正月崇让宅》是一首悼亡诗,整首诗没有一句抒情,没有一句议论,只是写了他和妻子曾居住的崇让宅的门外和室内的环境,再加上"徘徊""展转""惊猜"等自己的动作,构成了一幅图景,从中表达出深切的悼亡之情。辛弃疾《西江月》纯是写景,但欢愉之情跃然纸上。

在唐宋词的结尾处常常用"以景结情"的表现手法。如:

3 李白《忆秦娥·箫声咽》:"西风残照,汉家陵阙。"

4 张先《千秋岁·夜过也》:"夜过也,东窗未白凝残月。"

5 柳永《采莲令·月华收》:"寒江天外,隐隐两三烟树。"

6 秦观《满庭芳·晓色云开》:"凭阑久,疏烟淡日,寂寞下芜城。"

7 周邦彦《瑞龙吟·章台路》:"断肠院落,一帘风絮。"

8 陈与义《临江仙·忆昔午桥》:"古今多少事,渔唱起三更。"

9 廖世美《烛影摇红·题安陆浮云楼》:"晚霁波声带雨,悄无人、舟横野渡。数峰江上,芳草天涯,参差烟树。"

这些结语,都是寓情于景,有不尽之意。("以景结情"在本书第九章中还要讨论。)

(E)情景交织

1 杜甫《曲江二首》之一:"一片花飞减却春,风飘万点正愁人。且看欲尽花经眼,莫厌伤多酒入唇。江上小堂巢翡翠,花边高冢卧麒麟。细推物理须行乐,何用浮名绊此身。"

杜甫这首诗,首联两句,上半句是景,下半句是情。颔联主要是抒情,颈联是写景,尾联是抒情。就整首诗词而言,"情景交织"是最常见的,常常是情和景在诗词中交织出现,而且位置不定。

以上五种情景结合的方式,前四种都是情景交融。第五种要看情景结合的密切程度而定。如果这些交织的情和景的内在联系很紧密,那就是情景交融;如果虽在诗词中交织(有几句写景,有几句写情),但并无密切的内在联系,那就不是情景交融。上面所举的《曲江二首》之一,有一定程度的交融,但交融得并不紧密。

(二) 情景交融和意境

意境都是情景交融的,但情景交融不一定就是意境。如上面所举的杜甫诗"江上小堂巢翡翠,花边高冢卧麒麟",一般不认为是一种意境。因为杜甫从这种景象感悟到"须行乐",但这种景象本身并没有包含作者的情意或感悟。通常所说的意境,是包含主观情意的画面。画面主要指自然景象,也包括人物活动,如王国维所说的"有我之境"的"泪眼问花花不语,乱红飞过秋千去"和"无我之境"的"采菊东篱下,悠然见南山",都是既有自然景象,又有人物活动的。主观情意主要指喜怒哀乐、思念、愿望,也包括体验到的美感,感悟到的哲理等;而且这些主观情意就包含在这画面之中,很多画面中的主观情意,无须作者特意说明,读者就能感受到。

(1)意境所借以呈现的画面,可以是静态的,也可以是动态的。静态的如:

　　1 王维《鹿柴》:"空山不见人,但闻人语响。返景入深林,复照青苔上。"

　　2 范仲淹《苏幕遮·碧云天》:"碧云天,黄叶地。秋色连波,波上寒烟翠。山映斜阳天接水。芳草无情,更在斜阳外。"

这种包含作者主观情意的静态画面在诗词中有很多,无须多举例。

动态的如:

　　3 张先《天仙子·水调数声》:"沙上并禽池上暝。云破月来花弄影。重重帘幕密遮灯,风不定。人初静。明日落红应满径。"

4 苏轼《六月二十七日望湖楼醉书五首》之一:"黑云翻墨未遮山,白雨跳珠乱入船。卷地风来忽吹散,望湖楼下水如天。"

《天仙子》写由暝入夜的景色变化,并且预想了明日的景象。特别是"云破月来花弄影"这个名句,其意境是动态地表达出来的,如果仅仅用静态的云、月、花、影来构成意境,绝不可能达到这样的艺术效果。《望湖楼》写骤雨来时凶猛,而霎时间又雨过天晴,湖面映出蓝天。这也是静态的意境所无法取代的。

(2)还有的画面可以不止一个。如:

5 苏轼《定风波·莫听穿林》:"莫听穿林打叶声,何妨吟啸且徐行。竹杖芒鞋轻胜马,谁怕?一蓑烟雨任平生。　　料峭春风吹酒醒,微冷,山头斜照却相迎。回首向来潇洒处,归去,也无风雨也无晴。"

6 杜牧《秋夕》:"银烛秋光冷画屏,轻罗小扇扑流萤。天阶夜色凉如水,坐看牵牛织女星。"

7 温庭筠《瑶瑟怨》:"冰簟银床梦不成,碧天如水夜云轻。雁声远过潇湘去,十二楼中月自明。"

《定风波》是两个画面。上阕写风雨中的坦然前行,下阕写放晴后的豁达情怀。两个画面合在一起,表现出作者旷达淡定的处世态度。

《秋夕》也是两个画面。每个画面都有景物和人物活动。人物是一个宫女,两个画面用她的活动联系起来。第一个画面中的景物是她的卧室,华丽而凄清,她不耐寂寞,只好独自戏扑流萤。第二个画面中的景物是宫廷的台阶和夜色,她扑流萤怠倦之后坐在石阶上遥看牵牛织女星。这两个画面没有直接描写宫女的心理活动,但她的心理活动和作者对她的同情已充分表达出来。

《瑶瑟怨》四句是四个画面。四句诗中只有第一句的"梦不成"写了人物的状态,这个人是一个女子,她在夜间寻梦而不成,其梦虽未明言,但从诗题"瑶瑟怨"可以想象,是希望在梦中见到思念的人。第一句的景物是女子的卧床,其余三句的景物似乎都与人物无关,但实际上这些景物都由一条暗线贯穿起来,这条暗线就是女子的心理活动。第二句是她的所见,第三句是她的所闻,第四句又回到她所居住的高楼。从诗的表达手法来说,是以这三个画面写出女子的思绪,也就是以景写情。这个女子寻梦不成,就把目光转向夜空,见到的是一片清冷的景象;然后又听到雁声,她想象大雁飞向潇湘,她的思绪也随之而去;但最后又回到她的住处,明月照着高楼,一个"自"字使画面呈现出凄清的色调,也透露出女子的哀怨和孤寂。

对于这样的意境,我们读诗词时应当细心体会。

(三) 意境的构成

意境是怎样构成的?

对这个问题的回答可以是:如果一句或几句诗词,或整篇诗词,构成了一幅图景,而这幅图景包含了主观情意,那么这就构成了意境。

不过这样的回答只是重复了"意境"的界定,并没有使我们对"意境"的认识前进一步。

我们需要讨论的是:这样的图景是怎样构成的? 由哪些要素构成? 用什么方法构成? 为什么这样构成的图景会包含主观情意?

最容易想到的答案大概会是:这样的图景是由意象构成的。因为意境和意象都是客观物象和主观情意交融的产物,只不过范围有大小而已。由意象构成这样的图景,似乎是顺理成章的。

但是,看一看诗词的实例,会感到问题不那么简单。

(1)确实,意象对意境的构成起重要的作用。很多有意境的句子,用的不是普通的词语,而是融入了主观情意的意象。比如,一般不会只用一个"日",而会用"旭日""落日""淡日"等;一般不会只用一个"月",而会用"明月""满月""残月"等。但一个意象不能构成意境,往往要几个意象配合起来,才构成一个画面,具有意境。有时候,几个意象可以直接组合或拼合成一个包含主观情意的图景。如:

    1 温庭筠《商山早行》:"鸡声茅店月,人迹板桥霜。"

    2 杜甫《登高》:"风急天高猿啸哀,渚清沙白鸟飞回。"

这些诗句都是我们很熟悉的,确实是几个意象直接组合而构成一幅包含主观情意的图景,构成一种意境。(前面说过,意象不限于名词词组,像"风急""天高""猿啸哀"这样的也是意象。)但并非所有的意境构成都是如此,像这样构成意境的只是一小部分。

(2)在多数情况下,一个意象会和另一个意象出现在一个句子中,或几个相连的句子(在近体诗中就是一联)中,中间还有别的词语隔开,我们把这种情况叫作两个意象的组配。由于意象的多义性,同一个意象,在与另一个不同意象组配时,会呈现出不同的色调和感情。如:

    3 王维《使至塞上》:"大漠孤烟直,长河落日圆。"

    4 杜甫《后出塞五首》其二:"落日照大旗,马鸣风萧萧。"

    5 高适《燕歌行》:"大漠穷秋塞草腓,孤城落日斗兵稀。"

47

6 杜牧《题宣州开元寺水阁》："深秋帘幕千家雨,落日楼台一笛风。"

7 陆游《长歌行》："成都古寺卧秋晚,落日偏傍僧窗明。"

王维诗的"孤烟""落日"写出了边塞奇特壮丽的风光,杜甫诗的"落日""马鸣"写出了威武整肃的军容,高适诗的"落日"显然是凄惨的色调,杜牧诗的"落日"使人感到明丽舒畅,陆游诗的"落日"则包含诗人迟暮的感叹。这都和与"落日"组配的另一意象有关。

而同是王维的诗,同是"落日"和"孤烟"组配,下面两句诗显然与上面两句意境迥异:

8 王维《辋川闲居赠裴秀才迪》："渡头余落日,墟里上孤烟。"

这两句写渡头人已散去,只剩下一轮落日,而在村落上方已升起袅袅炊烟,这是一幅宁静安闲的田园图景。上下两联的差异既在于"大漠""长河"与"渡头""墟里"的不同,也在于所用的"直""圆"和"余""上"的不同。

有时,两句诗中的意象完全相同,但连接两个意象的动词不同,两句诗的意境就完全不一样。如:

9 王维《归嵩山作》："清川带长薄,车马去闲闲。流水如有意,暮禽相与还。荒城临古渡,落日满秋山。迢递嵩高下,归来且闭关。"

10 储光羲《田家杂兴》八首之三(节引):"逍遥阡陌上,远近无相识。落日照秋山,千岩同一色。"

"落日满秋山"和"落日照秋山"两句,哪一句更具诗情?读者自能判别。其差异不在意象的不同,而在动词"满"和"照"。"照"只写了落日对秋山的照射,"满"写出了落日时分秋山的山色,也写出了作者当时的情怀。在这里构成意境的,主要是这个"满"字。

(3)还有些词语,在诗词中常用,只是一般意义,并不构成意象。但在某种环境中,整个环境形成了意境,而这个词语也成了意象。如诗词中常出现的"月如钩":

1 温庭筠《西江贻钓叟骞生》:"晴江如镜月如钩,泛滟苍茫送客愁。"

2 韦庄《绥州作》:"一曲单于暮烽起,扶苏城上月如钩。"

3 冯延巳《芳草渡·梧桐落》:"山如黛,月如钩。笙歌散,梦魂断,倚高楼。"

4 蔡伸《愁倚阑·天如水》:"天如水,月如钩。正新秋。月影参差人窈窕,小红楼。 如今往事悠悠。楼前水、肠断东流。旧物忍看金约腕,玉搔头。"

5 吴潜《诉衷情·几回相见》:"几回相见见还休。说著泪双流。又听画角呜咽,都和作、一团愁。 云似絮,月如钩。忆凭楼。蕙兰情性,梅竹精神,长在心头。"

这些"月如钩"只是对月的形状的描写,不包含多少主观情意。但在李煜的《相见欢》中就不同了:

6 李煜《相见欢·无言独上》:"无言独上西楼,月如钩。寂寞梧桐深院锁清秋。"

把"月如钩"和带有作者情意的景色"寂寞梧桐深院锁清秋"放在一起,并在这个环境中加上了人物的活动"无言独上西楼",这就构成了一个非常感人的意境,尽管是"无言",但比用言辞诉说的情感还感人得多。虽然下阕点出了"离愁",但仅读上阕,就已被作者的愁绪深深打动。这里的"月如钩"就不仅仅是对月的形状的描写,而是饱含作者的愁思,成为意象了。

又如:

49

7 白居易《问刘十九》:"绿蚁新醅酒,红泥小火炉。晚来天欲雪,能饮一杯无?"

"绿蚁新醅酒"和"红泥小火炉"都说不上是意象,如果只有这两句,那就不具有一点儿诗意。但加上第三句"晚来天欲雪"的反衬,前两句就有了温暖的意味;再加上最后一个简短的问句"能饮一杯无",这首短诗就有了深厚的情味,构成了富有余韵的意境。

有些为人称道的情景交融的诗句,也并非由意象构成。如:

8 方回《瀛奎律髓》卷二十三:"老杜'水流心不竞,云在意俱迟',即如'片云天共远,永夜月同孤',景在情中,情在景中,未易道也。"

杜甫的"水流心不竞,云在意俱迟"是《江亭》中的诗句,"片云天共远,永夜月同孤"是《江汉》中的诗句。这两句除方回外,在后来的诗话中也很受人称道,认为是情景交融,应该说是构成了意境。但"片云"一联,虽然"片云""永夜"都有修饰语,但不包含很多主观情意,还是普通的词语;"水流"一联,两句中没有任何意象。这说明意境的构成并不一定要依据意象,用普通的词语写景抒情,只要景和情契合,就可以构成意境。

总之,意象在意境的构成中有重要的作用,但除意象外,意境的构成还有多种因素和多种方法。

# 第三章 炼字和炼句

诗词的艺术魅力很大程度上是源于字句的锤炼,有的作家就因为他们对字句的锤炼而得名。如:

《苕溪渔隐丛话》前集卷三十七:"《遁斋闲览》云:张子野郎中以乐章擅名一时,宋子京尚书奇其才,先往见之,遣将命者谓曰:'尚书欲见"云破月来花弄影"郎中乎?'子野屏后呼曰:'得非"红杏枝头春意闹"尚书邪?'遂出置酒尽欢。盖二人所举皆其警策也。"

宋代魏庆之《诗人玉屑》卷四中对炼字和炼句有一段概括的表述:

诗有四炼:

一曰炼句　　玉枕双文簟,金盘五色瓜。清风两窗竹,白露一庭秋。

二曰炼字　　虎迹空林雨,猿声绝岭云。香飘歌袂动,翠落舞钗遗。

三曰炼意　　老骥思千里,饥鹰待一呼。风前灯易灭,川上月难留。

四曰炼格　　日暮长安道,秋深云汉心。岛屿分诸国,星河共一天。

句欲得健　　壮节初题柱,生涯独转蓬。独鹤归何晚,昏鸦已满林。

　　字欲得清　　月生初学扇,云细不成衣。粉墙犹竹色,虚阁自松声。

　　意欲得圆　　霄汉愁高鸟,泥沙困老龙。草枯鹰眼疾,雪尽马蹄轻。

　　格欲得高　　花枝临太液,燕语入披香。无瑕胜玉美,至洁过冰清。

但论述过于简单,选用的例句也不足以体现炼字和炼句之妙。所以,这个问题还要根据唐宋诗词的实际用例来谈。

　　古代的诗论也很注重炼字和炼句,但炼字和炼句是斫轮之巧,"得之于手,而应于心,口不能言,有数存焉于其间"。炼字炼句之法是很难归纳概括的。本章只能根据古代诗话里提到的一些例子略加扩展并试图加以阐发。

## 一　炼字

（一）诗话中所说的炼字

　　在古代的诗话中,有不少关于炼字的记载。很多唐宋诗人对诗中的一个字都是反复推敲,最后才改定的。下面选录几条。

　　《苕溪渔隐丛话》前集卷八:"《漫叟诗话》云:'"桃花细逐杨花落,黄鸟时兼白鸟飞。"李商老云:"尝见徐师川说一士大夫家有老杜墨迹,其初云'桃花欲共杨花语',自以淡墨改三字。"乃知古人字不厌改也,不然何以有日锻月炼之语。'"

　　《苕溪渔隐丛话》前集卷八:"张文潜云:'世以乐天诗为得

于容易而来,尝于洛中一士人家见白公诗草数纸,点窜涂之,及其成篇,殆与初作不侔。'"

这是说杜甫和白居易对字句的推敲和改易。

《苕溪渔隐丛话》前集卷八:"《郡阁雅言》云:'王贞白唐末大播诗名,《御沟》为卷首,云:"一派御沟水,绿槐相荫清。此波涵帝泽,无处濯尘缨。鸟道来虽险,龙池到自平。朝宗心本切,愿向急流倾。"自为冠绝无瑕,呈僧贯休。休公曰:"此甚好,只是剩一字。"贞白扬袂而去。休公曰:"此公思敏。"取笔书"中"字掌中。逡巡贞白回,忻然曰:"已得一字。"云:"此中涵帝泽。"休公将掌中字示之。'"

陶岳《五代史补》卷三:"时郑谷在袁州,齐已因携所撰诗往谒焉。有《早梅》诗曰:'前村深雪里,昨夜数枝开。'谷笑谓曰:'数枝非早,不若一枝则佳。'齐已矍然,不觉兼三衣叩地膜拜。自是士林以谷为齐已一字之师。"

这是说诗人互相切磋改定诗中用字。

《六一诗话》:"陈舍人从易……时偶得杜集,旧本文多脱误,至《送蔡都尉》诗云'身轻一鸟',其下脱一字。陈公因与数客各用一字补之,或云'疾',或云'落',或云'起',或云'下',莫能定。其后得一善本,乃是'身轻一鸟过'。陈公叹服,以为虽一字,诸君亦不能到也。"

《唐子西文录》:"东坡作《病鹤》诗,尝写'三尺长胫瘦躯',缺其一字使任德翁辈下之,凡数字。东坡徐出其稿,盖'阁'字也。此字既出,俨然如见病鹤矣。"

这是说杜甫、苏轼用字之妙,隐去其中一字,让他人补之,终不及原诗。

在为唐宋诗歌所作的注解里,有时也说到诗人的炼字。如：

杜甫《春宿左省》:"花隐掖垣暮,啾啾栖鸟过。星临万户动,月傍九霄多。不寝听金钥,因风想玉珂。明朝有封事,数问夜如何。"

仇兆鳌注:"赵汸曰:'唐人五言,工在一字,谓之句眼。'如此二诗,三四动字、多字,五六湿字、低字之类,乃眼之在句底者。(愚按:"此二诗"指《春宿左省》和《晚出左掖》,后一诗之五六句为"楼雪融城湿,宫云去殿低"。)《何将军山林》诗:'卑枝低结子,接叶暗巢莺。'低与暗乃眼之在第三字者。'雨抛金锁甲,苔卧绿沉枪',抛与卧乃眼之在第二字者。'剩水沧江破,残山碣石开','绿垂风折笋,红绽雨肥梅',皆一句中具二字眼,剩、破、残、开、垂、折、绽、肥是也。山谷云:'拾遗句中有眼,篇篇有之。'推此可见。杨仲弘曰:'诗要炼字,字者眼也。如杜诗"飞星过水白,落月动沙虚",炼中间一字。"地坼江帆隐,天清木叶闻",炼末后一字。"红入桃花嫩,青归柳叶新",炼第二字。非炼归、入字,则是学堂对耦矣。又如"暝色赴春愁,无人觉来往",非炼觉、赴字,便是俗诗,有何意味耶。'"

(二) 唐宋诗词中的炼字

那么,唐宋诗词中究竟怎样炼字呢？
炼字有两种情况,分述如下。
(1)工巧新奇而又妥帖得当

元杨载《诗法家数》:"诗要炼字,字者眼也。如老杜诗:'飞星过水白,落月动沙虚。'炼中间一字。'地坼江帆隐,天清木叶闻。'炼末后一字。'红入桃花嫩,青归柳叶新',炼第二字。非炼'归'

'入'字,则是儿童诗。又曰'暝色赴春愁',又曰'无人觉来往',非炼'觉''赴'字,便是俗诗。"(《历代诗话》)他是主张写诗要"日锻月炼"的,他所举的杜甫诗的炼字,都是工巧新奇,而又妥帖得当。下面再举一些例子:

1 李白《陪族叔……游洞庭五首》之二:"南湖秋水夜无烟,耐可乘流直上天。且就洞庭赊月色,将船买酒白云边。"

2 杜甫《登岳阳楼》:"昔闻洞庭水,今上岳阳楼。吴楚东南坼,乾坤日夜浮。"

3 韩翃《宿石邑山中》:"浮云不共此山齐,山霭苍苍望转迷。晓月暂飞高树里,秋河隔在数峰西。"

4 孔平仲《霁夜》:"明朝准拟南轩望,洗出庐山万丈青。"

5 杨万里《闲居初夏午睡起》:"梅子留酸软齿牙,芭蕉分绿与窗纱。"

6 范仲淹《御阶行·秋日怀旧》:"纷纷堕叶飘香砌。夜寂静、寒声碎。"

7 宋祁《玉楼春·春景》:"绿杨烟外晓寒轻,红杏枝头春意闹。"

8 秦观《满庭芳》:"山抹微云,天连衰草,画角声断谯门。"

这些例句中的用字都很奇特。

例1,月色如何能"赊",又怎样向洞庭湖"赊"?苏轼《赤壁赋》:"江上之清风,与山间之明月,耳得之而为声,目遇之而成色,取之无禁,用之不竭,是造物者之无尽藏也。"苏轼用"取",李白说"赊",都是说以大自然之美色而供自己享用,只是李白用一"赊"字,更强调了洞庭月色之美。

例2,吴楚是不会"坼"的,乾坤更不会"浮",诗人用这两个字生动地写出了面临洞庭浩渺湖水的震撼之感。

例3,一个"飞"字写出了在山中抬头望月,看到明月高挂在树梢上的情景。

例4,写出了雨后庐山的清秀,雨无法洗山,但句中的"洗"字无可代替。

例5,不说梅子使牙齿酸软,芭蕉映绿了窗纱,而说"留酸""分绿",别有意味。

例6,诗人用"碎"字表达了树叶一片片堕地铿然有声的感受。

例7、例8是传诵的名句,就不用多说了。但例7可以用另一个句子来比较一下:范成大《鹧鸪天·嫩绿重重》:"酴醿架上蜂儿闹,杨柳行间燕子轻。""蜂儿闹"是写实,但算不上炼字。"春意闹"的"闹"由实变虚,但很传神,这就是炼字。

(2)巧而不见刻削之痕

叶梦得《石林诗话》卷下:"诗语固忌用巧太过,然缘情体物,自有天然工妙,虽巧而不见刻削之痕。老杜'细雨鱼儿出,微风燕子斜',此十字殆无一字虚设。雨细着水面为沤,鱼常上浮而淰;若大雨,则伏而不出矣。燕体轻弱,风猛则不能胜;惟微风乃受以为势。故又有'轻燕受风斜'之语。至'穿花蛱蝶深深见,点水蜻蜓款款飞','深深'字若无'穿'字,'款款'字若无'点'字,皆无以见其精微如此。然读之浑然,全似未尝用力,此所以不碍其气格超胜。使晚唐诸子为之,便当入'鱼跃练波抛玉尺,莺穿丝柳织金梭'体矣。"

这一段话说得很好。"细雨鱼儿出,微风燕子斜。""出"和"斜"都很平常,但用在诗句里,却很真实而生动地写出了鱼儿和燕子在细雨微风中的动态。这是杜甫对物态细致观察的结果,而且用了很普通但很恰当的字写了出来。下面一些诗句的用字都不像第一类那样奇特,但深入体味,都很妥帖而且很传神。

1 王维《鹿柴》:"空山不见人,但闻人语响。返景入深林,复照青苔上。"

2 杜甫《春夜喜雨》二首之一:"好雨知时节,当春乃发生。随风潜入夜,润物细无声。野径云俱黑,江船火独明。晓看红湿处,花重锦官城。"

3 杜牧《九日齐安登高》:"江涵秋影雁初飞,与客携壶上翠微。"

4 苏轼《中秋月》:"暮云收尽溢清寒,银汉无声转玉盘。"

5 叶绍翁《游园不值》:"应怜屐齿印苍苔,小扣柴扉久不开。春色满园关不住,一枝红杏出墙来。"

6 秦观《八六子·倚危亭》:"那堪片片飞花弄晚,蒙蒙残雨笼晴。"

7 周邦彦《大酺·春雨》:"对宿烟收,春禽静,飞雨时鸣高屋。"

8 辛弃疾《鹧鸪天·代人赋》:"平冈细草鸣黄犊,斜日寒林点暮鸦。"

例1,山中四周无人,一片寂静。但正是在这寂静之中,如果远处有人说话,也会显得很响。郦道元《水经注》引《荆州记》:"每至晴初霜旦,林寒涧肃,常有高猿长啸,属引凄异,空谷传响,哀转久绝。"可以与此参看。("空谷传响"的"响"是回声,与王维诗不同。但两者的听觉效果是类似的。)

例2,下了一夜细雨,花朵上沾满了雨水,显得沉甸甸的,一个"重"字,写出了这种情景。

例3,"涵"字用得很好。类似的景象可以用"映",如王昌龄《宴南亭》:"寒江映村林。"也可以用"铺",如白居易《暮江吟》:"一道残阳铺水中。"但"秋影"不是山川草木,更不是斜阳,所以用"涵"最恰当。

例4,是对月光的动态描写,明月把月光洒向天宇,就像从月中溢出一样。

例5,"关"是从"小扣柴扉久不开"而来,好像主人要把春色关在园中,但春色是关不住的,所以"一枝红杏出墙来"。

例6,"笼"在诗词中常用,如杜牧《泊秦淮》:"烟笼寒水月笼沙。"但"蒙蒙残雨笼晴"则写出了在初晴的天空中还有蒙蒙残雨的景象。

例7,"鸣"写出了骤雨打在屋顶上急促而清脆的声响。

例8,是一幅斜日寒林图,在夕阳中,树梢上的几只乌鸦像小黑点一样。

(三)炼字常用哪一类字

在唐宋诗词中炼字经常用哪一类字?
(1)用使动或意动动词

《容斋续笔》卷八:"王荆公绝句云:'京口瓜洲一水间,钟山只隔数重山。春风又绿江南岸,明月何时照我还。'吴中士人家藏其草,初云'又到江南岸',圈去'到'字,注曰'不好';改为'过',复圈去而改为'入';旋改为'满'。凡如是十许字,始定为'绿'。"

这是广为流传的炼字的例子。为什么"到""过""入""满"都不好,最后改定为"绿"呢?一个重要的原因,是因为"到""过""入"只表达了动作,"满"只表达了结果,而"绿"则兼有动作和结果:春风吹绿了江南。"绿"是形容词的使动用法,使动包含了动作和结果;虽然"吹"这个动作没有说出来,但是可以想到的。正因为使动、意动有这样的功能,所以,诗人在炼字时常用使动、意动动词。其实,"绿"这样的用法早就有了,初唐诗人邱为的《题农庐舍》:"东风何时至,已绿湖上山。"李白《侍从宜春苑》:"东风已绿瀛洲草,紫殿红楼觉春好。"这两个"绿"字都是使动用法。再举一些其他字词的例子:

1 杜甫《春望》:"感时花溅泪,恨别鸟惊心。"

2 秦观《踏莎行》:"雾失楼台,月迷津渡。桃源望断无寻处。"

3 周邦彦《满庭芳·夏日溧水无想山作》:"风老莺雏,雨肥梅子。"

4 姜夔《踏莎行·燕燕轻盈》:"淮南皓月冷千山,冥冥归去无人管。"

5 岑参《登总持阁》:"槛外低秦岭,窗中小渭川。"

6 杜牧《过清华宫绝句三首》之二:"霓裳一曲千峰上,舞破中原始下来。"

7 辛弃疾《满江红》:"敲碎离愁,纱窗外、风摇翠竹。"

8 王维《送秘书晁监还日本国》:"鳌身映天黑,鱼眼射波红。"

这些句子大家都很熟悉,不用一一解说。例1—例4都是使动用法。王国维尤其赞赏例4,《人间词话》:"白石之词,余所最爱者,亦仅二语:'淮南皓月冷千山,冥冥归去无人管。'"例5,"低"和"小"是意动用法。杜甫《望岳》:"一览众山小。"杜甫是说,登上泰山一看,觉得众山都小了,但杜诗不是意动。岑参的诗是用意动来表示表示主观的感觉。

使动用法兼表动作和结果,但动作是不明确说出的。到唐宋时,汉语已产生了动补结构,把动作和结果都表达出来了,像例6的"舞破"、例7的"敲碎"都是,用在诗词中效果也很好。动补结构的动词和补语也可以分开,中间插进宾语,如例8的"映天黑"和"射波红"。这都有助于增强诗词的表达力,是炼字的一种。

(2)虚字

叶梦得《石林诗话》卷中:"诗人以一字为工,世固知之。惟老杜变化开阖,出奇无穷,殆不可以形迹捕。如'江山有巴蜀,栋宇自齐梁',远近数千里,上下数百年,只在'有'与'自'两字间,而吞山川之气,俯仰古今之怀,皆见于言外。《滕王亭子》:'粉墙犹竹色,虚阁自松声。'若不用'犹'与'自'两字,则余八字凡亭子皆可用,不必滕王也。此皆工妙至到,人力不可及。"

《石林诗话》这段话经常被引用,说明虚字的重要。但为什么必须有"犹"和"自"两字,才能表现滕王亭子的特点呢?一直没有说清楚。这是因为杜甫有两首《滕王亭子》诗,如下:

君王台榭枕巴山,万丈丹梯尚可攀。春日莺啼修竹里,仙家犬吠白云间。清江锦石伤心丽,嫩蕊浓花满目班。人到于今歌出牧,来游此地不知还。

寂寞春山路,君王不复行。古墙犹竹色,虚阁自松声。鸟雀荒村暮,云霞过客情。尚思歌吹入,千骑把霓旌。[①]

从第一首可知,滕王亭子周围是"修竹",而且在高山上("万丈丹梯尚可攀")。第二首的"犹"字和"自"字正切合了这两个特点。"古墙犹竹色",是说虽然"君王(滕王)不复行",但古墙外犹是竹色。

---

[①] 两首均见《全唐诗》228卷。

"虚阁自松声"是用宋玉《高唐赋》之典:"不见其底,虚闻松声。""自"字说明其高。"虚阁自松声"是说,虽然人事变迁,但虚阁自能闻松声。所以,此诗只能是写滕王亭子,而不是"凡亭子皆可用"。

下面一些诗词句子中的虚字也都很关键。先看例句,再做解释。

　　1 杜甫《江上》:"勋业频看镜,行藏独倚楼。"
　　2 李商隐《风雨》:"黄叶仍风雨,青楼自管弦。"
　　3 李煜《虞美人》:"春花秋月何时了,往事知多少。小楼昨夜又东风,故国不堪回首月明中。"
　　4 姜夔《扬州慢·淮左名都》:"自胡马窥江去后,废池乔木,犹厌言兵。"
　　5 李商隐《贾生》:"宣室求贤访逐臣,贾生才调更无伦。可怜夜半虚前席,不问苍生问鬼神。"
　　6 范成大《州桥》:"州桥南北是天街,父老年年等驾回。忍泪失声询使者,几时真有六军来?"
　　7 秦观《满庭芳·暮春》:"销魂。当此际,香囊暗解,罗带轻分。谩赢得、青楼薄幸名存。"
　　8 陆游《追感往事》其五:"不望夷吾出江左,新亭对泣亦无人!"

例1,意思是:"勋业尚赊,频看镜以自惕;行藏未定,独倚楼而深思。"(见《王力文集》第14卷)"频"表示屡次,"独"表示独自,都是对诗人心理和行为的细致描写。

例2,上一句是说自己如同黄叶频遭风雨("仍"为"频仍"义),下一句是说权贵们不管百姓死活,自奏管弦。两者的对比主要靠"仍"和"自"来表达。

例3,一个"又"字表示小楼东风不止一次地发生。

例4,"犹"字表示从胡马来后至今一直如此。

例5,《史记·屈原贾生列传》说:文帝召见贾谊时,"至夜半,文帝前席"。表示文帝很注意听取贾谊的言谈。李商隐诗中加一"虚"字,意思完全反转,说明这"前席"是毫无用处的。

例6,是范成大出使金国,到汴梁时和父老的谈话。每次宋朝的使臣来时,都会告诉父老:王师很快就要来了。这次父老问他:"几时真有六军来?"一个"真"字,表达了父老们的无限期盼和极度失望。

例7,"十年一觉扬州梦,赢得青楼薄幸名"是杜牧《遣怀》中的诗句,表达了杜牧的失落和感慨。秦观引用杜牧的诗,加上了一个"谩"字。"谩"是"徒,空"义,更加深了作者的失落感。

例8,用了两个典故:《晋书·温峤传》:"于时江左草创,纲维未举,峤殊以为忧。及见王导共谈,欢然曰:江左自有管夷吾,吾复何虑!"《世说新语·言语》:"过江诸人,每至美日,辄相邀新亭,藉卉饮宴。周侯坐而叹曰:'风景不殊,正自有山河之异!'皆相视流泪。唯王丞相愀然变色曰:'当共戮力王室,克复神州,何至作楚囚相对?'"陆游两句诗的意思是:不指望江左出管夷吾(管仲),就是新亭对泣、忧国忧民的人也没有一个!表达了诗人对朝中大臣的无比轻蔑和愤慨。诗中的"不"和"亦"相应,这两个虚字的分量是很重的。

(3)炼字一般都是动词和形容词。名词能不能炼字呢?不多,但也是有的。

《苕溪渔隐丛话》前集卷三十七:"《高斋诗话》云:子野尝有诗云:'浮萍断处见山影。'又长短句云:'云破月来花弄影。'

又云：'隔墙送过秋千影。'并脍炙人口，世谓'张三影'。"

"子野"是宋代词人张先的字。"山""花""秋千"是实的，"影"是虚的，在诗词中，有时写虚的比写实的更有情味。张先在诗词中把"影"写得那么优美动人，这也是炼字。

（4）炼字，是说诗词中用字要着意推敲，以求准确、生动、传神，而且有新意。但如果刻意求新求巧而成为艰涩险怪，那就成了诗之一病。

胡应麟《诗薮》内篇卷五："盛唐句法浑涵，如两汉之诗，不可以一字求。至老杜而后句中有奇字为眼，才有此句法，便不浑涵。昔人谓石之有眼为研之一病。余亦谓句中有眼为诗之一病。如'地坼江帆隐，天清木叶闻'，故不如'地卑荒野大，天远暮江迟'也；如'返照入江翻石壁，归云拥树失山村'，故不如'蓝水远从千涧落，玉山高并两峰寒'也。此最诗家三昧，具眼自能辨之。老杜用字入化者，古今独步；中有太奇巧处，然巧而不尖，奇而不诡，犹不失上乘。如'孤灯然客梦，寒杵捣乡愁'，则尖矣。'流星透疏木，走月逆行云'，则诡矣。"

"孤灯然客梦，寒杵捣乡愁"是岑参《宿关西客舍》的诗句，"流星透疏木，走月逆行云"是贾岛《宿山寺》的诗句。贾岛的诗句其实还不能说"诡"，岑参的诗句确实是刻意求新而成为险怪了。

## 二　炼句

唐宋诗人对诗词的佳句也很重视，一些诗人因佳句而得名。

葛立方《韵语阳秋》卷四："唐朝人士以诗名者甚众，往往因一篇之善一句之工，名公先达为之游谈延誉，遂至声闻四驰。

'曲终人不见,江上数峰青。'钱起以是得名。'故国三千里,深宫二十年。'张祜以是得名。'微云淡河汉,疏雨滴梧桐。'孟浩然以是得名。'兵卫森画戟,宴寝凝清香。'韦应物以是得名。'野火烧不尽,东风吹又生。'白居易以是得名。'敲门风动竹,疑是故人来。'李益以是得名。'鸟宿池边树,僧敲月下门。'贾岛以是得名。'画栋朝飞南浦云,珠帘暮卷西山雨。'王勃以是得名。'华裾织翠青如葱,入门下马气如虹。'李贺以是得名。然观各人诗集,平平处甚多,岂皆如此句哉?"

这些佳句,大都是诗人在创作时灵感的产物。"文章本天成,妙手偶得之。"(陆游语)当然也有像贾岛那样反复推敲写出来的,这些我们都放在"炼句"的题目下。而且,和"炼字"一样,从那些历来传诵的名句中,也很难概括出"炼句"的技巧和规则。下面讨论炼句,也只是根据古代诗话的启发,谈几个有关的问题。

(一) 把主谓结构转换成名词语

什么叫"名词语"?这将在本书第五章讨论。简单地说,名词语就是不带谓语的名词词组。名词语有多种形式,这里只说主谓结构转换成的名词语。

《历代诗话·唐子西文录》:"东坡诗叙事言简而意尽。忠州有潭,潭有潜蛟,人未之信也。虎饮水其上,蛟尾而食之,俄而浮骨水上,人方知之。东坡以十字道尽,云:'潜鳞有饥蛟,掉尾取渴虎。'言'渴'则知虎以饮水而召灾,言'饥'则蛟食其肉矣。"

这则诗话说苏轼的诗"叙事言简而意尽",这应该是诗词造句的基本要求。诗词大多篇幅不长,而且句子大多是五言、七言。怎样在短短的一句或一联(词是相连的两句)中写景抒情,尽量包括更多的内容,是诗人需要考虑的问题。那么,苏轼的诗句是怎样做到这一点的呢?诗中有两个名词语"渴虎"和"饥蛟",都是由主谓结构转换而成的。比如,本来是"虎渴""蛟饥",是"N＋V",现在把V调到N前面来,成为"V＋N",说成"渴虎"和"饥蛟",这就成了一个名词语。

这种压缩而成的名词语中的V可以有多种形式,可以是一个单独的动词,如"渴"和"饥";也可以是动词词组,如"暂止飞鸟将数子,频来语燕定新巢"(见下例3)中的"暂止飞""频来语"。所以,我们把这种名词词组记作"VP＋N"。采用这种名词语和炼句有什么关系呢?我们先看例句。例句中加横线的是这种名词语。

1 杜甫《秦州杂诗十首》之二:"月明<u>垂叶露</u>,云逐<u>渡溪风</u>。"

2 温庭筠《菩萨蛮·水精帘里》:"江上柳如烟,雁飞<u>残月天</u>。"

3 杜甫《堂成》:"<u>暂止飞鸟</u>将数子,<u>频来语燕</u>定新巢。"

4 辛弃疾《鹧鸪天·送人》:"<u>浮天水</u>送无穷树,<u>带雨云</u>埋一半山。"

5 元稹《遣悲怀》三首之三:"唯将<u>终夜长开眼</u>,报答<u>平生未展眉</u>。"

6 周邦彦《玉楼春·桃溪不作》:"人如<u>风后入江云</u>,情似<u>雨余黏地絮</u>。"

7 吴文英《三姝媚·过都城旧居》:"对语东邻,犹是<u>曾巢</u>,谢堂双燕。"

8 杜甫《十七夜对月》:"<u>秋月仍圆夜</u>,江村独老身。"

这些名词词组都可以还原为"N＋VP"的形式来表达,但效果会不一样。

例1,描绘了一幅月夜的图景:露珠垂挂在树叶上,月光把它照得十分晶莹;风从溪上渡过,把云也吹着走。例2,也是一幅图景:江上柳树如烟,天上挂着残月,还有大雁飞过。这两句如果用"N+VP"的形式来表达,就要费很多笔墨,现在用"VP+N"表达,就十分简练生动。

例3和例4,都是用"VP+N"做主语。如果用"N+VP"的形式表达,例3应该是"鸟暂止飞而将数子,燕频来语而定新巢",例4应是"水浮天而送无穷树,云带雨而埋一半山"。但这样表达,不但字数要增多,而且诗味远不如现在。

例5,原来的意思是妻子因为生活贫困,"平生眉未展",妻亡后自己"终夜眼长开",只能以此相报。但这种"N+VP"的形式,就无法用"将……报……"的句式来表达了;用了"VP+N"做"将"和"报"的宾语,句子就很妥帖,而且两句对仗很工整。

例6,是用"VP+N"做"如"和"似"的宾语。作者要写的不是"风后云入江""雨余絮黏地"这样的景象,而是以此来比喻情人的远去而全无踪影,以及自己心情的黯淡和无法解脱。这一比喻是词人的刻意创新,必须用"VP+N"做"如"和"似"的宾语。

例7,意思是在东邻梁上对语的双燕曾在富贵人家筑巢。例8,意思是夜间秋月仍圆,身在江村独老。在诗词中,这样的意思都不能用"N+VP"的形式表达,而用"VP+N"表达,句子就很精练。

(二)紧缩句

《诗人玉屑》卷八:"汪彦章移守临川,曾吉甫以诗迓之云:'白玉堂中曾草诏,水晶宫里近题诗。'先以示子苍,子苍为改两字云:'白玉堂深曾草诏,水晶宫冷近题诗。'迥然与前不侔,盖句中有眼也。"

子苍是宋代诗人韩驹的字。韩驹改这两句诗确实改得好。原诗的"中"和"里"只是方位词,没有更多的意义;改为"深"和"冷"就是对白玉堂和水晶宫的具体描写,写出了这两个地方地位的尊崇和气氛的肃穆,也就表现了在此草诏和题诗的人的地位和身价。但是,这样改就改变了诗句的句式。原来每句诗都是一个单句,白玉堂和水晶宫是草诏和题诗的处所;改了以后,每个诗句都是由两个小句构成:"白玉堂深"和"曾草诏","水晶宫冷"和"近题诗"。这两个小句之间是什么关系呢?这就留给读者去领会了。而读者也不难领会到:上半句是对处所的描写,下半句是说对方曾在此处草诏和题诗。这是诗词和散文不同的地方,诗词的字句给读者留下很多想象空间,而句子也就显得更灵活,更有蕴含。在一个句子中是如此,在一联诗(或词的两句)中也是如此。如白居易《长恨歌》:"蜀江水碧蜀山青,圣主朝朝暮暮情。"上一句写蜀地的山水之色,和下一句有什么联系?诗人没有说,但读者自然能理解,这是说唐玄宗在蜀地朝夜思念。

这种由两个小句构成的一个诗句,我们称之为紧缩句。紧缩句的小句之间可以有多种语义关系,这些语义关系在散文句子中通常需要用不同的虚词来表示,但在诗词中不用虚词,而需要读者自己领会。① 最常见的有以下几种(下面例句中的两个小句用/隔开)。

(1)表示因果

1 王维《观猎》:"草枯/鹰眼疾,雪尽/马蹄轻。"

---

① 诗词中也有用虚词来表达申说和目的关系的,如杜甫《小园》:"客病留因药,春深买为花。"但这样的句子不多。

2 王湾《次北固山下》:"潮平/两岸阔,风正/一帆悬。"

3 杜甫《南邻》:"惯看宾客/儿童喜,得食阶除/鸟雀驯。"

(2)表示申说

4 王维《山居秋暝》:"竹喧/归浣女,莲动/下渔舟。"

5 白居易《西湖晚归》:"卢橘子低/山雨重,棕榈叶战/水风凉。"

6 秦观《如梦令·遥夜沉沉》:"梦破/鼠窥灯,霜送晓寒侵被。"

(3)表示目的

7 白居易《送王十八》:"林间暖酒/烧红叶,石上题诗/扫绿苔。"

8 齐己《蝴蝶》:"远害/终防雀,争先/不避蜂。"

(4)表示让步

9 杜甫《空囊》:"翠柏苦/犹食,晨霞高/可餐。"

10 杜甫《夔州歌》:"干戈满地/客愁破,云日如火/炎天凉。"

(5)表示假设

11 杜甫《寒食》:"田父要/皆去,邻家问/不违。"

12 白居易《赠沙鸥》:"遇酒/多先醉,逢山/爱晚归。"

例1—例3是表示因果,诗人以自己的敏锐观察抓住了两件事之间的内在联系,把它组成一个句子表达出来。如例2,潮水涨得和河岸平了,两岸之间显得很开阔;风和船行方向一致,船上就张起风帆顺利行驶。例3,是杜甫写他南邻家的一个日常生活情境:儿童见到来客很欢喜,鸟雀在阶除上安静地啄食。但诗句首先写出其原因:因为家中常有宾客,所以儿童见惯了;因为经常给鸟雀喂食,所以鸟雀不怕人。这样就进一步写出了这位南邻的忠厚朴实。

例4—例6是表示申说,即先写出现象,然后申说其原因。如例4,竹林喧闹是因为浣女归来,莲花摇动是因为渔舟下去。这是从景物写出人的活动。例6,是说梦断是因为鼠窥灯,把人惊醒。

其他几组例句就不一一分析了。

所以,这类句子确实是炼句,在短短的一句诗或词中包含了非常丰富的内容,需要我们在读的时候深入领会,不能一读而过。

应当注意的是:上面举的例句,上下句都是同样的语义关系。但并非所有的紧缩句全都如此,有的紧缩句上句和下句语义关系并不一样。如:

13 杜甫《船下夔州》:"风起/春灯乱,江鸣/夜雨悬。"

14 白居易《求分司东都》:"饭粗/餐亦饱,被暖/起常迟。"

例13上句是因果,下句是申说。例14上句是让步,下句是因果。

还有的两句中一句是紧缩句,一句是普通句。如:

15 杜甫《题张氏隐居》:"不贪夜识金银气,远害/朝看麋鹿游。"

16 杜甫《春宿左省》:"不寝/听金钥,因风想玉珂。"

例15下句是表目的的紧缩句(为了远害而朝看麋鹿游),上句是普通的动宾句(不贪图夜识金银气)。例16上句是表目的的紧缩句(不寝是为了听金钥),下句是普通的状语加动宾(因风而想玉珂)。唐诗一联中的两句可能是对仗的,但对仗的两句结构不一定相同,有人称之为"假平行",这是我们需要注意的。

还有的句子需要仔细分析究竟是表示什么语义关系。如:

17 章碣《己亥岁》之一:"凭君莫话封侯事,一将功成/万骨枯。"

　　18 杜甫《旅夜书怀》："星垂/平野阔,月涌/大江流。"

　　例17,揭露了一个残酷而真实的事实:一个将军的胜利是用无数士卒的死亡换来的。可以说前者是因,后者是果;也可以说前者是果,后者是因。这是在历来的反战诗中写得最明白、最沉痛的。

　　例18,杜甫这两句诗很值得推敲:孰为因,孰为果? 初读此诗,会觉得这是"果/因"式的,前半是果,后半是因;因为平野开阔,所以显得星星低垂;因为大江奔流,所以月光涌动。但是,如果联系诗题"旅夜书怀"来读这首诗,就会觉得是反过来。因为诗人是在船上,而且是在夜中。他不可能看到平野,也不可能看到大江。他在舟中所看到的是星星似乎压在头顶上,因而想到两岸的平野一定很开阔;月光在涌动,因而知道是大江在奔流。

（三）两句不可一意

　　《诗人玉屑》卷三:"两句不可一意。晋宋间诗人造语虽秀拔,然大抵上下句多出一意。如'鱼戏新荷动,鸟散余花落。''蝉噪林逾静,鸟鸣山更幽。'之类。非不工矣,终不免此病。"

　　《梦溪笔谈》卷十四:"古人诗有'风定花犹落'之句,以谓无人能对。王荆公以对'鸟鸣山更幽'。'鸟鸣山更幽'本宋王籍诗,元对'蝉噪林逾静,鸟鸣山更幽'。上下句只是一意。'风定花犹落,鸟鸣山更幽'则上句乃静中有动,下句动中有静。"
这都是说诗的一联或词的两句"不可一意",而要有错综变化。

　　1 杜甫《宿江边阁》:"薄云岩际宿,孤月浪中翻。"

　　2 钱起《赠阙下裴舍人》:"长乐钟声花外尽,龙池柳色雨中深。"

3 杜牧《早雁》:"仙掌月明孤影过,长门灯暗数声来。"

4 韩愈《游城南十六首·风折花枝》:"浮艳侵天难就看,清香扑地只遥闻。春风也是多情思,故拣繁枝折赠君。"

5 方干《旅次洋州》:"鹤盘远势投孤屿,蝉曳残声过别枝。"

6 苏轼《六月二十七日望湖楼醉书五首》其一:"黑云翻墨未遮山,白雨跳珠乱入船。"

7 岑参《春日醴泉》:"邑里雷仍震,台中星欲悬。"

8 辛弃疾《西江月·夜行黄沙道中》:"七八个星天外,两三点雨山前。"

例1,是作者在江边阁中所见。云本是飘动的,但此刻在"岩际宿";月本是静止的,但此时在"浪中翻"。这是一静一动。例2,一句写声,一句写色。例3,一句写影,一句写声。例4,第一句写繁花侵天,其色可看;第二句写折枝在地,其香可闻(嗅到)。例5,上一句写所见之势,下一句写所闻(听到)之声。例6,一句写黑云,是静;一句写急雨,是动。例7是雨后欲晴。例8是星空欲雨。这些都是上下句错综。这都是"两句不可一意"的例子。

当然,话也不可以说得太绝对。像白居易《琵琶行》中对音乐描写的一大段:

轻拢慢捻抹复挑,初为霓裳后六幺。大弦嘈嘈如急雨,小弦切切如私语。嘈嘈切切错杂弹,大珠小珠落玉盘。间关莺语花底滑,幽咽泉流水下滩。水泉冷涩弦疑绝,疑绝不通声暂歇。别有幽愁暗恨生,此时无声胜有声。银瓶乍破水浆迸,铁骑突出刀枪鸣。曲终收拨当心画,四弦一声如裂帛。东舟西舫悄无言,唯见江心秋月白。

里面很多相邻的句子都是类似的意思,是互相加强的,而不是错综变化的。但整段写了琵琶声的变化,有时如珠落玉盘,有时如莺语花底,有时暂歇无声,有时突然迸发,最后戛然而止:这是有起伏变化的。总起来说,诗词都不能平直板滞,不能单调重复。但这可以体现在整段中,而不一定体现在相邻的两句中。这是需要注意的。

(四)用叠字

(1)叶梦得《石林诗话》卷上有这样一段话:

诗下双字极难,须使七言五言之间除去五字三字外,精神兴致,全见于两言,方为工妙。唐人记"水田飞白鹭,夏木啭黄鹂"为李嘉祐诗,王摩诘窃取之,非也。此两句好处正好添"漠漠""阴阴"四字,此乃摩诘为嘉祐点化,以自见其妙,如李光弼将郭子仪军,一号令之,精彩数倍。不然如嘉祐本句,但是咏景耳,人皆可到。要之当令如老杜"无边落木萧萧下,不尽长江滚滚来"与"江天漠漠鸟双去,风雨时时龙一吟"等,乃为超绝。近世王荆公"新秋浦溆绵绵白,薄晚林峦往往青"与苏子瞻"㶁㶁炉香初泛夜,离离花影欲摇春",皆可以追配前作也。

这里提到的王维诗是:

王维《积雨辋川庄作》:"积雨空林烟火迟,蒸藜炊黍饷东菑。漠漠水田飞白鹭,阴阴夏木啭黄鹂。山中习静观朝槿,松下清斋折露葵。野老与人争席罢,海鸥何事更相疑。"

说王维窃取李嘉祐诗的是李肇《国史补》:"王维有诗名,然好取人文章嘉句。……'漠漠水田飞白鹭,阴阴夏木啭黄鹂。'李嘉祐诗也。"李嘉祐和王维同时而略晚,《全唐诗》卷二〇六、二〇七为李嘉祐诗,在其名下有诗句"水田飞白鹭,夏木啭黄鹂",云"李肇称嘉祐有此句,王右丞取以为七言。今集中无之"。究竟是否王维取李嘉祐诗而加上"漠漠""阴阴"四字,已不可考。但确如《石林诗话》所说,有这"漠漠""阴阴"四字真是精彩数倍。可见,句中用叠字是炼句的一个重要方法。

唐宋诗词中用叠字的不少,叠字的位置也很不相同。如:

1 杜甫《曲江二首》之二:"穿花蛱蝶深深见,点水蜻蜓款款飞。"

2 杜甫《狂夫》:"风含翠筱娟娟静,雨裛红蕖冉冉香。"

3 杜甫《登高》:"无边落木萧萧下,不尽长江滚滚来。"

4 杜甫《江畔独步寻花》其六:"留连戏蝶时时舞,自在娇莺恰恰啼。"

5 白居易《上阳白发人》:"耿耿残灯背壁影,萧萧暗雨打窗声。"

6 晏殊《寓意》:"梨花院落溶溶月,柳絮池塘淡淡风。"

7 张孝祥《鹧鸪天·春晴》:"杏花未遇疏疏雨,杨柳初摇短短风。"

8 韦应物《寄李儋元锡》:"世事茫茫难自料,春愁黯黯独成眠。"

9 秦观《风流子·东风吹碧草》:"北随云黯黯,东逐水悠悠。"

10 姜夔《鹧鸪天·元夕不出》:"帘寂寂,月低低。旧情惟有绛都词。"

11 蒋捷《行香子·舟宿兰湾》:"奈云溶溶,风淡淡,雨潇潇。"

12 杜牧《句溪夏日》:"冉冉迹始去,悠悠心所期。"

13 杜甫《秋兴八首》之三:"信宿渔人还泛泛,清秋燕子故飞飞。"

14 杜甫《田舍》:"榉柳枝枝弱,枇杷树树香。"

这些例句中,例1—例12的叠字大多是形容词重叠,表状态;只有例4的"时时"是名词重叠,表时间;例4的"恰恰"和例5的"萧萧"是象声词。就其在句子中的位置而言,例1—例4的叠字是修饰动词或形容词的,例5—例7的叠字都是修饰名词的,例8—例11的叠字是用作谓语的。例12两句的意思是说"迹冉冉而始去,心悠悠而所期",但叠字"冉冉"和"悠悠"放在句首,这是诗词特殊的词序。例13和例14,表面上看好像也是叠字,但实际不是。例13的"泛泛"和"飞飞"是动词的连用,表示动作的重复,就像现代汉语的"走走""看看"一样,并不表示状态;[①]例14的"枝枝"和"树树"是量词重叠,表示每一个。

《石林诗话》中说:"诗下双字极难,须使七言五言之间除去五字三字外,精神兴致,全见于两言,方为工妙。"意思是说,如果把叠字去掉,句子还能成立,但句子就不那么精彩了。如"漠漠水田飞白鹭,阴阴夏木啭黄鹂",去掉叠字,就成了"水田飞白鹭,夏木啭黄鹂",显然就缺少了诗意。可见叠字对于诗词的艺术表现是很重要的。这一论述,只适用于例1—例12。例13如果去掉了叠字就不成句,例14如果去掉了叠字,意思就改变了。

(2)诗词造句还有一种形式,有助于增强句子的艺术性:即在

---

[①] "泛泛"见于《诗经》。《诗经·邶风·二子乘舟》:"二子乘舟,泛泛其景。"《集疏》:"泛,浮貌。重言之曰泛泛。"

诗的一联或词的对偶的两句中,上一句在某两个位置用两个同样的字,下一句也在某两个位置用两个同样的字。两句合起来看,相映成趣。如:

15 骆宾王《从军中行路难》:"南中南斗映星河,秦川秦塞阻烟波。"

16 杜甫《曲江对酒》:"桃花细逐杨花落,黄鸟时兼白鸟飞。"

17 杜甫《白帝》:"戎马不如归马逸,千家今有百家存。"

18 李贺《马诗》其四:"此马非凡马,房星本是星。"

19 杜牧《题宣州开元寺》:"鸟去鸟来山色里,人歌人哭水声中。"

20 李商隐《杜工部蜀中离席》:"座中醉客延醒客,江上晴云杂雨云。"

21 黄庭坚《自巴陵略平江……》:"野水自添田水满,晴鸠却唤雨鸠归。"

22 陆游《望江道中》:"风力渐添帆力健,橹声常杂雁声悲。"

23 文天祥《南安军》:"出岭谁同出,归乡如不归。"

24 苏轼《望江南·超然台作》:"休对故人思故国,且将新火试新茶。"

25 苏轼《阳关曲·中秋月》:"此生此夜不长好,明月明年何处看。"

要造出这样的句子并不容易,作者还是费了苦心的。这样的对句也具有韵律之美。其中,例 24 以两个"故"对两个"新",对得很工整;例 25,两个"此"是同一个词,但两个"明"意义不同,这样对仗也别有意趣。

还有一种对句:

26 李白《待月江上》:"待月月未出,望江江自流。"

27 白居易《衰荷》:"白露凋花花不残,凉风吹叶叶初干。"

28 刘子寰《霜天晓角·春愁》:"惜春春寂寞,寻花花冷落。"

29 刘希夷《代悲白头翁》:"年年岁岁花相似,岁岁年年人不同。"

30 张孝祥《浣溪沙·妒妇滩头十八姨》:"屠愁莺莺并燕燕,恓惶柳柳与梅梅。"

例26—例28中虽然两个"月"字、两个"江"字,两个"花"字、两个"叶"字,两个"春"字连在一起,但不是叠字,读的时候中间要有短暂的停顿。这种用法在诗词中很常见,如欧阳修《蝶恋花·庭院深深》:"泪眼问花/花不语,乱红飞过秋千去。"但两句都是这种句式而且形成对偶的并不很多。这也可以看作炼句的一种方式。

本节所说的炼句,只涉及唐宋诗词中的一部分佳句。很多为人传诵的佳句都不是这样"炼"出来的,而是作者在创作过程中有所感而写出来的,这就是"情动于中而形于外",也就是通常所说的"功夫在诗外"。

# 第四章　句式和语序

诗词的句式是和散文不同的,这不用多说。

唐诗中有一些散文化的句式,如:

> 韩愈《月蚀诗》:"忽然有物来啖之,不知是何虫?……玉川子涕泗,下中庭独行。念此日月者,为天之眼睛。此犹不自保,吾道何由行?……玉川子立于庭而言曰:地行健臣全。再拜敢告上天公。"

> 韩愈《嗟哉董生行》:"寿州属县有安丰,唐贞元时县人董生召南隐居行义于其中。……嗟哉董生朝出耕,夜归读古人书,尽日不得息。或山而樵,或水而渔。……嗟哉董生,谁将与俦?时之人,夫妻相虐,兄弟为雠。食君之禄,而令父母愁。亦独何心,嗟哉董生无与俦。"

但这样的句式很少。这种散文化的句式本书不涉及。

本章讨论的是与唐宋诗词的阅读和理解有关的一些句式和语序问题。

首先要注意的是,诗词句子的语序比较灵活,句中一些词语之间的关系不能做机械的理解。

比如,不能看到"名词＋动词",就认定名词是主语,动词是谓语。如:

> 白居易《盐商妇》:"绿鬟富去金钗多,皓腕肥来银钏窄。"

后一句中"皓腕"是"肥来"的主语,这没有问题。但前一句的"绿鬟"是不是"富去"的主语呢?如果这样理解,诗句就读不通。实际上,前一句是说盐商妇富了以后绿鬟上插的金钗就多了。

也不能看到"形容词(或象声词)＋名词",就认定这是形容词(或象声词)修饰名词。如:

苏轼《浣溪沙》:"簌簌衣襟落枣花,村南村北响缫车。"

不能读作"簌簌之衣襟"。这句中的"簌簌"是象声词,不是修饰"衣襟"的,而是修饰"落"的,意思是说枣花落在衣襟上簌簌有声。

同时,诗词有一些特有的句式和语序。有些诗词的句子,如李白《静夜思》:"床前明月光,疑是地上霜。举头望明月,低头思故乡。"晏殊《浣溪沙》:"一曲新词酒一杯。去年天气旧亭台。夕阳西下几时回。无可奈何花落去,似曾相识燕归来。小园香径独徘徊。"从句式和语序看没有什么特别的地方。① 但有些诗词的句式和语序比较特殊,如果按一般的句式和语序来理解,就可能读不懂。诗词有一些特殊句式和语序,其原因有二:一是由于诗词格律、平仄的限制,一是为了要造成"诗家语"(什么是"诗家语",到本章后面再加说明)。这些问题是本章要重点讨论的。

下面分句式和语序两个部分讨论。

# 一 句式

(一) 连贯句

唐宋诗一般都是五言和七言;词有词谱,每句的长短一般都有

---

① 对这首诗和这首词有不同的理解,问题不在于句式和语序。

规定。这些都是节奏的单位。在唐宋诗词中,意义的单位基本上是和节奏的单位一致的,但也有不一致的。王力《汉语诗律学》第一章第二十一节《近体诗的语法(中)》有一小节"十字句和十四字句",说:

> 五言诗以五个字为一句,这只是就节奏上说,同时也是一般的说法。但是,如果从语法的观点上看,普通所谓一句有时候可以包含着两个或三个句子形式(参看上文第十七节和十九节);反过来说,普通所谓两句在语法上只能认为一句。这后一种情形就构成了这里所谓的十字句和十四字句。(《王力文集》第十四卷)

这里所说的"普通所谓一句有时候可以包含着两个或三个句子形式",大致就是本书第三章所说的"紧缩句"。而"十字句和十四字句",在我的《唐诗语言研究》中称为"连贯句"。《唐诗语言研究》把"连贯句"分为七类,这里不赘述。有些连贯句并不影响对意义的理解,但下面一些连贯句就很值得注意:

1 王勃《送杜少府之任蜀川》:"无为在岐路,儿女共沾巾。"

2 沈佺期《铜雀台》:"恩共漳河水,东流无重回。"

3 王维《留别山中温古上人兄并示舍弟缙》:"解薜登天朝,去师偶时哲。岂惟山中人,兼负松上月。"

4 李白《襄阳曲》:"山公醉酒时,酩酊襄阳下。头上白接䍦,倒着还骑马。"

5 杜甫《九成宫》:"荒哉隋家帝,制此今颓朽。"

6 高适《别韦参军》:"丈夫不作儿女别,临歧涕泪沾衣巾。"

7 韩愈《苦寒歌》:"君何爱重裘,兼味养大贤。"

8 白居易《庐山桂》:"无人为移植,得入上林园。不及红花树,长栽温室前。"

在连贯句中,上句的否定词是一直管到下句的。如例1,上句中表否定的词语"无为"一直管到"共沾巾",两句是说不要像小儿女一样流泪。如果不理解这一点,认为上句是否定的,下句是肯定的,就会把诗句理解错。例1一般不会读错,因为"无为"后面是个介词词组"在歧路",一般都不会把"无为在歧路"看作一个单独的句子,而会把它和后面的"儿女共沾巾"连起来读。例6就容易读错,因为上句的"丈夫不作儿女别"里面有动词有宾语,很容易看作一个独立的意义单位,而把下句"临歧涕泪沾衣巾"看作另一个意义单位,这样就容易误认为"临歧涕泪沾衣巾"与"不"没有关系,而看作是对丈夫临别时的描写,这样就理解错了。同样的,例8两句的意思是"无人为移植得入上林园",是说桂花不能入上林园,而不是说桂花"得入上林园"。例7中的"何爱(为什么舍不得)"也是一直管到下句句末的,意思是"君何惜以重裘、兼味(指贵重的衣服和食物)来奉养大贤人"。例2也是两句诗构成一个完整的句子,是说君恩和漳河水一样东流不回。例3"岂惟山中人,兼负松上月"两句必须一起读,四句的意思是自己离开山中而去入仕,不仅辜负了山中之人,而且辜负了松上之月。例4是写东晋大臣山简的醉态。《世说新语》说他"倒箸白接篱",所以"头上白接篱,倒着还骑马"两句,据文意应是"头上白接篱倒着/还骑马"。例5"九成宫"是隋炀帝建造的一所宫殿,隋朝灭亡后就荒芜了。所以"荒哉隋家帝,制此今颓朽"两句,据文意应是"荒哉隋家帝制此/今颓朽"。

有的连贯句可以由好几个诗句构成。如:

9 白居易《哭刘敦质》:"哭君岂无辞,辞云君子人。如何天不吊,穷悴至终身。"

10 陆游《长歌行》："人生不作安期生,醉入东海骑长鲸,犹当出作李西平,手枭逆贼清旧京。"

词中也有节奏和意义不一致的。如:

11 皇甫松《忆江南·兰烬落》："闲梦江南梅熟日,夜船吹笛雨潇潇,人语驿边桥。"

12 柳永《破阵乐·露花倒影》："金柳摇风树树,系彩舫龙舟遥岸。……望中似睹,蓬莱清浅。"

13 周邦彦《浪淘沙·昼阴重》："嗟万事难忘,唯是轻别。"

14 刘一止《喜迁莺·晓光催角》："听宿鸟未惊,邻鸡先觉。"

15 田为《江神子慢·玉台挂秋月》："恨伊不似余香,惹鸳鸯结。"

16 张炎《疏影·咏荷叶》："回首当年汉舞,怕飞去谩皱、留仙裙折。"

例11,"闲梦"的宾语一直到"驿边桥"。例12,如果按文意标点,应是"金柳摇风,树树系彩舫龙舟遥岸。……望中似睹蓬莱清浅"。例16,如果按文意标点,应是"怕飞去,谩皱留仙裙折"。例13,意思是说:在万事中,最难忘的唯是轻别。例14,意思是说:宿鸟未惊,而已听邻鸡先觉。例15,意思是说:恨伊不似沾惹在鸳鸯结上之余香。这些句子都要连贯起来理解。

词中的连贯句也可以包含几个句子,甚至跨上下阕。如:

17 周邦彦《还京乐·禁烟近》："任去远,中有万点,相思清泪。　到长淮底。过当时楼下,殷勤为说,春来羁旅况味。"

这首词上阕到"清泪"为止,"到长淮底"以下是下阕。但按文意,应是"中有万点相思清泪到长淮底,过当时楼下,殷勤为说春来羁旅况味"。

(二) 问答句

问答句一般是上句问,下句答。

在日常语言或散文里,问答必然具有几个要素:向谁发问(问的对象);问什么(问的内容),通常是一个疑问句,其中有疑问词;回答。但诗词的字句很精练,两句中容不下这么多的要素,所以,诗词的问答往往有所省略。

在唐诗中,既有"问"字又有"答"字的很少,我见到的只有这几处:

1 卢照邻《赠益府群官》:"群凤从之游,问之何所欲。答言寒乡子,飘飘万余里。不息恶木枝,不饮盗泉水。……"

2 李白《古风》:"借问此何为,答言楚征兵。渡泸及五月,将赴云南征。"

3 白居易《霓裳羽衣歌》:"闻君部内多乐徒,问有霓裳舞者无。答云七县十万户,无人知有霓裳舞。"

较常见的问答句是如下形式:

(1) 上句是问,"问"后面不出现问的对象,只出现问的内容,而且内容的表述都很简单;疑问词通常不出现。下句是答,但"答"字不出现。

4 王维《冬晚对雪忆胡居士家》:"借问袁安舍,翛然尚闭关。"

5 李白《门有车马客行》:"借问宗党间,多为泉下人。"

6 刘禹锡《城东闲游》:"借问池台主,多居要路津。"

(2) 上句是问,"问"后面是问的对象,问的内容不出现;下句是答,"答"字不出现。如:

7 王维《哭孟浩然》:"故人不可见,汉水日东流。借问襄阳老,江山空蔡州。"

8 杜甫《新安吏》:"客行新安道,喧呼闻点兵。借问新安吏,县小更无丁。府帖昨夜下,次选中男行。"

(3)也有问答在一句中的(例句中的问和答用/分开)。如:

9 王维《游李山人所居因题屋壁》:"问年/松树老,有地竹林多。"

10 杜甫《大麦行》:"东至集壁西梁洋,问谁腰镰/胡与羌。"

11 韦应物《白沙亭逢吴叟歌》:"问之/执戟亦先朝,零落艰难却负樵。"

12 王季友《酬李十六岐》:"问我草堂/有卧云,知我山储无儋石。"

13 杜甫《西阁三度期大昌严明府同宿不到》:"问子/能来宿,今疑索故要。"

14 储光羲《咏山泉》:"山中有流水,借问/不知名。"

15 吴文英《玉楼春·京市舞女》:"问/称家住城东陌,欲买千金应不惜。"

16 李白《同王昌龄送族弟襄归桂阳二首》之二:"尔家何在/潇湘川,青莎白石长沙边。"(这句连"问"也没有用。)

问话这么简单,有的连疑问词都没有,怎么知道问的是什么内容呢?那就只能从答话中推知。如例4"借问袁安舍,翛然尚闭关",问的是:"袁安舍如何?"例5"借问宗党间,多为泉下人",问的是:"宗党间今如何?"例6"借问池台主,多居要路津",问的是:"池台主为何人?"例7"借问襄阳老,江山空蔡州",问的是:"襄阳见孟浩然否?"例8"借问新安吏,县小更无丁",问的是:"为何不点丁?"例11"问之执戟亦先朝,零落艰难却负樵",是说:"问之曾为何事?"回答说:"先朝亦曾执戟,如今零落艰难却负樵。"

宋词中也是这样。有的问答很完整,如:

17 李清照《渔家傲·天接云涛连晓雾》:"闻天语,殷勤问我归何处?我报路长嗟日暮,学诗谩有惊人句。"

有的问答很简单,问的内容要从答话中推知。如:

18 李清照《如梦令·昨夜雨疏》:"昨夜雨疏风骤。浓睡不消残酒。试问卷帘人,却道海棠依旧。知否。知否。应是绿肥红瘦。"

19 辛弃疾《蝶恋花·戊申元日立春席间作》:"春未来时先借问。晚恨开迟,早又飘零近。"

例18是问:"海棠凋残否?"例19是问:"春何时来?"

词的问答比较灵活,有的问话可以出现在"问"的前面。如:

20 苏轼《水调歌头·丙辰中秋》:"明月几时有?把酒问青天。"

有的是用问话表达作者的看法,所以无须回答。这样的例子很多。如:

21 辛弃疾《水调歌头·相公倦台鼎》:"试问东山风月,更著中年丝竹,留得谢公不?"

(三) 特殊兼语式

"兼语式"也称"递系式"。王力《汉语语法史》第二十二章《递系式的发展》说:"递系式又叫兼语式。在兼语式中,同一个名词一身兼两职,它既做前一动词的宾语,又做后一动词的主语。例如:'我叫他来',又如'我请他吃饭'。"书中举了一些由"命""使""遣""令"和"留""邀"等动词构成的兼语式。如《左传·成公十三年》:"晋侯使吕相绝秦。"《汉书·高帝纪》:"羽因留沛公饮。"

这种典型的兼语句出现在诗词中，不会成为阅读的障碍。诗词中值得注意的是这样一些句子：句中用的不是这些典型的兼语动词，但动词的宾语又是后面动词或形容词的主语。这种句子，我们称之为"特殊兼语式"。下列例句中画线的词语都是兼语：

1 苏颋《奉和春日幸望春宫应制》："宫中下见南山尽，城上平临北斗悬。"

2 崔颢《行经华阴》："河山北枕秦关险，驿树西连汉畤平。"

3 孟浩然《京还留别》："树绕温泉绿，尘遮晚日红。"

4 杜甫《狂夫》："风含翠筱娟娟静，雨裛红蕖冉冉香。"

5 杜甫《重泛郑监前湖》："尊当霞绮轻初散，棹拂荷珠碎却圆。"

6 韩偓《乱后春日途经野塘》："船冲水鸟飞还住，袖拂杨花去却来。"

7 柳永《破阵乐·露花倒影》："两两轻舠飞画楫，竞夺锦标霞烂。"

8 苏轼《行香子·过七里濑》："过沙溪急，霜溪冷，月溪明。"

9 黄庭坚《南歌子·槐绿低窗暗》："槐绿低窗暗，榴红照眼明。"

10 张炎《南浦·春水》："荒桥断浦，柳阴撑出扁舟小。"

为什么把这种句式称为"特殊兼语式"呢？因为这里的"动词＋名词＋动词/形容词"结合得并不紧密，和语法学所说的"兼语式"（或"递系式"）还不一样。最典型的如例 4 和例 5，如果用散文的句式来表达，应该是"风含翠筱，翠筱娟娟静；雨裛红蕖，红蕖冉冉香"，"尊当霞绮，霞绮轻初散；棹拂荷珠，荷珠碎却圆"。但诗词

85

不能用这种句式,所以就用同一个名词兼做宾语和主语了。

是否把这种句式称作"特殊兼语式"并不重要,重要的是要知道在诗词的表达上有这样一种方式:当说了一个动作涉及某个对象后,紧接着说这个对象是什么状态。这可以用苏轼的几句词来做比较:

  11 苏轼《水龙吟·次韵章质夫杨花词》:"萦损柔肠,困酣娇眼,欲开还闭。"

"困酣娇眼"是"动词+名词","娇眼"是宾语。但后面的"欲开还闭",显然主语又是"娇眼"。只不过据词谱,在"娇眼"和"欲开还闭"之间是有停顿的,所以不会把"困酣娇眼欲开还闭"看作一个单位,而只能说"困酣娇眼"和"欲开还闭"是两个句子,后面这个句子的主语还是"娇眼",只是承前省略了。但诗词的作者并不是按语法来创作诗词的,他们可以在说了一个动作涉及某个对象后,紧接着说这个对象是什么状态。这既可以像例12那样用两句词来表达,也可以在一句诗或词中来表达,这就是上述例1—例11,也就是我们说的"特殊兼语式"。

有一点要注意,下面这样的诗句不是特殊兼语式:

  12 杜甫《五盘》:"五盘虽云险,山色佳有余。仰凌栈道细,俯映江木疏。"

  13 祖咏《题韩少府水亭》:"水气侵阶冷,松阴覆座闲。"

例12,"五盘"是山名,仇注:"首记五盘岭。栈在上,江在下,岭在中间,故云仰凌、俯映。"这是说上面架在山上的栈道很细,下面映在水中的树木很疏。"细""疏"并非动作施加于对象后对象出现的状态。例13,不是说"阶冷"和"座闲",而是说水气侵阶使人感到冷意,松阴覆座使人感到悠闲。所以也和特殊兼语式不同。

不过,这种区别并非我们讲述的重点,我们讲唐宋诗词的句式,是为了通过对唐宋诗词一些特殊句式的分析,帮助大家理解句子的意义,而不是要求大家从语言学的角度给每一个诗词的句子加以分类。

(四) 特殊述宾式

(1) 我在《唐诗语言研究》中说到"特殊述宾式"时,举的例句是:
　　1 孟浩然《自洛之蜀》:"山水寻吴越,风尘厌洛京。"
　　2 孟浩然《夜渡湘水》:"露气闻芳杜,歌声识采莲。"
　　3 李商隐《赠送前刘五经》:"别派驱杨墨,他镳并老庄。"
　　4 白居易《代诗书》:"儒风爱敦质,佛理赏玄师。"
　　5 孟浩然《西山寻辛谔》:"石潭窥洞彻,沙岸历纡徐。"
　　6 杜甫《七月三日》:"退藏恨雨师,健步闻早魃。"
　　7 杜甫《壮游》:"枕戈忆勾践,渡浙想秦皇。"
　　8 杜甫《中宵》:"择木知幽鸟,潜波想巨鱼。"
　　9 杜甫《不离西阁》:"失学从愚子,无家任老身。"
　　10 李白《岘山怀古》:"弄珠见游女,醉酒怀山公。"
　　11 孟浩然《田家作》:"冲天羡鸿鹄,争食羞鸡鹜。"
　　12 孟浩然《李氏园林卧疾》:"伏枕嗟公干,归山羡子平。"
　　13 戴叔伦《除夜宿石头驿》:"寥落悲前事,支离笑此身。"
　　14 杜牧《酬张祜》:"荐衡昔日知文举,乞火无人作蒯通。"
　　15 郑谷《漂泊》:"鲈鱼斫鲙输张翰,橘树呼奴羡李衡。"

之所以称之为"特殊述宾式",是因为"述语(动词)在中间,宾语分在述语两边"。(《唐诗语言研究》)也就是说,这些句子都是"O1＋V＋O2",但应该读作"V＋[O2＋O1]"。如例1应读作"寻吴越之山水,厌洛京之风尘"。其余例句均可类推。

在本书第一章中讨论的"孤城遥望玉门关"也是这类句子,应读作"遥望孤城玉门关"。在第一章中还举了唐宋诗词的其他例句。

在唐宋诗词中,这类句子相当多。把它们称为"特殊述宾式"有一个好处:这类句子,按照句子的语序来读是读不通的,甚至会产生误解(例如,把句子读作"主+谓+宾")。如果把这些句子看作"特殊述宾式",把动词前面的词语(有的是名词,有的是动词)和动词后面的词语(绝大多数是名词)合在一起,作为动词的宾语理解,句子就可以读通。

但是,如果这类句子真是述宾式,为什么宾语会分成两部分,分别放在动词的前面和后面?

实际上,这类句子是一种特殊话题句。要正确理解这类句子,必须从话题句说起。所以,这个问题留待本书第五章说完话题句之后再讨论。

(2)除上述句子外,唐宋诗词中还有一类"O1+V+O2",和话题句无关,是在通常的述宾句中移位而形成的。如:

1 杜甫《观李固请司马弟山水图三首》其一:"寒天留远客,碧海挂新图。"

2 杜甫《咏怀古迹五首》其三:"群山万壑赴荆门,生长明妃尚有村。"

3 韩愈《南溪始泛三首》其一:"阴沈过连树,藏昂抵横坂。"孙汝听注:"藏昂,屈曲貌。"

4 韩愈、孟郊《城南联句》:"如瓜煮大卵,比线茹芳菁。"

5 李商隐《娇儿诗》:"芭蕉斜卷笺,辛夷低过笔。"

6 李商隐《江上忆严五广休》:"逢著澄江不敢咏,镇西留与谢功曹。"

7 辛弃疾《水龙吟·过南剑双溪楼》:"举头西北浮云,倚天万里须长剑。"

8 吴文英《夜合花·柳暝河桥》:"当时夜泊,温柔便入深乡。"

这些句子都可以读作"V+[O1+O2]",而且O1是O2的定语。如:例1可读作"挂碧海(之)新图",例2可读作"尚有生长明妃(之)村",例3可读作"过阴沈(之)连树,抵藏昂(之)横坂",例4可读作"煮如瓜(之)大卵,茹比线(之)芳菁",例5可读作"斜卷芭蕉笺,低过辛夷笔",例6可读作"留与镇西谢功曹",例7可读作"须倚天万里(之)长剑",例8可读作"便入温柔深乡"。但这些O1不是话题,因此,这类句子的形成和话题句无关。其理由,我们到第五章再讲。

那么,这类句子又是怎样形成的呢?为什么O1应该是O2的定语,却放到动词前面呢?我想,可能是为了格律的关系而做的移位。例1、例2是近体诗,例4是联句,都要合乎近体诗的节奏,都要讲平仄。如果例1写成"挂碧海新图",例4写成"煮如瓜大卵,茹比线芳菁",那就成了"1—4"的节奏,而且平仄不合。例2如果写成"尚有生长明妃村",就成了"2—5"的节奏,而且平仄不合。例6如果写成"逢著澄江不敢咏,留与镇西谢功曹",虽然两句都合平仄,但上句和下句就平仄失对。例7如果写成"须倚天万里长剑",就成了"1—6"的节奏,而且"倚"和"万"叠仄,和词谱不合。例8如果写成"便入温柔深乡",也和词谱不合:《夜合花》要求此句第二字平,第四字仄。例3不是近体诗,但如果写成"过阴沈连树,抵藏昂横坂",也成了"1—4"的节奏。所有这些句子,都是因节奏和平仄的关系,把述宾句"V+[O1+O2]"中的O1移到V前面,成了"O1+V+O2"。例5不是近体诗,没有平仄的要求,之所以没有按通常语序写,而写作"芭蕉斜卷笺,辛夷低过笔",大概是为了形成"诗家语"的格调。

所以,严格地说,"特殊述宾式"实际上只包括这种由述宾句移位而成的"O1+V+O2"。

这个问题,将在本书第五章进一步讨论。

## 二 语序

在唐宋诗词中,有很多特殊的语序。主要有下面几类:

(一)主谓倒置

1 魏徵《出关》:"古木吟寒鸟,空山啼夜猿。"

2 王维《山居秋暝》:"竹喧归浣女,莲动下渔舟。"

3 王维《出塞》:"居延城外猎天骄,白草连天野火烧。"

4 杜甫《牵牛织女》:"世人亦为尔,祈请走儿童。"

5 杜甫《秋兴八首》之:"香稻啄余鹦鹉粒,碧梧栖老凤凰枝。"

6 王令《饿者行》:"高门食饮岂无弃,愿从犬马求其余。耳闻门开身就拜,拜伏不起呵群奴。"

7 苏轼《浣溪沙》:"簌簌衣巾落枣花,村南村北响缲车。"

8 周邦彦《瑞龙吟》:"章台路,还见褪粉梅梢,试花桃树。"

9 朱淑真《蝶恋花·送春》:"犹自风前飘柳絮。随春且看归何处。"

10 辛弃疾《鹧鸪天·代人赋》:"平冈细草鸣黄犊,斜日寒林点暮鸦。"

唐宋诗中主谓倒置的句子不太多,而且,大部分是"啼夜猿""鸣黄犊""落枣花""飘柳絮"之类,这种句式在《诗经》中就有,如《诗经·豳风·七月》:"四月秀葽,五月鸣蜩。"在现代汉语中也可以说"飘雪花"。所以,尽管是主谓倒置,但不会妨碍阅读和理解。例5的"啄余鹦鹉"比较特殊,是"鹦鹉啄余"的倒置;整个句子是话题句,这到下一章再谈。例6的"呵群奴"实际上是说"群奴呵",这也比较少见,这是根据整首诗的诗意才能了解的。

词中有些语序比较灵活,有些是先说事物的性状或动作,再说事物,如:

11 周邦彦《绮寮怨·上马人扶》:"上马人扶残醉,晓风吹未醒。映水曲、翠瓦朱檐,垂杨里、乍见津亭。"

12 曹组《蓦山溪·洗妆真态》:"黄昏院落,无处着清香。风细细,雪垂垂,何况江头路?"

13 姜夔《齐天乐·丙辰岁》:"笑篱落呼灯,世间儿女。"

14 吴文英《三姝媚·过都城旧居有感》:"对语东邻,犹是曾巢,谢堂双燕。"

15 周密《曲游春·禁烟湖上薄游》:"漠漠香尘隔,沸十里、乱弦丛笛。"

如果照普通的语序,这5例应该写成:11 翠瓦朱檐映水曲;12 何况江头路风细细,雪垂垂;13 笑世间儿女篱落呼灯;14 犹是曾巢谢堂双燕对语东邻;15 乱弦丛笛沸十里。

唐宋诗词中也常有这样的句子:谓语包含两个部分,一个部分在主语前,一个部分在主语后。如:

16 孟浩然《陪姚使君》:"带雪梅初暖,含烟柳尚青。"

17 杜甫《倦夜》:"暗飞萤自照,水宿鸟相呼。"

18 晏殊《蝶恋花·六曲栏杆》:"穿帘海燕双飞去。"

19 苏轼《念奴娇·大江东去》:"故国神游,多情应笑我,早生华发。"

20 周邦彦《解语花·上元》:"衣裳淡雅,看楚女纤腰一把。"

21 史达祖《绮罗香·咏春雨》:"惊粉重、蝶宿西园,喜泥润、燕归南浦。"

照普通语序,例16应是"梅带雪初暖,柳含烟尚青",例17应是"萤暗飞自照,鸟水宿相呼",例18应是"海燕穿帘双飞去",例19应是"应笑我多情早生华发"(见俞平伯《唐宋词选释》),例20应是"看楚女衣裳淡雅,纤腰一把",例21应是"蝶惊粉重宿西园,燕喜泥润归南浦"。例19、例20都是主谓结构做动词(例19是"笑",例20是"看")的宾语,而这个主谓结构中,谓语的一部分(例19的"多情",例20的"衣裳淡雅")置于主语前。

但是,"动词+名词"构成的不一定就是主谓倒置,也可能是"定语(动词)+中心语(名词)"。如:

22 杜甫《白帝城楼》:"急急能鸣雁,轻轻不下鸥。"

这就是"定语(动词)+中心语(名词)"。这是我们在第五章要谈的"名词语"。

主谓倒置和"定语(动词)+中心语(名词)"两者的区分,有的很清楚,有的不太清楚。如例8的"褪粉梅梢,试花桃树",似乎也可以理解为"褪粉之梅梢,试花之桃树"。究竟是哪一种结构?这可以和周邦彦另外几句词比较:

23 周邦彦《风流子·新绿小池塘》:"羡金屋去来,旧时巢燕;土花缭绕,前度莓墙。"

有人把例23看作主谓倒置,认为应当读作"羡旧时巢燕金屋去来,前度莓墙土花缭绕"。但是,仔细推敲文意,就会觉得说"羡旧时巢燕金屋去来"是可以的,但说"羡前度莓墙土花缭绕"却有问题:这是一种衰败的景象,并无可羡之处。倒是读作"羡金屋去来之旧时巢燕,土花缭绕之前度莓墙"比较合适,因为这几句写的是作者情侣原先的住处,"旧时巢燕"固然堪羡,"前度莓墙"亦属堪羡,因为这是情侣的旧居,尽管现在已经破败。而例8则不同,因为这是写初春时节,写的是景物的变化:"梅梢褪粉,桃树试花。"所以应是主谓倒置。

还有的句子是诗词的特殊格调,不必说成主谓倒置。如:

24 李清照《摊破浣溪沙·病起萧萧》:"终日向人多酝藉,木犀花。"

可见,谈诗词的语序是为了更好地理解诗词;反过来说,要正确地理解诗词的语序,也要正确地理解诗词的文意。

(二)述宾倒置

1 王维《送友人南归》:"连天汉水广,孤客郢城归。"

2 杜甫《秋日荆南述怀》:"迟暮宫臣忝,艰危衮职陪。"

3 刘长卿《送柳使君赴袁州》:"宜阳出守新恩至,京口因家始愿违。"

4 贾至《答严大夫》:"今夕秦天一雁来,梧桐坠叶捣衣催。"

5 卢纶《题空上人石室》:"地僻无溪路,人寻逐水声。"

6 令狐楚《省中直夜对雪寄李师素侍郎》:"静怀琼树倚,醉忆玉山颓。"

7 范仲淹《御街行·纷纷坠叶飘香砌》:"残灯明灭枕头

欹,谙尽孤眠滋味。"

　　8 黄庭坚《满庭芳·茶》："尊俎风流战胜,降春睡、开拓愁边。"

　　9 李清照《南歌子·天上星河转》："翠贴莲蓬小,金销藕叶稀。"

　　10 辛弃疾《念奴娇·登建康赏心亭》："儿辈功名都付与,长日惟消棋局。"

例1—例9,画线的部分都要倒过来读。例4是说"催捣衣","捣衣"是动词词组做"催"的宾语。例8是说茶的效用战胜了酒,"尊俎风流"指杯酒间克敌制胜。例9,"贴翠""销金"是两种妇人衣服的制作工艺。例10,动词和前置宾语之间有别的词语隔开了:"儿辈"是宾语,置于动词"付与"前,中间隔着主语"功名"。

这些宾语前置,大都是由于押韵或对仗的需要。另有一些通常认为是宾语倒置,其实是受事话题的例子,如:

　　11 杜审言《和韦承庆》："园果尝难遍,池莲摘未稀。"
　　12 辛弃疾《水调歌头·盟鸥》："带湖吾甚爱,千丈翠奁开。"

这到下一章再讲。

### (三) 主述宾倒置

唐宋诗词中也有一些句子,由"$N_1 + V + N_2$"构成,其语序似乎为"宾—述—主",如果倒过来读作"$N_2 + V + N_1$",成为"主—述—宾",文意就会更顺。如:

　　1 王勃《杜少府之任蜀州》："城阙辅三秦,风烟望五津。"
　　2 李白《听蜀僧濬弹琴》："客心洗流水,余响入霜钟。"
　　3 李白《襄阳歌》："千金骏马换小妾,笑坐雕鞍歌落梅。"

4 杜甫《书堂饮既》:"久判野鹤如霜鬓,遮莫邻鸡下五更。"

5 杜甫《戏题画山水图歌》:"舟人渔子入浦溆,山木尽亚洪涛风。"

6 祖咏《望蓟门》:"万里寒光生积雪,三边曙色动危旌。"

7 李商隐《今月二日》:"薰琴调大舜,宝瑟和神农。"

8 李商隐《燕台诗四首春》:"蜜房羽客类芳心,冶叶倡条遍相识。"

9 陈与义《伤春》:"庙堂无计可平戎,坐使甘泉照夕烽。"

10 姜夔《除夜自石湖归苕溪·笠泽茫茫》:"笠泽茫茫雁影微,玉峰重叠护云衣。"

11 苏轼《蝶恋花·暮春别李公择》:"凭仗飞魂招楚些,我思君处君思我。"

12 李清照《小重山·春到长门春草青》:"留晓梦,惊破一瓯春。"

13 张元干《瑞鹧鸪·彭德器出示胡邦衡新句次韵》:"白衣苍狗变浮云,千古功名一聚尘。"

14 史达祖《八归·秋江带雨》:"秋江带雨,寒沙萦水。"("带"为"笼罩"义,见王锳《诗词曲语辞例释》)

例1 上句写的是长安,是王勃送别之地,下句写的是蜀州,是杜少府将要赴任之处。为什么说"城阙辅三秦"?因为长安周边是古代的三秦,三秦拱卫着长安。这样应该是"三秦辅城阙",为什么要倒过来说呢?这就是下一章要讲的"话题"的作用,"城阙"是个话题,必须放在句首;而且说"城阙辅三秦"也可以说得通,只要在"三秦"前面加一个"以"字,变成"城阙辅(以)三秦"就可以了。在古汉语中,一些动词(如上述例子中的那些动词)是既可以用作主动,又可以用作被动的;而在诗词中,"以""于"之类的虚词通常是不出现的。所以,"城阙辅三秦"可以理解为"城阙辅(以)三秦",意即城阙以三秦拱卫着。这样看来,其实这个句子并非主述宾倒置,而是一个诗词中常见的受事话题句。同样,例3"千金骏马换小妾"是说千金骏马以小妾换来。

有的句子可以加上一个"于"字来理解。如例5"山木尽亚洪涛风",应当理解为"山木尽亚(于)洪涛风";例6"万里寒光生积雪"应当理解为"万里寒光生(于)积雪"。

还有些句子虽然不能加上"于"字,但应当看作是个受事话题句。如例2"客心洗流水"应当理解为"客心被流水洗",例7、例9、例10、例12、例14也都应当这样理解。

这些应加上介词来理解的词语,就是第五章我们要讨论的"关系语"。"受事话题+动词+关系语",这样的句子往往被看作主述宾倒置,其实不是。

严格地说,上述例句中只有四例是主述宾倒置:

例4"野鹤如霜鬓",罗大经《鹤林玉露》卷十二:"杜诗有反言之者,如云'久判野鹤如霜鬓',正言之,当云'霜鬓如野鹤'也。"

例8"蜜房羽客类芳心",冯浩《玉谿生诗集笺注》:"芳心如蜂,倒句法也。"这句和例4一样,正言应是"芳心类蜜房羽客"。

例11"凭仗飞魂招楚些","楚些"即楚辞,只能是凭仗楚辞招飞魂,而不能是凭仗飞魂招楚辞,所以这句是主语和宾语易位了。

例13"白衣苍狗变浮云"也可以说是主述宾倒置,但这里用的是杜甫《可叹》:"天上浮云如白衣,斯须改变如苍狗。"准确地说,此句并不是说"浮云变白衣苍狗",而是说"浮云从白衣变为苍狗"。

可见,即使是诗词的语序,也不能完全违反语言规则,大都只是依据通常的语序做一些变化。从阅读的角度来看,把这些"$N_1+V+N_2$"的句子颠倒过来理解为"$N_2+V+N_1$"也未尝不可;但深入分析这些句子的结构,应该看到,这些句子其实并不是真正的主述宾倒置。

这个问题,在第五章"话题句"和"关系语"部分还会谈到。

(四)状语后置

状语一般是放在动词之前的,但在诗词中可以放在句末。如:

1 宋之问《灵隐寺》:"扪萝登塔远,刳木取泉遥。"

2 王维《奉和……雨中春望之作应制》:"渭水自萦秦塞曲,黄山旧绕汉宫斜。"

3 韩愈《和席八十二韵》:"绮陌朝游间,绫衾夜直频。"

4 杜甫《夔州歌十绝句》其六:"晴浴狎鸥分处处,雨随神女下朝朝。"

5 陈德武《木兰花慢·思情》:"但旅寓年年,梦添夜夜,饭减朝朝。"

6 杜甫《喜达行在所三首》其二:"愁思胡笳夕,凄凉汉苑春。"

7 刘长卿《送马秀才落第归江南》:"殷勤斗酒城阴暮,荡漾孤舟楚水春。"

8 郎士元《送李遂之越》:"露沾湖草晚,月照海山秋。"

9 许浑《闻韶州李相公移拜郴州因寄》:"青汉梦归双阙曙,白云吟过五湖秋。"

10 辛弃疾《和前人韵二首》之二:"长日苦遭蝉噪聒,杖藜拟访涧泉秋。"(涧泉:辛弃疾之友韩淲。)

11 吴潜《虞美人·和刘制几舟中送监簿韵》:"东风催客

呼前渡,宿鸟投林暮。"

这些状语分为两类。一类是表状态的副词,如例1—例3的"远""遥""曲""斜""间""频",以及例4、例5双音节的处所词和时间词"处处""朝朝""年年""夜夜"。第二类是表时间的状语,如"春""秋""夕""暮""晚""曙"等,这些状语在一般情况下都放在动词前面,而在诗词中却放在句末。我们在读的时候可以把它们放回到动词前面理解。

应注意的是:这些词语(特别是第二类词语)在诗词中出现在句末,并不一定都是状语。可以比较下面的句子:

12 杜审言《和晋陵陆丞早春游望》:"云霞出海<u>曙</u>,梅柳渡江<u>春</u>。"

13 孙逖《宿云门寺阁》:"悬灯千嶂<u>夕</u>,卷幔五湖<u>秋</u>。"

例12是说:云霞出海,已现曙色,梅柳渡江,已是早春。"曙""春"用作动词。例13是说:悬灯后千嶂均是暮色,卷幔时五湖皆为秋景。"夕""秋"也是用作动词。

又如例11,也可以有两种理解:(1)"暮"是后置的状语,"宿鸟投林暮"意为"宿鸟暮投林";(2)"暮"是动词,"宿鸟投林暮"意为"宿鸟投林,天色已暮"。我们要再次说明:讲句式和语序是为了更好地理解诗词的意义,而不是为了从语言学的角度来做烦琐的分类。

(五)倒装句

倒装句是指这样的句子:两个句子相连,通常是先说甲句,后说乙句;但在诗词中倒了过来,先说乙句,后说甲句。这样的例子不太多,如:

1 欧阳修《水谷夜行》:"文词愈清新,心意虽老大。"

2 王安国《清平乐》:"留春不住,费尽莺儿语。满地残红宫锦污,昨夜南园风雨。"

3 苏轼《江城子·密州出猎》:"为报倾城随太守,亲射虎,看孙郎。……持节云中,何日遣冯唐?"

4 吴文英《莺啼序·残寒正欺病酒》:"长波妒盼,遥山羞黛,渔灯分影春江宿,记当时、短楫桃根渡。"

5 刘克庄《木兰花慢·渔父词》:"被西伯载归,营丘茅土,牧野檀车。"

例1,是说:"心意虽老大,文词愈清新。"例2,通常说:"费尽莺儿语,留春不住。昨夜南园风雨,满地残红宫锦污。"例3,是说:"为报倾城随太守,看孙郎亲射虎。……何日遣冯唐持节云中?"例4,"记当时、短楫桃根渡"是说记得当时在渡头离别,后面三句是写离别时的情景。按正常语序,"记当时、短楫桃根渡"应在"长波妒盼,遥山羞黛,渔灯分影春江宿"前面。例5,是说姜太公受到周文王、周武王的重用,建功立业。"营丘茅土"说他被封在营丘,"牧野檀车"说他在牧野和商纣决战。从时间顺序说,应该是"牧野檀车,营丘茅土",但为了押韵,两句倒了过来。

下面一些句子也有人看作倒装句,如:

6 杜甫《奉济驿重送严公四韵》:"远送从此别,青山空复情。几时杯重把,昨夜月同行。"

7 韩愈《雉带箭》:"原头火烧静兀兀,野雉畏鹰出复没。将军欲以巧伏人,盘马弯弓惜不发。地形渐窄观者多,雉惊弓满劲箭加。冲人决起百余尺,红翎白镞相倾斜。将军仰笑军吏贺,五色离披马前堕。"

8 苏轼《法惠寺横翠阁》:"雕栏能得几时好,不独凭栏人

99

易老。百年兴废更堪哀,悬知草莽化楼台。"

9 辛弃疾《清平乐·村居》:"茅檐低小,溪上青青草。醉里吴音相媚好,白发谁家翁媪。"

10 辛弃疾《满江红》:"敲碎离愁,纱窗外风摇翠竹。"

这些句子,从时间或逻辑顺序看,确实是先后倒置的,但我认为,不能把所有在时间或逻辑顺序上先后倒置的句子都看作倒装句。如现代汉语中说:"小王今天没有来,他昨天病了。"这不能看作倒装句。诗词中也一样,上述例6—例10,从时间或逻辑上看,确实应该倒过来,但现在这样排列,是出于表达的需要。例6是送别,所以先说"几时杯重把",然后补充说"昨夜月同行"(昨夜我们还在月下同行呢),表达惜别之情。例7诗题是《雉带箭》,描写的中心是雉,所以要把"五色离披马前堕"放在全诗的最后。两句可以理解为先说结果("将军仰笑军吏贺"),后说原因("五色离披马前堕"),如同上面所举的现代汉语例一样。例8,诗是写横翠阁,所以要把"雕栏能得几时好"放在前面,后面补充说"不独凭栏人易老"。例9,"醉里吴音相媚好"确实是"白发翁媪"发出的动作,按一般的逻辑顺序两句应倒过来,但诗人写的是这样一种情景:先听到了"醉里吴音相媚好",以为是小儿女在说话,但走近一看,原来说话的是"白发谁家翁媪"。这样写才有情趣,否则就没有诗意了。从句法看,这样表达也是正常的,不必说是倒装。例10,这两句表达的意思和苏轼《贺新郎·夏景》"帘外谁来推绣户,枉教人、梦断瑶台曲。又却是,风敲竹"一样,都是先写感觉,后写导致这种感觉的原因,这是诗词常见的写法,不是句子的倒装。(例2的后面两句"满地残红宫锦污,昨夜南园风雨"也可以看作先说结果,后说原因,这就不是倒装。)

唐宋诗词中还有一些句子的顺序和通常的不同,读的时候也需注意。如：

11 苏轼《轼在颍州与赵德麟同治西湖未成改扬州三月十六日湖成德麟有诗见怀次韵》："我在钱塘拓湖渌,大堤士女争昌丰。六桥横绝天汉上,北山始与南屏通。忽惊二十五万丈,老葑席卷苍云空。"

12 苏轼《永遇乐·夜宿燕子楼》(上阕)："明月如霜,好风如水,清景无限。曲港跳鱼,圆荷泻露,寂寞无人见。纨如三鼓,铿然一叶,黯黯梦云惊断。夜茫茫,重寻无处,觉来小园行遍。"

例11是苏轼写他治理杭州西湖的情况。在苏轼任杭州通判前,西湖被葑草和淤泥堵塞了,苏轼组织人力,清除湖中的葑草和淤泥,并把淤泥筑成一条长堤,即今日的苏堤。当时杭州的士女都很高兴。按这个顺序,诗句应读作"我在钱塘拓湖渌,忽惊二十五万丈,老葑席卷苍云空。六桥横绝天汉上,北山始与南屏通。大堤士女争昌丰。"例12是词的上阕,是苏轼写徐州夜宿燕子楼时的所见。"曲港跳鱼,圆荷泻露"等景象,是他"觉来小园行遍"时看到的。这不是倒装,但这种关系在读的时候应该注意。

(六)插入和补足

这个问题在《唐诗语言研究》中已经谈过,在这里简单地谈一谈,稍做些补充。

(1)插入,指某个词语是插入句中的,不能把整个句子逐字往下读,而要把插入的词语拿出来另做处理。如：

1 杜甫《梅雨》："茅茨疏易湿,云雾密难开。"

2 杜甫《雨不绝》："阶前短草泥不乱,院里长条风乍稀。"

3 韦应物《送汾城王主簿》："禁钟春雨细,宫树野烟和。"

4 杜甫《客至》："盘飧市远无兼味，樽酒家贫只旧醅。"

5 杜牧《酬张祜》："七子论诗谁似公，曹刘须在指挥中。荐衡昔日知文举，乞火无人作蒯通。"

6 李清照《浣溪沙·髻子伤春》："髻子伤春慵更梳，晚风庭院落梅初。"

7 李颀《送魏万之京》："鸿雁不堪愁里听，云山况是客中过。"

8 杜甫《严中丞枉驾见过》："扁舟不独如张翰，白帽还应似管宁。"

9 李商隐《隋宫》："玉玺不缘归日角，锦帆应是到天涯。"

10 辛弃疾《念奴娇·是谁调护》："我向东邻曾醉里，唤起诗家二老。拄杖而今，婆娑雪里，又识商山皓。"

例1的"疏""密"指梅雨的疏密，全句意谓雨疏则茅茨易湿，雨密则云雾难开。例2是说阶前短草虽沾泥而不乱，院里长条因受风而乍稀。例3是说在春雨中禁钟的声音很细。这三句如果读作"茅茨疏""云雾密""泥不乱""风乍稀""春雨细"，就读错了。

例4—例9的插入语都要放到句首来读。例4是说因市远而盘飧无兼味，因家贫而樽酒只旧醅。例5第一句是说论诗七子谁似公，"七子"指建安七子。这句不能理解为"七子论诗"。第三、四句意谓昔日有文举（孔融）推荐祢衡，（如今）无人作蒯通乞火。第四句是用《汉书》中蒯通向曹参推荐梁石君之典，什么叫"乞火"就不详细解说了。例6是说因伤春而髻子懒更梳。

例7—例9的插入语都是虚词，放到句首都能读通。那么，为什么这些诗句中的虚词不放在句首呢？除了平仄的关系外，另一个原因是为了强调句首的实词。

例10意谓"我曾醉里向东邻，唤起诗家二老。而今拄杖，婆娑

102

雪里,又识商山皓"。这可以看作插入,也可以看作语序的错综,这是为了平仄关系。

(2)补足,指诗句中前面意思已经完整,但后面还要对个别词语加以补充说明。如:

1 杜甫《忆昔行》:"巾拂香余捣药尘,阶除灰死烧丹火。"

2 李商隐《江上忆严五广休》:"征南幕下带长刀,梦笔深藏五色毫。"

3 秦观《调笑令·莺莺》:"红娘深夜行云送。困軃钗横金凤。"

4 辛弃疾《鹧鸪天·有客慨然谈功名》:"燕兵夜娖银胡䩮,汉箭朝飞金仆姑。"

5 杜甫《又呈吴郎》:"堂前扑枣任西邻,无食无儿一妇人。"

6 白居易《长恨歌》:"花钿委地无人收,翠翘金雀玉搔头。"

7 苏轼《西江月·梅花》:"玉骨那愁瘴雾,冰姿自有仙风。海仙时遣探芳丛,倒挂绿毛么凤。"

补足可以在本句补足,如例1—例4;也可以在下一句补足,如例5和例6。例7比较特殊,"海仙时遣探芳丛"中"遣"的宾语没有说出,下句"倒挂绿毛么凤"(一种珍禽)就是补足"遣"的宾语,两句意谓"海仙时遣倒挂绿毛么凤探芳丛"。

(七)复杂的句子

在讲了上述几种诗词特有的句式和语序之后,我们还要讨论唐宋诗词中一些复杂的句子,这些句子的结构无法用上述句式和语序来解释。

1 汪藻《即事》其一:"西窗一雨无人见,展尽芭蕉数尺心。"

钱锺书《宋诗选注》在这一句下作注说:"等于'一雨,西窗展尽芭蕉数尺心,无人见'。这种形式上是一句而按文法和意义说来难加标点符号的例子,旧诗里常见。"

确实,这个句子按原文是无法标点的,所以钱锺书要把它重新排列。但仅仅把句子重新排列并加标点也还不够,有的意思还要补充。两句完整的意思是:从西窗看出去,一场雨使芭蕉展尽了数尺心,这种变化是无人能见到的。

这样的句子在唐宋诗词中确实很多,而且有的句子还更不容易读。如下面一些句子,都不是句中词语的简单加合,也不是把句中词语的排列加以调整就能读通的,有些句子包含了超出词句之外的含义。如:

2 杜甫《秋兴八首》之一:"丛菊两开他日泪,孤舟一系故园心。"

3 杜甫《秋兴八首》之二:"听猿实下三声泪,奉使虚随八月查。"

4 杜甫《秋兴八首》之五:"云移雉尾开宫扇,日绕龙鳞识圣颜。"

5 杜甫《送郑十八虔贬台州司户伤其临老陷贼之故阙为面别情见于诗》:"万里伤心严谴日,百年垂死中兴时。"

6 王维《和贾至舍人早朝大明宫之作》:"九天阊阖开宫殿,万国衣冠拜冕旒。"

7 张耒《怀金陵》其三:"芰荷声里孤舟雨,卧入江南第一州。"

8 苏轼《定风波·沙湖道中遇雨》:"莫听穿林打叶声,何妨吟啸且徐行。竹杖芒鞋轻胜马,谁怕?一蓑烟雨任平生。"

9 鲁仲逸《南浦·旅怀》:"送数声惊雁,乍离烟水,嘹唳度寒云。"

10 姜夔《翠楼吟·月冷龙沙》："西山外,晚来还卷,一帘秋雾。"

11 刘过《唐多令·安远楼小集》："欲买桂花同载酒,终不似、少年游。"

12 卢祖皋《宴清都·初春》："新来雁阔云音,鸾分鉴影,无计重见。"

13 吴文英《霜叶飞·重九》："半壶秋水荐黄花,香噀西风雨。"

14 邓剡《念奴娇·驿中言别》："堂堂剑气,斗牛空认奇杰。"

例2,王力《汉语诗律学》在第一章"近体诗"的第二十节"近体诗的语法"中有"省略法"一节,其中讲到杜甫的"丛菊两开他日泪,孤舟一系故园心",他把这句诗译为"丛菊两开,他日之泪未干;孤舟一系,故园之心弥切"。然后说:"这些并不一定都是省去谓语;译为散文的话未必都很确切。但至少也该认为句子的某一重要部分已被省略了。这如果是在散文里出现,简直不成话;但它们在诗句里是被容许的,甚至显得是诗的特殊格调。"

确实,要理解这些诗句,首先要知道句中有些成分是省略的,这在下一章"名词语""关系语"等部分会谈到。这些省略的部分,在阅读和理解时可以补上。例2中的"他日泪"和"故园心"是名词语,还应补上谓语,王力先生已经补上了。但诗中的"开"和"他日泪"有没有关系?诗中的"系"和"故园心"有没有关系?对此,清代的黄生是这样注解的:"花如他日,泪亦如他日;非开花也,开泪而已。身在孤舟,心在故园;非系舟也,系心而已。"这就是说:"开"的是花,也是泪;"系"的是舟,也是心。这样理解,应该更接近诗的意

105

义。但是,如果是散文的句法,就不可能同一个动词既跟上文有关,又跟下文有关。这就是诗和散文的不同,我们不能用散文的句式和语序来理解这句诗。不仅如此,我们也不能用上面讲到的诗词的一些特殊的句式和语序来分析这句诗。

例3,"听猿实下三声泪",什么叫"三声泪"?"泪"能用"三声"来修饰吗?当然,我们在读到这句诗的时候,立即会想到"巴东三峡巫峡长,猿鸣三声泪沾裳"这个名句,"三声"是说猿鸣的。照通常的表达法,应该说"听猿三声实下泪"。但无论是讲平仄还是讲对仗,"三声"放在第三、四字的位置都不合适,所以把"三声"和"实下"的位置调换,诗句就写成"听猿实下三声泪"了。但这个句子是无法进行句法分析的。

例4,"云移雉尾开宫扇",这里有三个名词:"云""雉尾""宫扇"。这三者是什么关系?有两个动词:"移""开"。这两者是什么关系?仇兆鳌注释说:"云移,状障扇之两开。"黄生注释说:"雉尾即宫扇。开,言驾坐而扇散也。曰云移,则宫扇之多可知。"照这样解释,"云移"是比喻的说法。但"移"已经跟"云"关联,怎么又和"雉尾"关联?"雉尾"又由哪个动词管着?用上面讲过的"特殊述宾式"来解释"雉尾开宫扇"显然过于勉强。其实,这种诗句无法用句式、语序之类解释,能懂得这句诗是说皇帝坐下后宫扇就撤开了,这就可以了。

例5,杜甫的友人郑虔在安史之乱后被贬至台州,杜甫作诗送他,为他鸣不平。诗题很长,大致说明了郑虔被贬的缘由。"万里伤心严谴日,百年垂死中兴时",这是两个名词句,名词句的中心语是"日"和"时",修饰语"万里/伤心/严谴"和"百年/垂死/中兴"都和郑虔的遭遇有关。问题是这些词语之间如何连接?这个问题无法回答。这些词语中的"万里/伤心/严谴/百年/垂死"都是说郑虔的,意思是他在百年垂死之时遭到严谴,被贬至万里之外,这是极为伤心之事;"中兴"则是说肃宗平定了安史之乱,使唐朝得到中兴,而正值此时郑虔被贬。这些词语之间在句法上是什么关系不容易说清,但在语义上的关系是清楚的,所以不妨碍我们对这句诗的理解。

例6,"九天阊阖开宫殿",和例4的"云移雉尾开宫扇"相似。但例4的"雉尾"就是"宫扇";例6的"阊阖"指的是宫门,不是宫殿,"开"的也是宫门。这句诗的意思是宫殿的大门打开了。那么,诗句中的"宫殿"和"阊阖"是什么关系?只能说在语义上有关系,而无法用句式、语序来解释。

例7,"芰荷声里孤舟雨,卧入江南第一州",是写作者卧在舟中到达金陵的情景。"芰荷声里/孤舟/雨",这三个词并不连贯。而且,什么是"芰荷声"?这也是诗歌的语言,说的是自己卧在孤舟中,听着雨打芰荷的声音。这里很多意思是需要读者自己连贯和添加的。

以上是唐宋诗的例子。下面看宋词的例子。

例8,苏轼这首词大家都很熟悉。但怎样看待"一蓑烟雨任平生"这个句子?"一蓑烟雨"是个压缩的名词词组,意思是在烟雨中披着一领蓑衣。那么和"任平生"怎样联系呢?这也只能意会了,作者说的是平生任凭有什么风雨都不在乎。

例9,"送数声惊雁,乍离烟水,嘹唳度寒云"。在谈例3的时候,说过"三声泪"是令人费解的。但例9为什么可以出现"数声惊雁"?这要联系整首词来看。这首词的题目是"旅怀",上阕为:"风悲画角,听单于、三弄落谯门。投宿骎骎征骑,飞雪满孤村。酒市渐闲灯火,正敲窗、乱叶舞纷纷。送数声惊雁,乍离烟水,嘹唳度寒云。"作者住在一个旅舍里,外面是漫天风雪,听到的是风声、画角声、落叶敲窗声,还有雁叫声。"送数声惊雁"是说送来数声惊雁的叫声,下面是想象惊雁"乍离烟水",鸣声嘹唳,正在度寒云。作者听到的是雁声,想象的是雁飞,声和雁是一起写的。这样才能读懂这几句词。

例10,"西山外,晚来还卷,一帘秋霁"。这个句子有点儿费解:"西山外"和"晚来还卷"是什么关系?"一帘秋霁"怎么"卷"?"一帘"和"秋霁"是什么关系?我们先看一看有关的句子。王勃《滕王阁诗》:"画栋朝飞南浦云,珠帘暮卷西山雨。"卢祖皋《江城子》:"画楼帘幕卷新晴。""卷"的都是"帘",卷帘以后可以看到窗外的景色。所以例10说的是晚上卷帘以后,看到的是秋霁;而这秋霁是西山外雨后的晴空。这几句是无法逐字解读的。(顺便说一下,"秋霁"一词在宋词中用得很多,而且"秋霁"还是一个词牌,吴文英、史达祖、周密都用这个词牌填过词。)

例11,"欲买桂花同载酒,终不似、少年游",这里是把"桂花酒"拆成两半,前面说"桂花",后面说"酒"。整句意思是欲买桂花酒而载酒同游,但终究没有少年时那种豪兴了。

例12,这首词是作者久别而思念妻子之作。"新来雁阔云音,鸾分鉴影,无计重见。""新来"就是近来。"雁阔云音,鸾分鉴影"无法逐字解读。"阔"指长久的间隔,"云音"指大雁从云中传来的音信;"雁阔云音"是说大雁好久没有传来音信了。"鸾鉴"即"鸾镜",用的是一个典故,简单地说,是鸾鸟在镜中照见自己的身影。但句中把"鸾"和"鉴"拆开用了,"鸾分鉴影"指夫妻分离。这也是诗词中常见的情况,有些词句只能整体解读。

例13,"半壶秋水荐黄花,香噀西风雨",这是说重九那天,把数枝菊花剪下来插在半壶清水中,喷出来阵阵香气。但为什么要说"香噀西风雨"呢?这不是写实,不是说室内有西风雨,而是说菊花不畏霜寒,尽管有西风雨的吹打,仍然香气四溢。

例14,作者是文天祥的好友,在抗元斗争中一起被俘,离别时作词送给文天祥。词的开头三句是:"水天空阔,恨东风不惜、世间英物。"是惋惜文天祥不能得到天佑。"堂堂剑气,斗牛空认奇杰"也是同样的意思,用的是一个典故:埋在丰城地下的宝剑,气冲斗牛之间,为雷焕和张华所认得。但这里是反用,"空认奇杰"就是不认奇杰。句中的"剑气"和"斗牛"并不连贯,更不是"空认"的主语。这几句词也只能整体解读,说的是:剑气冲到斗牛之间,但无人认此奇杰。

这些句子充分说明了诗词句子的特殊性,而且正如王力先生所说,"显得是诗的特殊格调"。

## 三 诗家语

唐宋诗词中为什么有那么多的特殊句式和语序呢?我们先看几段论述。

《唐音癸签》卷四:"迭字为句,不过合者析之,顺者倒之,便成法。(如'委波金不定',合者析之也。本言草碧,却云'碧知湖外草',本言獭趁鱼而喧,却云'溪喧獭趁鱼',所谓顺者倒之也。)举此可类其余。"

《诗人玉屑》卷六:"王仲至召试馆中,试罢,作一绝题云:'古木森森白玉堂,长年来此试文章。日斜奏罢长杨赋,闲拂尘埃看画墙。'荆公见之,甚叹爱,为改作'奏赋长杨罢',且云:'诗家语,如此乃健。'"

《诚斋诗话》:"'雪乳已翻煎处脚,松风仍作泻时声。'此倒语也,尤为诗家妙法。即少陵'红稻啄余鹦鹉粒,碧梧栖老凤凰枝'也。"

《唐音癸签》所举的都是杜甫诗句;《诗人玉屑》举的是宋代王钦臣(仲至)的绝句;《诚斋诗话》举的是苏轼和杜甫的诗句。杜甫诗和苏轼诗如下:

1 杜甫《月圆》:"孤月当楼满,寒江动夜扉。委波金不定,照席绮逾依。未缺空山静,高悬列宿稀。故园松桂发,万里共清辉。"

2 杜甫《晴二首》其二:"久雨巫山暗,新晴锦绣文。碧知湖外草,红见海东云。竟日莺相和,摩霄鹤数群。野花干更落,风处急纷纷。"

3 杜甫《重过何氏五首》其一:"问讯东桥竹,将军有报书。倒衣还命驾,高枕乃吾庐。花妥莺捎蝶,溪喧獭趁鱼。重来休沐地,真作野人居。"

4 杜甫《秋兴八首》其八:"昆吾御宿自逶迤,紫阁峰阴入渼陂。香稻啄余鹦鹉粒,碧梧栖老凤凰枝。佳人拾翠春相问,仙侣同舟晚更移。彩笔昔游干气象,白头吟望苦低垂。"

5 苏轼《汲江煎茶》:"活水还须活火烹,自临钓石取深清。大瓢贮月归春瓮,小杓分江入夜瓶。雪乳已翻煎处脚,松风仍作泻时声。枯肠未易禁三碗,坐数荒城长短更。"

例1"委波金不定,照席绮逾依"有不同解释。赵次公曰:"委于波中则荡漾而金色不定,照席上则与绮绣相依。"赵汸曰:"以金波、绮席拆开颠倒用之。"据赵汸解释是拆开颠倒,据赵次公解释则是正常语序。我同意赵次公的解释。

例2"碧知湖外草,红见海东云"是话题句,并非倒装,这将在第五章中分析说明。

例3"花妥莺捎蝶,溪喧獭趁鱼",顾宸曰:"花何以妥?因莺捎叶而花为之堕也。溪何以喧?因獭趁鱼而溪为之喧也。"这和王维的"竹喧归浣女,莲动下渔舟"一样,我们在第三章已经说过,这是表申说的紧缩句。

例4"香稻啄余鹦鹉粒,碧梧栖老凤凰枝",两句都是名词语(名词语将在第五章中讨论):"香稻[啄余鹦鹉]之粒,碧梧[栖老凤凰]之枝。"中心语是"粒"和"枝",前面有两个定语,一个是名词性的(香稻/碧梧),一个是谓词性的(啄余鹦鹉/栖老凤凰)。"栖老凤凰"是正常语序,"啄余鹦鹉"是"鹦鹉啄余"的倒置。为什么要倒置?是为了和"栖老凤凰"对仗。

例5"雪乳已翻煎处脚,松风仍作泻时声",照通常语序应是"煎处已翻雪乳脚,泻时仍作松风声"。这两句的结构和杜甫的"香稻啄余鹦鹉粒,碧梧栖老凤凰枝"其实不一样,但都有倒置,《诚斋诗话》称之为"尤为诗家妙法"。

王仲至的"日斜奏罢长杨赋"是正常语序,王安石改为"日斜奏赋长杨罢",确实又有"析之"("长杨赋"拆开了),又有"倒之"("长杨"和"赋"倒置了)。王安石认为这才是"诗家语"。

那么什么叫"诗家语"呢?是不是"诗家语"一定要倒置?那倒不然。"花妥莺捎蝶,溪喧獭趁鱼"等紧缩句,"碧梧栖老凤凰枝"等名词语,虽然没有倒置,但都是散文中没有的句式,就是在汉魏六朝的古诗中也很少见;而且它们都有独特的表达作用,所以都可以说是诗家语。

形成诗家语的原因是多方面的,有诗词格律的约束,有增强表达的需要,也是为了显示诗歌的特殊格调。比如,"花妥莺捎蝶,溪喧獭趁鱼"如果写成"莺捎蝶花妥,獭趁鱼溪喧",就不符合五言律诗通常的"2—3"的节奏,上句就不合平仄,下句就不押韵;同时,这种表申说的紧缩句先写状况,再写造成这种状况的原因,比先说原因再说状况更有诗意。"香稻啄余鹦鹉粒,碧梧栖老凤凰枝",如果写成"鹦鹉啄余之香稻粒,栖老凤凰之碧梧枝",就不是诗句,也没有诗意;而且,在第五章中将会讲到,这种以动词词组为定语的名词语,其意蕴更为丰富。"雪乳已翻煎处脚,松风仍作泻时声",如果写成"煎处已翻雪乳脚,泻时仍作松风声","雪乳"和"松风"就不突出,而煎茶时的色和声,正是饮茶者最为注重的,何况这种特殊格调正是诗人所喜爱的。只有"奏罢长杨赋"改为"奏赋长杨罢",在平仄和意蕴方面都没有不同,王安石之所以要改,把"长杨赋"拆开,把语序颠倒,只是为了诗歌的特殊格调,为了造成"诗家语"。

不但是上述句子,就是本章所讲的许多句子也都是诗家语,即:符合诗词格律的要求,又有诗词的特殊格调,有更多的意蕴。在本章开头已经说了,这些句子和"床前明月光""一曲新词酒一杯"这样的句子不一样,句式和语序比较特殊,所以是我们应当注意的。但这些比较特殊的句式和语序大体上都有一定的规律可循,掌握了这些规律,这种句子也就不难理解。

当然,唐宋诗词中也有这样的句子:仅仅是为了平仄而改变正常的语序,组成的词句让人难以理解。如:

  6 刘过《沁园春·寄辛承旨》:"被香山居士,约林和靖,与东坡老,驾勒吾回。"

这最后一句照正常的语序应是"勒吾驾回",但是,按照词谱,这句的平仄必须是"仄仄平平",所以写成了"驾勒吾回"。这样的句子很不好懂,而且并不能增加语言表达的艺术效果,是不足为法的,这就不是"诗家语"了。

唐宋诗词的一些有特殊句式和语序的"诗家语"正是本书所说的"艺术的语言",对这种艺术的语言我们要能够读懂,并深入体会其内涵和艺术表达功能。

# 第五章　话题句和名词语

本章讨论话题句、名词语及有关的问题,附带讨论关系语。

## 一　话题句

（一）什么是话题句

(1)"话题句"这个概念可能很多读者都不太熟悉。什么是话题句？我们不打算从语言学的角度做详细的讨论,只是做一个简要的说明。

"话题"和"主语"是不同的。下面两个句子,句首都是同一个名词"小王",但一个是主语,一个是话题：

　　1 小王很喜欢学习。

"小王"是主语(subject),后面的"很喜欢学习"是谓语(predicate)。

　　2 小王啊,他很喜欢学习。

"小王"是话题(topic),后面的"他很喜欢学习"是述题(comment)。

两者的区分在哪里？一般来说,主语是谓语的发出者；而话题不是述题的发出者,话题是陈述的对象,述题是对话题的陈述、评论和说明。

在形式上,话题通常有三个特点:处于句首(有时前面还可以有"今"之类的虚词);话题和述题之间有语气的停顿,有时还有表停顿的语气词(像例2中的"啊");话题不是重音,不是新信息。

由"话题＋述题"构成的句子就叫话题句。

(2)怎样判断古代作品中的话题句？前面主要是就现代汉语来说的。那么,在古代作品中怎样来判断话题句呢？我们先说古代散文,再说唐诗宋词。

古代散文是书面语言,有没有语气停顿不容易看得很清楚。我们现在看到的古代散文有标点,有标点的地方一般都有停顿,但标点都不是原有的,而是现代加的,而且有些地方不能加标点,但确实有语气的停顿(如下面例1的四个小句)。有些助词是话题的标记,可以帮助我们判断语气的停顿,如名词后面的助词"也":

1《论语·先进》:"柴也愚,参也鲁,师也辟,由也喭。"

2《论语·先进》:"今由与求也,可谓具臣矣。"

还有在名词前面的助词"夫":

3《左传·桓公六年》:"夫民,神之主也。"

4《论语·季氏》:"今夫颛臾,固而近于费。"

这些"N也"和"夫N"后面都有一个停顿,所以这些句子都是话题句。

但在唐宋诗词中,助词"也"和"夫"只是偶尔一见,而且有的是话题标记,有的不是。如:

5 杜甫《春日忆李白》:"白也诗无敌,飘然思不群。"

6 杜甫《八哀诗·王思礼》:"及夫哭庙后,复领太原役。"

例5是话题句,例6不是。

(3)再来说略读。有些清代的学者在给古代作品作注时,会说明某处当"略读(dòu)","读"是"句读"的"读","略读"表示此处要稍作停顿。如:

1《论语·里仁》:"吾道一以贯之。"王夫之《四书笺解》:"'吾道'二字略读。"

2《论语·颜渊》:"足食,足兵,民信之矣。"刘宝楠《论语正义》:"'民'字当略读,'信'谓上予民以信也。"

3杜甫《客至》:"盘飧市远无兼味,樽酒家贫只旧醅。"仇兆鳌注:"'盘飧''樽酒'略读。"

4杜甫《船下夔州郭宿雨湿不得上岸》:"晨钟云岸湿,胜地石堂烟。"仇兆鳌注:"'晨钟''胜地'略读。"

5杜甫《放船》:"青惜峰峦过,黄知橘柚来。"仇兆鳌注:"'青'字、'黄'字略读,乃上一字下四字格。"

6杜甫《野老》:"渔人网集澄潭下,估客船随返照来。"仇兆鳌注:"'渔人网''估客船'三字略读,宋人诗多用此法。"

7杜甫《一百五日夜对月》:"仳离放红蕊,想像嚬青蛾。"仇兆鳌注:"'仳离'二字略读,言当此仳离而红蕊自放也。"

8杜甫《丽春》:"少须好颜色,多漫枝条剩。"仇兆鳌注:"'少'字、'多'字略读,句意自明。"

9杜甫《寄韩谏议》:"美人胡为隔秋水,焉得置之贡玉堂。"仇兆鳌注:"'焉得置之'上四字略读。"

10杜甫《发潭州》:"贾傅才未有,褚公书绝伦。"浦起龙注:"'贾傅''褚公'略读。"

这些标"略读"的词语,多数是话题(例7—例8不是)。这对我们理解什么是话题句是有帮助的,这说明唐诗中的话题后面确实有语音的停顿。从诗句的节奏看,五言诗一般是"2—3",七言诗一般是"2—5"(或"4—3"),所以话题如果处在第一、二字的位置(如"贾傅""褚公""盘飧""樽酒"),后面通常有一个停顿,这从节奏上符合话题的条件。但五言诗也有是"1—4"的,在这种句式中,首一字(如例5的"青""黄")也可以是话题。

但后面有停顿的不一定就是话题,有时主语后面也可以有停顿。所以,确定唐宋诗词中的话题句,最主要的是根据语义把话题和主语加以区分。"话题"和"主语"大致可以这样区分:处于句首,作为议论、说明的对象的词语就是话题;处于句首,作为动作发出者的词语就是主语。句首是话题的句子是话题句。

至于根据新旧信息和是否重音来判断唐宋诗词中的话题,读者一般也难以做到,这一点我们就不谈了。

这样说比较抽象,具体的要看下面的例句。我们先列举唐宋诗词中各种不同类型的话题句,然后加以概括和说明。

(二)唐宋诗词中话题句的类型

话题句分为两大类:一类是一般话题句,后面的述题是对话题的陈述、议论、说明;一类是受事话题句,话题是述题中动词的受事。一般话题句还可以分为几小类。在分析的时候,用 T 表示话题,用 C 表示述题,用 S 表示主语,用 P 表示谓语。

(1)一般话题句

(A)话题句由[话题+述题]组成(T+C),话题用横线标示。

　　1 陈子昂《送东莱王学士无竞》:"宝剑千金买,平生未许人。"

2 杜甫《将赴成都草堂》:"新松恨不高千尺,恶竹应须斩万竿。"

3 杜甫《客至》:"盘飧市远无兼味,樽酒家贫只旧醅。"

4 杜甫《旅夜书怀》:"名岂文章著,官应老病休。"

5 钱起《谷口书斋寄杨补阙》:"竹怜新雨后,山爱夕阳时。"

6 卢纶《夜中得循州赵司马侍郎书》:"地说炎蒸极,人称老病余。"

7 李频《府试观兰亭图》:"笔想吟中驻,杯疑饮后干。"

8 贺铸《望乡人·春思》:"被惜余薰,带惊剩眼。"

9 李甲《帝台春·芳草碧色》:"愁旋释,还似织。泪暗拭,又偷滴。"

10 姜夔《扬州慢·淳熙丙申至日》:"念桥边红药,年年知为谁生。"

11 卢祖皋《江城子·画楼帘幕卷新晴》:"年华空自感飘零。"

12 张炎《渡江云·久客山阴》:"空自觉、围羞带减,影怯灯孤。"

为什么说这些句子是话题句,而不是主谓句呢?因为这些句子中的动词不是前面的名词施加的动作。如例2的"恨"不是"新松"施加的动作;例5的"怜"不是"竹"施加的动作,"爱"不是"山"施加的动作。这些句子中的动词,很多是像"恨""怜""爱""想""疑""惜""惊""知""感""羞""怯"之类表示心情和感知的动词,显然不是前面无生名词施加的动作,而是表示作者的感情和感知。还有的如例2动词前面的"应须",例4动词前面的"岂"和"应",都是表示作者的态度。也就是说,这些句子都不是表述句首名词发出了什么动作,而是表述了作者对句首名词的态度,是对句首名词的陈述、说明。所以,句首名词是话题,整句是话题句。

例1的上句"宝剑千金买"应是下面所说的受事话题句,但"宝剑"和下句的"平生未许人"构成了一个话题句。例9的"愁旋释",单看是可以看作主谓句的,但后面还有"还似织",就不能看作主谓句了;"愁旋释,还似织"连在一起,也就不能看作主谓句了。

(B)话题句由[话题+次话题+述题]组成(T+T+C),话题用双横线,次话题用单横线。

1 张九龄《送广州周判官》:"里树桄榔出,时禽翡翠来。"

2 王维《送友人南归》:"郧国稻苗秀,楚人菰米肥。"

3 杜甫《春夜喜雨》:"野径云俱黑,江船火独明。"

4 杜甫《秋日夔府咏怀》:"管宁纱帽净,江令锦袍鲜。"

5 杜甫《发潭州》:"贾傅才未有,褚公书绝伦。"

6 杜甫《野老》:"渔人网集澄潭下,贾客船随返照来。"

7 杜甫《冬狩行》:"有鸟名鸲鹆,力不能高飞逐走蓬,肉味不足登鼎俎,何为见羁虞罗中。"

8 岑参《轮台即事》:"蕃书文字别,胡俗语音殊。"

9 白居易《琵琶行》:"座中泣下谁最多,江州司马青衫湿。"

10 苏庠《菩萨蛮·宜兴作》:"灞桥杨柳年年恨,鸳浦芙蓉叶叶愁。"

这类句子的话题和次话题语义上往往有联系:两者有领属关系。所以,有时会发生这样的问题:"小王数学很好"这个句子,是应该看作双话题"小王数学很好",还是应该看作单话题"小王的数学很好"?

诗词中的句子也有这个问题,如例6"渔人网集澄潭下,贾客船随返照来",我们是看作双话题的。而仇兆鳌说:"'渔人网''估客船'三字略读。"他看作单话题。又如例9"座中泣下谁最多,江州司马青衫湿",我们看作双话题。是不是可以看作单话题"江州司马的青衫湿"?这就要结合句子做具体分析了。例6是杜甫描写所见的人物活动,渔人在打鱼,贾客在行船,所以话题应是"渔人"和"贾客"。例9上句是问"座中泣下谁最多",下句当然应该是回答"江州司马",话题是人而不是"江州司马的青衫"。

(C)话题句的述题是个主谓句(T+[S+P]),主谓句用[ ]表示。

1 寒山《重岩我卜居》:"重岩[我卜居],鸟道绝人迹。"

2 李白《忆襄阳旧游》:"朱颜[君未老],白发[我先秋]。"

3 杜甫《秦州杂诗》十五:"塞门[风落木],客舍雨连山。"

4 刘禹锡《春日寄杨八唐州》之一:"淮西[春草长],淮水逶迤光。"

5 严维《送舍弟》:"疏懒[吾成性],才华[尔自强]。"

6 苏轼《南乡子·重九涵辉楼呈徐君猷》:"明日黄花[蝶也愁]。"

7 晁冲之《汉宫春·黯黯离怀》:"寂寞经春,小桥依旧[燕飞忙]。"

8 毛滂《菩萨蛮·代赠》:"香解著人衣。君心[蝴蝶飞]。"

(B)和(C)类有时不好区分,特别是话题后面的[N+VP]究竟是一个[次话题+述语]构成的话题句,还是一个[主语+谓语]构成的主谓句,有时不好区分。我们大致是这样区分的:如果VP是N发出的动作,[N+VP]是叙述性的,就看作主谓句;如果VP是N的状态,[N+VP]是说明性的,就看作话题句。这个问题是可以进一步讨论的。

（2）受事话题句

受事话题用横线，动词加·。

1 杜审言《和韦承庆》："园果尝难遍，池莲摘未稀。"

2 沈佺期《折杨柳》："玉窗朝日映，罗帐春风吹。"

3 李颀《送魏万之京》："鸿雁不堪愁里听，云山况是客中过。"

4 王维《汉江临泛》："楚塞三湘接，荆门九派通。"

5 杜甫《题张氏隐居》之二："杜酒偏劳劝，张梨不外求。"

6 杜甫《客至》："花径不曾缘客扫，蓬门今始为君开"。

7 严维《游灞陵山》："此道人不悟，坐鸣松下琴。"

8 高骈《和王昭符进士》："药将鸡犬云间试，琴许鱼龙月下听。"

9 敦煌曲子词《定风波·攻书学剑》："龙泉三尺斩新磨。"

10 贺铸《踏莎行·急雨收春》："阑干长对西曛倚。"

11 辛弃疾《水调歌头·盟鸥》："带湖吾甚爱，千丈翠奁开。"

12 蒋捷《女冠子·元夕》："问繁华谁解，再向天公借。"

受事话题句中，话题后面常跟一个主谓句，形成"T+[S+P]"的句式，如例2、例7、例11、例12。

受事话题句对我们理解唐宋诗词很重要。原先没有话题句的概念，不少句子都被看成是宾语前置。如例1"园果尝难遍，池莲摘未稀"会被看作"尝园果""摘池莲"的倒置，例11"带湖吾甚爱"会被看作"吾甚爱带湖"的倒置。其实，这些都是汉语中常见的话题句。比如，在我们日常的口语中，"苹果吃了，樱桃摘了""这本书我很喜欢"都是很常见的说法，我们并不会感觉这是宾语倒置。[①]

---

[①] 但现代汉语中的受事话题句也有一定的限制，只能说"苹果吃了，樱桃摘了"，不能说"苹果吃，樱桃摘"。这个问题不讨论。

我们在读唐宋诗词时也要有话题句的观念,对过去所说的"倒置"要重新审视。

(3)名词以外的话题

(1)和(2)中所举的话题都是名词,其实动词、形容词或动词词组、主谓词组也可以做话题。如:

1 杜甫《对雪》:"战哭多新鬼,愁吟独老翁。"

2 崔湜《同李员外春闺》:"管弦愁不意,梳洗懒无情。"

3 杜甫《桔柏渡》:"高通荆门路,阔会沧海潮。"

4 令狐楚《省中直夜对雪》:"明觉侵窗积,寒知度塞来。"

5 姚合《郡中西园》:"静语唯幽鸟,闲眠独使君。"

6 李益《同崔邠登鹳雀楼》:"事去千年犹恨速,愁来一日即为长。"

7 孟浩然《万山潭作》:"游女昔解佩,传闻于此山。"

8 李甲《帝台春·芳草碧色》:"拼则而今已拼了,忘则怎生便忘得。"

9 苏轼《西江月·顷在黄州》:"照野弥弥浅浪,横空隐隐层霄。"

10 辛弃疾《鹧鸪天·代人赋》:"青旗沽酒有人家。"

11 吴文英《三姝媚·过都城旧居有感》:"渍春衫、啼痕酒痕无限。"

12 苏轼《永遇乐·夜宿燕子楼》:"曲港跳鱼,圆荷泻露,寂寞无人见。"

例1、例2的话题为动词,例3、例4的话题为形容词,例5、例6的话题为动词词组,例7很特别,意思是"传闻游女昔解佩于此山",但把"游女昔解佩"放到话题的位置了。例8—例12是宋词的例句。例 8 的话题为动词,例 9—例 11 的话题为动词词组,例 12 的话题为主谓词组。

这些话题句包括上述(1)和(2)的各种类型,句中不再加标示。

(三)话题与非话题

什么是话题?学术界有不同的看法。特别是时间词和处所词,有人认为是话题,有人认为不是。我认为这要具体分析。一个时间词或处所词处于句首,如果后面是对此时间或处所加以陈述,那么这个时间词或处所词就是话题;如果后面不是对此时间或处所加以陈述,而时间词或处所词只是后面动词的状语,那就不是话题。下面的 10 个例句,前 5 个处所词是话题,后 5 个处所词是状语,不是话题。(处所词加横线。)

1 陆龟蒙《重忆白菊》:"更忆幽窗凝一梦,夜来村落有微霜。"
2 曹冠《蓦山溪·乾道戊子》:"深秋澄霁,烟淡霜天晓。"
3 杜荀鹤《别从叔》:"江村亦饥冻,争及问长安。"
4 杨炎正《鹊桥仙·寿稼轩》:"青山纵买万千重,遮不断、诏书来路。"
5 元稹《遭风二十韵》:"洞庭弥漫接天回,一点君山似措杯。"
6 白居易《隔浦莲》:"隔浦爱红莲,昨日看犹在。夜来风吹落,只得一回采。"
7 李之仪《千秋岁·用秦少游韵》:"深秋庭院,残暑全消退。"
8 顾况《江村乱后》:"江村日暮寻遗老,江水东流横浩浩。"
9 谢逸《菩萨蛮·暄风迟日》:"两岸草烟低,青山啼子规。"
10 李益《春夜闻笛》:"洞庭一夜无穷雁,不待天明尽北飞。"

前 5 例是对这些时间词和处所词加以陈述,这些时间词和处所词无疑是话题。后5例,例6的话题是莲花,"夜来"是说莲花在夜间被风吹落;例7的话题是"残暑","深秋"是说在深秋时残暑全消退;例8是说在江村中、日暮时寻遗老;例9是说在青山中子规啼;例10两句说的是"雁飞","洞庭"和"一夜"是"雁飞"的地点和时间。这些时间词和处所词虽然处于句首,但不是话题。

(四)特殊话题句

在本书第四章中对特殊述宾式做了简单的讨论,因为牵涉到话题句的问题,所以无法深入。现在已经讲了话题句,我们可以对有关问题做进一步的讨论。

在本书第四章里,我们把"特殊述宾式"分为两类:1.实质上是一种特殊话题句的"O1+V+O2";2.由述宾句移位而成的"O1+V+O2"。下面,我们把这两类分开讨论。

(1)实质上是一种特殊话题句的"O1+V+O2"

本书第一章讨论的"遥望孤城玉门关"就属于这一类。这类的句子在唐宋诗词中有很多,在第一章中已举了若干例句,在这里再补充一些,并做进一步的分析。

这种句式,根据O1和O2的不同类型,可以分为下面三类:

(A)O1和O2都是名词,O1是中心语,O2是修饰语。"O1+V+O2"意即"V+O2+之+O1"。如:

  1 陈子昂《于长史山池三日曲水宴》:"金弦挥赵瑟,玉柱弄秦筝。"

  2 孟浩然《自洛之越》:"山水寻吴越,风尘厌洛京。"

  3 周邦彦《风流子·枫林凋晚叶》:"酒醒后,泪花销凤蜡,风幕卷金泥。"

4 史达祖《临江仙·愁与西风》:"旧游帘幕记扬州。"

5 刘辰翁《兰陵王·送春去》:"叹神游故国,花记前度。"

(B)O1和O2都是名词,O1是类名,O2是专名。"O1+V+O2"意即"V+O1+O2"。如:

1 宋之问《登粤王台》:"冬花采卢橘,夏果摘杨梅。"

2 韩翃《华州夜宴庾侍御宅》:"酒客逢山简,诗人得谢公。"

3 白居易《轻肥》:"果擘洞庭橘,脍切天池鳞。"

4 李商隐《赠送前刘五经》:"别派驱杨墨,他镳并老庄。"

5 苏轼《满江红·寄鄂州朱使君寿昌》:"空洲对鹦鹉,苇花萧瑟。"

6 辛弃疾《永遇乐·京口北固亭怀古》:"千古江山,英雄无觅,孙仲谋处。"

第一章讨论的王昌龄"孤城遥望玉门关"也属于这一小类。这类句子,如例2意思为"逢酒客山简,得诗人谢公"。其余可类推。

(C)O1是动词或动词词组,O2是名词。"O1+V+O2"意即"V+O2+之+O1",但"O2+之+O1"不是"定语+中心语",而是一个"主+之+谓",即主谓结构中间加"之"。如:

1 孟浩然《田家作》:"冲天羡鸿鹄,争食羞鸡鹜。"

2 李白《岘山怀古》:"弄珠见游女,醉酒怀山公。"

3 杜甫《中宵》:"择木知幽鸟,潜波想巨鱼。"

4 郑谷《漂泊》:"鲈鱼斫鲙输张翰,橘树呼奴羡李衡。"

5 史达祖《东风第一枝·春雪》:"旧游忆着山阴,后盟遂妨上苑。"

O1也可以是状态形容词。如:

6 戴叔伦《除夜宿石头驿》:"寥落悲前事,支离笑此身。"

这类句式,因为 O1 是谓词(动词或状态形容词),所以,用通常的述宾式来表达,就是动词带一个"主+之+谓"的宾语。如:例 1 意思是"羡[鸿鹄之冲天],羞[鸡鹜之争食]",例 2 意思是"见[游女之弄珠],怀[山公之醉酒]",例 3 意思是"知[幽鸟之择木],想[巨鱼之潜波]",例 4 意思是"输[张翰之鲈鱼斫鲙],羡[李衡之橘树呼奴]",例 5 意思是"忆[山阴之旧游],妨[上苑之后盟]",例 6 意思是"悲[前事之寥落],笑[此身之支离]"。从语义看,这类句式中的动词大都是一些表感知或感情的动词,整个结构是表示对某事(主+之+谓)的感知或态度。

白居易有两句诗,自己有注,可以帮助我们理解这种特殊句式:

7 白居易《代书诗一百韵》:"儒风爱敦质,佛理赏玄师。"自注:"刘三十二敦质雅有儒风,庾七玄师谈佛理有可贵者。"

这个自注清楚地表明:"儒风"和"佛理"不是"爱"和"赏"的主语,而是"敦质"和"玄师"的属性。两句应该读作"爱敦质之(有)儒风,赏玄师之(谈)佛理"。

苏轼也有两句诗,自己有注:

8 苏轼《八月七日初入赣过惶恐滩》:"山忆喜欢劳远梦,地名惶恐泣孤臣。"自注:"蜀道有错喜欢铺,在大散关上。"

这个自注也说明"喜欢"是山名,"山忆喜欢"就是"忆喜欢山";喜欢山在苏轼的故乡,所以"忆喜欢山"就"劳远梦"。下一句的"地名惶恐"是个主谓句,结构和"山忆喜欢"不同,但两者可以形成字面上的对仗。

(2)为什么说这种"O1+V+O2"实质上是一种话题句

(A)话题句有多种类型。我们在上面分析的是结构上不同的几种类型,和这个问题有关的是语义上的类型。从语义上看,话题句有一种类型就是"T+V+D"。T是话题,表示论说的大范围;V是一个动词,通常表达说话者的感知或感情;D是T的一个局部。

在上面谈到话题句的类型时,曾举过两个话题句:

1 钱起《谷口书斋寄杨补阙》:"竹怜新雨后,山爱夕阳时。"

2 卢纶《夜中得循州赵司马侍郎书》:"地说炎蒸极,人称老病余。"

再补充两句:

3 杜甫《后游》:"寺忆新游处,桥怜再渡时。"

4 杜甫《将赴成都草堂》:"鱼知丙穴由来美,酒忆郫筒不用酤。"

这四个话题句,从语义上看,就是"T+V+D"这种类型。比如例1"竹怜新雨后,山爱夕阳时"。"竹"是话题,是论述的大范围,对于"竹"我很"怜(爱)";但不是怜所有的竹,而是怜"新雨后"之竹,这是"竹"的一个局部。"山"是话题,是论述的大范围,对于"山"我很爱;但不是爱所有的山,而是爱"夕阳时"之山,这是"山"的一个局部。其他三个例句也可以这样分析。

而上述"O1+V+O2"的(A)(B)(C)三类,在语义上也都是"T+V+D"这种类型,这些句子也可以这样分析。如(B)类的"孤城遥望玉门关"等,动词V(遥望)前面的T(孤城)是大范围,是话题;动词后面的D(玉门关)是T的局部(是孤城中的一座)。整句意思是说,对于孤城,我正在遥望,特别是遥望玉门关这座孤城。(A)类的孟浩然《自洛之越》:"山水寻吴越,风尘厌洛京",动词V(寻/厌)前面的T(山水/风尘)是大范围,是话题;动词V后面的D(吴越/洛京)是T的局部。整句意思是说:对于山水,我要寻找,

127

特别要寻找吴越的山水;对于风尘,我很厌恶,特别厌恶洛京的风尘。(C)类的孟浩然《田家作》:"冲天羡鸿鹄,争食羞鸡鹜",V前面的O1是话题,不过O1是谓词性的,是一个事件;V后面的O2是这个事件中的一个实例。O1和O2也可以说是大范围和局部的关系。整句意思是说:说到冲天,(我)羡慕的是鸿鹄;说到争食,(我)羞见的是鸡鹜。可见,说这些"O1+V+O2"实质上是一种话题句,这是没有问题的。

(B)那么,这些"O1+V+O2"为什么可以读作"V+[O2+O1]"呢?

上面已经说了,"竹怜新雨后,山爱夕阳时"表示的意思是"怜新雨后之竹,爱夕阳时之山"。同样的,其他三个话题句也都可以这样表示:

地说炎蒸极,人称老病余→说炎蒸极之地,称老病余之人

寺忆新游处,桥怜再渡时→忆新游之寺,怜再渡之桥

鱼知丙穴由来美,酒忆郫筒不用酤→知丙穴之鱼由来美,忆郫筒之酒不用酤

再说得明白一点儿,我们用现代汉语中的两个句子来类比:

5 衣服喜欢时髦的,家具追求高档的。

6 书法推崇王羲之,绘画欣赏顾恺之。

这两个都是话题句,说的是对于"衣服""家具""书法""绘画"如何如何;而且,这两个话题句都是"T+V+D"类型,V前面的T是大范围,后面的D是T的一个局部。这两个句子,作为话题句,意思是:

说到衣服,我喜欢时髦的;说到家具,我追求高档的。

说到书法,我推崇王羲之;说到绘画,我欣赏顾恺之。

但是,要简单一点儿表达,也可以说成:

我喜欢时髦的衣服,追求高档的家具。

我推崇王羲之的书法,欣赏顾恺之的绘画。

也就是说,只要 D 是 T 的一个局部,而且 V 是表说话者的感知或感情的动词,就可以把"T+V+D"简单地说成"V+[D+之+T]"。

(3)由述宾句移位而成的"O1+V+O2"

在第四章中,我们已经举了一些例句,并做了简单的说明。现在,为了讨论的方便,把这些例句和说明重复一遍:

1 杜甫《观李固请司马弟山水图三首》其一:"寒天留远客,<u>碧海挂新图</u>。"

2 杜甫《咏怀古迹五首》其三:"群山万壑赴荆门,<u>生长明妃尚有村</u>。"

3 韩愈《南溪始泛三首》其一:"<u>阴沈过连树</u>,藏昂抵横坂。"孙汝听注:"藏昂,屈曲貌。"

4 韩愈、孟郊《城南联句》:"<u>如瓜煮大卵</u>,比线茹芳菁。"

5 李商隐《娇儿诗》:"芭蕉斜卷笺,辛夷低过笔。"

6 李商隐《江上忆严五广休》:"逢著澄江不敢咏,<u>镇西留与谢功曹</u>。"

7 辛弃疾《水龙吟·过南剑双溪楼》:"举头西北浮云,<u>倚天万里须长剑</u>。"

8 吴文英《夜合花·柳暝河桥》:"当时夜泊,<u>温柔便入深乡</u>。"

这些句子都可以读作"V+[O1+(之)+O2]",而且 O1 是 O2 的定语。如:例 1 可读作"挂碧海(之)新图",例 2 可读作"尚有

129

生长明妃(之)村",例3可读作"过阴沈(之)连树,抵藏昂(之)横坂",例4可读作"煮如瓜(之)大卵,茹比线(之)芳菁",例5可读作"斜卷芭蕉笺,低过辛夷笔",例6可读作"留与镇西谢功曹",例7可读作"须倚天万里长剑",例8可读作"便入温柔深乡"。

现在要说明的是:为什么说这些句子和话题句无关。

并非任何处于句首的词语都是话题。话题是句子中要讲的题目。① 上面所说实质上是话题句的"O1＋V＋O2"的三类,如(A)"山水寻吴越,风尘厌洛京",(B)"孤城遥望玉门关",(C)"冲天羡鸿鹄,争食羞鸡鹜",其中处于句首的O1都是要讲的题目,是话题,这在上面已经分析。而这一类的"O1＋V＋O2",其中处于句首的O1都不是要讲的题目。如例1,"碧海"不是要讲的题目,只是"新图"的定语("碧海图"即诗题的"山水图");例5,"芭蕉/辛夷"不是要讲的题目,"芭蕉/辛夷"是修饰"笺/笔"的,像芭蕉的笺,像辛夷的笔;例6,"镇西"也不是要讲的题目,"镇西功曹"是一个官名。这些O1都只是O2的定语,只是在句中移到了动词之前而已(移位的原因在第四章已经说了),并不是话题。所以,这些句子和话题句无关。

(五)句首是颜色词的诗句

唐诗中有不少句首是颜色词的诗句,古人已经注意到了。这些句子多数和话题句有关,有的和话题句无关。

范晞文《对床夜语》卷三:"老杜多欲以颜色字置第一字,却引实字来。如'红入桃花嫩,青归柳叶新'是也。不如此,则

---

① 参见梅广《上古汉语语法纲要》P.121。

语既弱而气亦馁。他如'青惜峰峦过,黄知橘柚来''碧知湖外草,红见海东云''绿垂风折笋,红绽雨肥梅''红浸珊瑚短,青悬薜荔长''翠深开断壁,红远结飞楼''翠干危栈竹,红腻小湖莲''紫收岷岭芋,白种陆池莲'皆如前体。若'白摧朽骨龙虎死,黑入太阴雷雨垂',益壮而险矣。"

句首是颜色词的诗句,除《对床夜语》所举的,还有其他的例句,下面一并列出。先列杜甫诗句,再列其他诗人诗句。诗句中的颜色词,有的是单音的,有的是和形容词或动词组合为双音的(例3、例6、例9、例10、例11)。

1 杜甫《晴》之一:"碧知湖外草,红见海东云。"

2 杜甫《放船》:"青惜峰峦过,黄知橘柚来。"

3 杜甫《晓望白帝城盐山》:"翠深开断壁,红远结飞楼。"

4 杜甫《江头四咏·栀子》:"红取风霜实,青看雨露柯。"

5 杜甫《秋日夔府咏怀》:"紫收岷岭芋,白种陆池莲。"

6 杜甫《宴戎州杨使君东楼》:"重碧拈春酒,轻红擘荔枝。"

7 杜甫《戏为双松图歌》:"两株惨裂苔藓皮,屈铁交错回高枝。白摧朽骨龙虎死,黑入太阴雷雨垂。"张綖注:"白摧,言画之枯淡处;黑入,言画之浓润处。"

8 杜甫《奉酬李都督表丈早春作》:"红入桃花嫩,青归柳叶新。"

9 杜甫《寄岳州贾司马》:"翠干危栈竹,红腻小湖莲。"

10 杜甫《陪郑广文游何将军山林》之五:"绿垂风折笋,红绽雨肥梅。"顾宸、仇兆鳌皆以为此句倒装,应为"风折笋而绿垂,雨肥梅而红绽"。

11 杜甫《观李固请司马弟山水图》之三:"红浸珊瑚短,青悬薜荔长。"仇注:"珊瑚浸水而红,薜荔悬山而青。"

12 李商隐《陆发荆南始至商洛》:"青辞木奴橘,紫见地仙芝。"

13 李远《送人入蜀》:"碧藏云外树,红露驿边楼。"

14 韦庄《延兴门外作》:"绿奔穿内水,红落过墙花。"

但古人对这种句式大多没有分析,有些分析(如例10)也未必正确。下面我们对这些例句做一分析。

我在《唐诗语言研究》中,引用了上举的大部分例句,称之为"特殊判断句"(例2除外)。这是不对的。杜甫的这些诗句,实际上有不同的类型。

(1)话题句

例1,"碧知湖外草,红见海东云",写的是晴天见到的景象。意思是说:碧,我知其为湖外草;红,我所见为海东云。

例3,"翠深""红远"是诗人看到的景色,是话题;"开断壁""结飞楼"是对话题的陈述。

例4,"红取风霜实,青看雨露柯",意思是说:红,这是可以取食的栀子之果实;青,这是可以观看的栀子之枝干。

例5,"紫收岷岭芋,白种陆池莲"是同样的意思:紫,这是收获的岷岭芋;白,这是种植的陆池莲。

例6,"重碧拈春酒,轻红擘荔枝"也是同样的意思:重碧,这是拈起了春酒;轻红,这是擘开了荔枝。

这些例句中的"碧""红""青""黄""紫""白""重碧""轻红"都是诗人见到的颜色,"翠深""红远"是诗人看到的景色,都是诗句陈述的对象。整句是对话题的陈述,这些都是话题句。

(2)主谓句

例7,"白摧朽骨"等于说"白(如)摧朽骨","黑入太阴"等于说"黑(如)入太阴"。例8,是说红入于桃花而桃花嫩,青归于柳叶而柳叶新。这两例的颜色词都是动词的主语,这两例是主谓句。

(3)定语＋中心语

例9—例11,"翠干""红腻""绿垂""红绽""红浸""青悬"都是定语,修饰后面的名词。例10"绿垂风折笋,红绽雨肥梅",意思是"绿垂之风折笋,红绽之雨肥梅";这应是后面将要说到的"名词语"之(2)(A)类,是两个单独的名词词组,后面没有谓语,但可以把定语放到中心语后面来理解,读作"风折笋绿垂,雨肥梅红绽"。顾宸、仇兆鳌以为是倒装,这是不对的。例13的"碧藏""红露"、例14的"绿奔""红落"与例10相同,也是做定语。

但例10也可以看作"绿—垂风折笋,红—绽雨肥梅"(绿,这是垂下的风折笋;红,这是绽开的雨肥梅)。例14也可以看作"绿—奔穿内水,红—落过墙花"。这就和例3一样,是话题句了。

(4)紧缩句

例2,《放船》写的是诗人沿江而下时所见的景色,整首诗是这样的:"送客苍溪县,山寒雨不开。直愁骑马滑,故作泛舟回。青惜峰峦过,黄知橘柚来。江流大自在,坐稳兴悠哉。""青惜峰峦过,黄知橘柚来"两句是说:(从眼前掠过)青色,(我)惋惜峰峦已过去;(在前面出现)黄色,(我)知道橘林将到来。例12与此相同,李商隐是走陆路从荆南到商洛,"青辞木奴橘,紫见地仙芝"的意思是:青色(已尽),(我)辞别了荆南的橘林;紫色(始现),(我)见到了商洛的山岭。(《酉阳杂俎》:"罗门山生石芝,得地仙。")句首的"青""黄""紫"不是陈述的对象,而是隐含着动词,所以应看作紧缩句。

(六)话题句小结

把"话题"和"话题句"的概念引进唐宋诗词语言的研究非常重

要。以往没有这个概念，所以，唐宋诗词中一些比较特殊的句子都得不到正确的解释。比如，在我的《唐诗语言研究》中，把"碧知湖外草，红见海东云"之类的句子称为"特殊判断句"，把"山水寻吴越，风尘厌洛京"之类的句子称为"特殊述宾式"，把"薰琴调大舜，宝瑟和神农"之类的句子称为"特殊被动句"，这都是不正确的。王力《汉语诗律学》把"楚塞三湘接，荆门九派通"看作"目的语倒置"也是不正确的。这些句式都应该用"话题""话题句"的概念加以分析。"碧知湖外草，红见海东云"之类的句子和"山水寻吴越，风尘厌洛京"之类的句子，在上面已经分析过，都和话题句有关。"楚塞三湘接，荆门九派通"是受事话题句。"薰琴调大舜，宝瑟和神农"之类的句子在本书第四章说过，看来像"宾＋谓＋主"倒置，但实际上是个受事话题句。可见，有了"话题""话题句"的概念，对唐宋诗词句式的分析会有相当大的影响，这是不可忽视的。

## 二　名词语

### （一）什么是名词语

"名词语"这个名称，是王力《汉语诗律学》提出来的，指的是诗歌中不带谓语的名词词组。《汉语诗律学》第二章第二十一节说："在散文里，宁可没有主语，不能没有谓语；诗句里却常常没有谓语，一个名词仿语便当作一句的用途。"王力先生的"名词仿语"就是名词词组。我们把"名词语"的范围扩大一点儿，把一些复合名词（如下面要说到的"牙璋""夕阳"之类）也包括在内，这些复合名词在句中前后都没有谓词，但单独能当作一句用。

名词语在唐宋诗词中很常见,和我们阅读理解唐宋诗词很有关系。下面,我们要讨论名词语有哪些种类,为什么名词语能"当作一句的用途"。

(二) 名词语的类别及其表达的意义

(1) 名词语做诗词的半句

这种名词语包括复合名词和名词词组。

复合名词有的也有动词或形容词性的语素,如"飞鸟""归棹"之类,但既然已经凝固为一个名词,它们就和只用名词性语素构成的复合名词(如"土地""树叶")一样,如果不加谓词(动词和形容词)就难以当作一句用。但在诗词中,复合名词用作诗词的半句很常见,而且这种复合名词能当作一句用。如下面例句中加横线的名词:

1 杨炯《从军行》:"牙璋辞凤阙,铁骑绕龙城。"
2 孟浩然《彭蠡湖中望庐山》:"淮海途将半,星霜岁欲穷。"
3 杜甫《江汉》:"落日心犹壮,秋风病欲苏。"
4 岑参《寄左省杜拾遗》:"白发悲花落,青云羡鸟飞。"
5 白居易《渡淮》"春浪棹声急,夕阳帆影残。"
6 李商隐《无题》:"晓镜但愁云鬓改,夜吟应觉月光寒。"

有些名词词组也是诗词的半句:

7 李颀《古从军行》:"行人刁斗风砂暗,公主琵琶幽怨多。"
8 李益《喜见外弟又言别》:"别来沧海事,语罢暮天钟。"
9 李煜《应天长·一钩初月》:"柳堤芳草径。梦断辘轳金井。"
10 辛弃疾《鹧鸪天·鹅湖归病起作》:"枕簟溪堂冷欲秋,

断云依水晚来收。"

这些句子都可以分成两半,一半是有动词或形容词的,另一半只有一个名词语,这些名词语,都要根据诗句补充相应的动词或形容词来理解。如例1,"牙璋"是皇帝的兵符,分为两半,皇帝和将军各执一半。这句意为"分牙璋而辞凤阙"。例4,意为"白发生而悲花落,青云高而羡鸟飞"。例8,意为"别后世事如沧海之变,语罢已闻暮天之钟"。例9可参看周邦彦《蝶恋花·早行》:"更楼将残,辘轳牵金井。"李煜词的"梦断辘轳金井",意为"因辘轳牵金井而梦断"。

(2)诗词的一句全由名词语组成

有四种类型:

(A)一个名词语就是一句,名词语的定语是动词、形容词或动词词组。

这就是《汉语诗律学》所说的"句子转成名词语"。(下列例句中加横线的是名词语的中心语,中心语前面的是定语。)

1 孟浩然《送朱去非游巴东》:"蹉跎游子意,眷恋故人心。"

2 刘庭芝《故园置酒》:"卒卒周姬旦,栖栖鲁孔丘。平生能几日,不及且遨游。"

3 李颀《望秦川》:"秋声万户竹,寒色五陵松。"

4 杜甫《春日怀李白》:"白也诗无敌,飘然思不群。清新庾开府,俊逸鲍参军。"

5 杜甫《赠特进汝阳王二十韵》:"霜蹄千里骏,风翮九霄鹏。"

6 杜甫《堂成》:"桤林碍日吟风叶,笼竹和烟滴露梢。"

7 刘禹锡《酬乐天扬州初逢》:"巴山楚水凄凉地,二十三年弃置身。"

8 白居易《蓝桥驿见元九诗》:"蓝桥春雪君归日,秦岭秋风我去时。"

9 晏殊《破阵子·春景》:"燕子来时新社,梨花落后清明。"

10 卢祖皋《晏清都·春讯飞琼管》:"啼春细雨,笼愁澹月,恁时庭院。"

这类名词语,虽然后面没有动词或形容词,但动词、形容词已包含在定语之中。所以要表达一个完整的意思,最简单的办法就是把它的定语放回名词后面,变成名词的谓语。如例1可以理解为"游子意蹉跎,故人心眷恋";例2可读作"周姬旦卒卒,鲁孔丘栖栖。平生能几日,不及且遨游",意思是像周公、孔子那样一生孜孜汲汲,真不如悠闲度日。

但并不是所有这类名词语都可以这样简单转换。如例4,说的是李白,而不是庾信和鲍照,所以应该理解为:这是赞扬李白的诗像庾信一样清新,像鲍照一样俊逸。例5,定语"霜蹄千里"和"风翮九霄"本身就要加一些词语来理解,整句诗的意思是:骏马有霜蹄能行千里,鹏鸟有风翮能上九霄。例6,不能把定语中的"桤林""笼竹"挪到名词后面,应该读成"桤林叶碍日吟风,笼竹梢和烟滴露"。

此外,两个名词语(两句诗)之间的关系,有时也是比较复杂的。如例7,作为律诗的一联,对仗是工整的;在语义上,两句诗是连贯的,意思是说:我被弃置于巴山楚水凄凉地,整整经过了二十三年。

词的情况和诗有些不同。词里一个名词语的定语和中心语,有时可以分开在几个小句中。如例10,意思是:"恁时之庭院,细雨啼春,澹月笼愁。"

(B)一个名词语就是一句,名词语的定语和中心语之间的语义关系比较简单,中间可以加"之"。

1 李白《古风》之七:"青门种瓜人,旧日东陵侯。"
2 杜甫《春日怀李白》:"渭北春天树,江东日暮云。"
3 杜甫《江汉》:"江汉思归客,乾坤一腐儒。"
4 戎昱《塞下曲》:"夜后戍楼月,秋来边将心。"
5 刘长卿《海盐官舍早春》:"小邑沧洲吏,新年白首翁。"
6 孟郊《游子吟》:"慈母手中线,游子身上衣。"
7 白居易《勤政楼西老柳》:"半朽临风树,多情立马人。开元一株柳,长庆二年春。"
8 李贺《示弟》:"醽醁今夕酒,缃帙去时书。"
9 苏轼《水调歌头·黄州快哉亭》:"一点浩然气,千里快哉风。"
10 郑思肖《二砺》:"十年勾践亡吴计,七日包胥哭楚心。"

正因为名词语本身比较简单,所以,往往要两个名词语(两句诗)合起来表达一个比较完整的意义。例6的两句诗之间的联系大家都能理解,不用多说。例1、例3和例5,上下句说的都是同一个人,例1说的是邵平,例3和例5说的是作者自己。但例2比较复杂,当时杜甫在长安,李白在江东漫游,上句写长安之景,下句写江东之景,以此表达两地思念之情。例8是李贺不得举进士回家后写的诗,上句是说回家后弟弟以酒迎自己,下句是写自己把离家时带的书又背了回来,表达了失意和怨愤。例10是诗人在南宋被元灭亡后写的,意思是:自己有勾践那样十年复仇的决心,但像申包胥那样泣秦廷却毫无结果。

(C)一句由两个(或几个)名词语组成,两个(或几个)名词语之间的语义关系比较复杂。如:

1 李白《送友人》:"浮云/游子意,落日/故人情。"

2 杜甫《行次昭陵》:"风尘/三尺剑,社稷/一戎衣。"

3 杜甫《旅夜书怀》:"细草/微风/岸,危樯/独夜/舟。"

4 钱起《登复州南楼》:"客心/湖上雁,归思/日边花。"

5 韦应物《初发扬子》:"归棹/洛阳人,残钟/广陵树。"

6 杜牧《题宣州开元寺水阁》:"深秋/帘幕/千家雨,落日/楼台/一笛风。"

7 温庭筠《送人东归》:"高风/汉阳渡,初日/郢门山。"

8 马戴《灞上秋居》:"落叶/他乡树,寒灯/独夜人。"

9 陆游《书愤》:"楼船/夜雪/瓜洲渡,铁马/秋风/大散关。"

10 晏殊《木兰花·绿杨芳草》:"楼头/残梦/五更钟,花底/离情/三月雨。"

11 辛弃疾《水调歌头·汤朝美司谏》:"千古/忠肝/义胆,万里/蛮烟/瘴雨,往事莫惊猜。"

12 吴文英《澡兰香·淮安重午》:"银瓶/露井,彩箑/云窗,往事少年依约。"

在四种类型中,这种类型的名词语是最多的。同一句诗里的几个名词语之间关系相当复杂,两个名词语(两句诗)之间的关系也多种多样。比如,例3"细草/微风/岸,危樯/独夜/舟",每一句都由三个名词语组成,读的时候,几个名词语都要加上一些谓词:岸上细草遍地,微风吹拂;舟中危樯高耸,独自夜泊。两句的关系是写小舟泊于岸边。例1,"浮云""落日"是诗人当时见到的景象,诗人即景生情:浮云飘浮不定,像即将远去的游子;落日留恋不舍,像眷恋情深之故人。又如例7,诗中有两个地名:汉阳渡和郢门山。这两地都在长江边,郢门在西,汉阳在东。诗题是《送人东归》,行人可能是初日时从郢门出发,乘高风而东去,抵达汉阳。这些诗句中各个名词语之间的关系以及两句之间的关系都不是明白说出的,需要读者自己去理解。

词里也有这类名词语,名词语之间的关系可能更为松散。如例11,辛弃疾是说汤朝美有千古忠肝义胆,直言谏诤,因此触怒了皇帝,被贬到万里之外的蛮烟瘴雨之地。例12,是说在露井用银瓶汲水,在云窗前执彩篦(彩扇)清歌。要理解这些名词语之间的关系,加上恰当的谓词,就需要多读一些词,了解词人表达的习惯。

第二类和第三类的区分不是绝对的,有些例句处于第二类和第三类之间。像第二类的"渭北春天树,江东日暮云"也可以归到第三类,第三类的"落叶他乡树,寒灯独夜人"也可以归到第二类。只要理解名词语表达的意思,分类问题不必过于拘泥。

(D)一句由两个(或几个)名词语组成,两个(或几个)名词语之间是并列关系。如:

1 温庭筠《商山早行》:"鸡声/茅店/月,人迹/板桥/霜。"

2 张泌《浣溪沙·马上凝情》:"马上凝情忆旧游。照花淹竹小溪流。钿筝/罗幕/玉搔头。"

3 柳永《雨霖铃·寒蝉凄切》:"今宵酒醒何处,杨柳岸、/晓风/残月。"

4 向滈《西江月·流水断桥衰草》:"流水/断桥/衰草,西风/落日/清笳。"

在词中,这些并列的名词语也可以组成并列的小句。如:

5 冯延巳《酒泉子·芳草长川》:"九回肠,/双脸泪,/夕阳天。"

6 辛弃疾《水龙吟·为韩南涧尚书甲辰岁寿》:"绿野风烟,/

平泉草木,/东山歌酒。待他年,整顿乾坤事了,为先生寿。"

7 刘克庄《沁园春》:"一卷阴符,/二石硬弓,/百斤宝刀。"

8 刘辰翁《柳梢青·铁马蒙毡》:"辇下风光,/山中岁月,/海上心情。"

这一类例句不多。这一类和前三类最大的区别是:前三类一个句子由几个名词语组成,尽管名词语之间的关系很复杂,但很多是有主有从的;这一类则不然,几个名词语是并列的。如例1,用几个并列的名词语画出了一幅早行的图景(但"茅店""板桥"是画面的中心)。例3、例4也是一幅画。例5用三个名词语表达了女子的哀愁。例6写的是历史上三个名臣的园林,以此为韩元吉(号南涧)祝寿。例7三个名词语是作者随身携带的三件东西,表现作者的胆气。例8是作者在宋亡以后的感慨,三个名词语之间跨度很大,"辇下风光"是写宋代临安的风光,"山中岁月"是写宋亡后作者居住山中的岁月,"海上心情"是指作者当时如同苏武在北海牧羊的心情。例2略有不同,三个名词语表达的是三个动作:一个女子在罗幕中,鬓边插着玉搔头,用钿筝弹奏。这种用法不多见。

(3)在句子中充当动词宾语的名词词组

上述几类名词语的共同特点是,句中只有复合名词或名词词组,而与这些名词语相关的动词或形容词在句中不出现,需要读者补出。其实,这个特点不限于名词语。诗词的句子很凝练,一些在句子中充当动词宾语的名词词组,读的时候也需要补出相关的动词或形容词;而补出什么动词或形容词,读者的理解可能不同,这就关系到整句的理解。如:

1 辛弃疾《贺新郎·送杜叔高》:"起望衣冠神州路,白日消残战骨。"

句中的"衣冠神舟路"是"起望"的宾语,这不是我们所说的"名词语"。但"衣冠神舟路"也不是一个简单的"定语＋中心语"的名词词组,这个名词词组也需要补出动词来理解。有两种不同的理解:

第一种,当年中原衣冠人士避难南迁的道路上,多少战死者的尸骨暴露在光天化日之下,无人掩埋,如今日晒雨淋快朽烂完了。(《唐宋词鉴赏辞典》,江苏古籍出版社,1986)

第二种,昔日衣冠相望的中原路上,只今唯见一片荒凉,纵横满地的战骨正在白日寒光中逐渐消损。(《唐宋词鉴赏辞典》,上海辞书出版社,2016)

哪一种理解对?我赞成第二种理解。

## 三　关系语

"关系语"是王力《汉语诗律学》提出的一个术语,王力《汉语史稿》也曾谈到。《汉语诗律学》第一章第二十节:"散文里也有关系语,但往往限于带方位词的方位语,如'江上''山中'之类,或少数时间语,如'今日''明年'之类。诗句中的关系语的范围较广,非但一切表示方位或时间的名词语都可用为关系语,甚至不表示方位或时间的名词语也可用来表示种种关系(例如方式、因果等)。又非但名词语可为关系语,甚至谓语形式和句子形式也可以有此用途。"王力先生所说的"谓语形式"即动宾词组,"句子形式"即主谓词组。如:

1 杜甫《秋兴八首》之二:"画省香炉违伏枕,山楼粉堞隐悲笳。"(伏枕:即卧病。这句是说因伏枕而未能上朝。)

"伏枕"是动词词组。

2 杜甫《客至》:"盘餐市远无兼味,樽酒家贫只旧醅。"

"市远"和"家贫"是主谓词组。

但充当关系语的大部分是复合名词或名词词组。由复合名词或名词词组充当的关系语和名词语有什么区别呢？其区别在于：名词语是不带谓语但可做一句用的复合名词或名词词组，在诗词中读到名词语的时候，往往要加上相关的动词或形容词来理解；而关系语是诗词中不带介词的复合名词或名词词组（复合名词占多数，名词词组不多），在诗词中读到时可以加上相关的介词来理解。如（在例句中加横线的是关系语）：

3 张九龄《湖口望庐山瀑布泉》："日照虹蜺似，天清风雨闻。"

4 杜甫《旅夜书怀》："名岂文章著，官应老病休。"

5 杜甫《登楼》："锦江春色来天地，玉垒浮云变古今。"

6 刘长卿《毗陵送邹结先赴河南充判官》："王事相逢少，云山奈别何。"

7 于鹄《江南曲》："众中不敢分明语，暗掷金钱卜远人。"

8 章孝标《田家》："田家无五行，水旱卜蛙声。"

9 李商隐《安定城楼》："永忆江湖归白发，欲回天地入扁舟。"

10 苏轼《青玉案·和贺方回韵》："春衫犹是，小蛮针线，曾湿西湖雨。"

11 苏轼《卜算子》："缺月挂疏桐，漏断人初静。"

12 周邦彦《过秦楼·水浴清蟾》："梅风地溽，虹雨苔滋，一架舞红都变。"

13 辛弃疾《水龙吟·过南剑双溪楼》："问何人又卸，片帆沙岸，系斜阳缆。"

14 辛弃疾《菩萨蛮·书江西造口壁》："西北望长安，可怜无数山。"

15 吴文英《高阳台·落梅》："离魂难倩招清些,梦缟衣、解佩溪边。"

例 3 在关系语前面可以加"与",例 4、例 6、例 12 在关系语前面都可以加"因"。例 5 在关系语前面可以加"自"。例 7 在关系语前面可以加"为","卜远人"即"为远人占卜"。例 8 在关系语前面可以加"以","卜蛙声"即"以蛙声占卜"。例 9 在关系语前面可以加"在","归白发"即"在白发时归隐"。例 10 在关系语前面可以加"于",表示"被……","曾湿西湖雨"即"曾被西湖雨打湿"。例 11 在关系语前面可以加"于",表示"在……上面","缺月挂疏桐"即"缺月挂在疏桐上"。例 13 关系语"斜阳"插在句中,"系斜阳缆"即"在斜阳中系缆"。例 14 在关系语前面可以加"向"。例 15 在关系语"清些"前面可以加"以","清些"指楚歌,整句意谓离魂很难请人用楚歌招回。

把这些加横线的名词理解为普通名词和理解为关系语有时意义差别很大。如例 10,如果把"西湖雨"理解为普通名词,那么句意就成了"春衫打湿了西湖雨"。例 11,如果把"疏桐"理解为普通名词,那么句意就成了"缺月上挂了疏桐"。这就说不通了。而且例 7 和例 8 动词都是"卜",后面都跟一个名词。只有把后面的名词理解为关系语,并懂得在不同的句子中关系语表达的关系可以不同,才会正确理解一句是说"为远人占卜",一句是说"以蛙声占卜"。由于宾语是关系语,关系语表示的关系不同,所以动词和宾语的语义关系也就不同。

关系语也可以作为插入语插到句中。如杜甫《雨不绝》："阶前短草泥不乱,院里长条风乍稀。"意为"院里长条因风而乍稀"。这在第四章已经说过。

当然，有的句子中一个名词究竟是关系语还是名词语也可以有不同的理解。如例6"王事相逢少"，如果把"王事"看作名词语，把句子读成"王事鞅掌而相逢少"；例12"梅风地溽，虹雨苔滋"，如果把"梅风""虹雨"看作名词语，把句子读成"梅风频吹而地溽，虹雨屡降而苔滋"，这都是可以的。只要能正确理解诗词的意义，在句子分析方面可以不必过于拘泥。

在本书第四章第二部分(三)"主述宾倒置"中，举了一些例句，看起来像"主述宾倒置"，其实不是。如（例句仍用原编号）：

2 李白《听蜀僧濬弹琴》："客心洗流水，余响入霜钟。"

3 李白《襄阳歌》："千金骏马换小妾，笑坐雕鞍歌落梅。"

6 祖咏《望蓟门》："万里寒光生积雪，三边曙色动危旌。"

现在，在本章中讲了话题句，又讲了关系语，这些例句都可以得到正确的解释。首先，这些例句中处于句首的名词不是倒置的宾语，而是话题；其次，处于句末的名词不是倒置的主语，而是表示和动词有不同语义关系的关系语。对这三个例句正确的理解是：例2是"客心被流水洗"，例3是"千金骏马以小妾换来"，例6是"万里寒光生于积雪"。这在第四章已经大致说过。现在讲了话题句和关系语，对这些问题可以有更深入的了解。

# 第六章 今昔和人我

在阅读唐宋诗词时,有时会感到困惑:在一首诗词里,有时讲的是过去,有时讲的是如今;有时讲的是自己,有时讲的是他人。这两者,有时是分得清楚的,有时就不容易分清。这是因为诗词的表达很简练,很少使用表时间的"今""昔"和做主语的"人""我"等词语,这样,读者就需要自己去体会了。如果体会得不对,整首诗词就读不懂或者理解错误。这就是本章要讲的"今昔和人我",这是阅读唐宋诗词时必须注意的一个重要问题。

这个问题在唐宋词里表现得更突出。李渔《窥词管见》:"词内人我之分,切宜界得清楚。……因见词中常有人我难分之弊,故亦饶舌至此。"其实,有时在词中今昔也是很难分的。所以,本章先讲词,再讲诗。

## 一　词中的今昔和人我

词的抒情意味很浓,很多词都是作者表述和情人的关系和感情,既讲过去也讲现在,既讲自己也讲对方,但今昔和人我都没有明确的标示。下面举五首词来讨论。

(一)晏几道《木兰花》

秋千院落重帘暮,彩笔闲来题绣户。墙头丹杏雨余花,门外绿杨风后絮。朝云信断知何处？应作襄王春梦去。紫骝认得旧游踪，嘶过画桥东畔路。

这首词上阕写的是一个庭院，有院落，有绣户，有墙，有门。写人的活动只有一句："彩笔闲来题绣户。"这是谁的动作？是什么时候的动作？这要联系下阕来理解。

下阕开头两句："朝云信断知何处？应作襄王春梦去。"从"朝云""襄王"来看，显然是写女子（大概是个青楼女子），她曾是自己的恋人；现在她已和自己分手，而且应是去往别处了。结尾两句没有写人，只写了马。那么是谁的马呢？在诗词中，通常是写男子骑马。马往哪里去呢？是"嘶过画桥东畔路"，去寻找熟悉的"旧游踪"。

在下阕中，词所写的人物出来了：下阕的前两句是写对方，即那个女子；后两句是写作者自己。这是写自己对那个女子的思念。下阕总的是写现在。

联系下阕，就可以理解上阕：这是对自己和女子的恋情的回忆。不过，作者并没有写当初两人如何欢会，前两句只写了两人曾经欢会的处所：一个"秋千院落"。但这个秋千院落已是帘幕重重，女子不在这里打秋千了。而且绣户上还题着诗，这是自己当初在欢会时题写的。这就通过院落的描写，写出了当初自己和对方的活动。这是由现在之所见，追写过去之恋情。后两句也是现在所见的景象，但有象征意义："雨余花"是想象女子的境况，"风后絮"是比喻自己漂泊。这两句也是一句写对方，一句写自己；但说的不是过去，而是现在。上阕是"今—昔"和"人—我"交织的。

只要把这些关系弄清楚了，这首词就可以顺着句子往下读：作者来到一个庭院，自己曾和情人在此地欢愉。但现在这个庭院帘幕低垂，只有墙头的雨余花和门外的风后絮。现在情人已经离开

147

自己,去到别处。但自己恋情未断,还骑着马去寻找旧游踪。

这首词的结尾两句是作者很喜欢的表达方法。作者的《鹧鸪天·小令尊前见玉箫》:"梦魂惯得无拘检,又踏杨花过谢桥。"是类似的意思。这是因为,这样的句子把"我"和"人","今"和"昔"绾合到一起,能引起读者无穷的回味。

(二)周邦彦《过秦楼》

水浴清蟾,叶喧凉吹,巷陌马声初断。闲依露井,笑扑流萤,惹破画罗轻扇。人静夜久凭阑,愁不归眠,立残更箭。叹年华一瞬,人今千里,梦沉书远。　　空见说、鬓怯琼梳,容销金镜,渐懒趁时匀染。梅风地溽,虹雨苔滋,一架舞红都变。谁信无聊,为伊才减江淹,情伤荀倩。但明河影下,还看稀星数点。

这首词也是作者对女子恋情的回忆,也有"今—昔"和"人—我"的交错。

但和晏几道《木兰花》不同,这首词一开头六句就写了人物的活动,从"笑扑流萤"看来,活动的人物是女子。这是现在还是过去?也要和下面联系起来看。

接下来的六句,其中有"叹年华一瞬,人今千里",这肯定是说的现在,而且对方已经离去。那么,上六句应该是说的过去,是回忆女子的活动,当然,女子"笑扑流萤",自己也一定参与其间。

现在要问的是"人静夜久凭阑,愁不归眠,立残更箭"三句,是谁的动作?是不是女子"笑扑流萤"以后接下来的动作?这不可能,因为前六句是欢快的场面,而这三句是悲苦的画面,两者气氛截然不同,这三句不可能是前六句的延续。那么,这三句写的不是对方,而是自己;而且,时间不是过去,而是现在。所以,这首词上阕写的是作者在凭阑不眠,立残更箭时的所忆所感。先写所忆,再写所感,是一种回溯的写法。

既然过去已在上阕写过,下阕写的就是作者现在的所思所念。但下阕还有"人""我"之分,这可以根据用语来推断。"空见说","见说"就是听说。既然是"人今千里",那么女子现在的境况就只能是听说了。"鬓怯琼梳,容销金镜"和"匀染"是描写女子的用语,写的是女子的境况,这四句重在写对方。而江淹和荀倩显然是用以比喻自己,所以"梅风地溽,虹雨苔滋"三句是自己的困苦处境,这六句重在写自己。但无论是写人还是写己,都写出了对对方的思念。所以,"人"和"我"是错综的。最后两句借景抒情,表达了对情人的深切思念,这又把"我"和"人"联系在一起。

(三)史达祖《玉蝴蝶》

晚雨未摧官树,可怜闲叶,犹抱凉蝉。短景归秋,吟思又接愁边。漏初长、梦魂难禁,人渐老、风月俱寒。想幽欢,土花庭甃,虫网阑干。　　无端。啼蛄搅夜,恨随团扇,苦近秋莲。一笛当楼,谢娘悬泪立风前。故园晚、强留诗酒,新雁远、不致寒暄。隔苍烟,楚香罗袖,谁伴婵娟。

这首词上阕前五句是写初秋的景色和自己的心境,这是"今",是"我"。后面四句的"梦魂"和"风月"开始引出自己的情事,这里的"人"是指作者自己:自己渐老,对风月之事也逐渐冷漠,但秋夜初长,仍难免梦见旧事。这样就从"今"引向"昔",从"我"引向"人"(自己的情人)。接下来的"幽欢"是指昔日自己和情人的幽会欢愉,但用两个字带过,三句是说:想来往昔幽会之处现在已经荒芜,在井垣上长满青苔,在阑干上结满蛛网。这是把"今"和"昔"绾合到一起。

下阕的"无端"意即"无奈"。接下来五句是写情人,即词中的

"谢娘";"谢娘"在第五句才出现,但这五句说的都是谢娘。这是在作者想象中情人现在的情况,是"今",是"人"。从"故园"到末尾七句,是说自己现在的状况:凭诗酒而强留故园,无法与情人通消息;只能远隔苍烟遥想在楚地的情人,一定是非常孤单,无人陪伴。

这一首词,从时间关系看,主要是写"今",只有上阕的最后三句才提到"昔"。从人我关系来看,上阕主要写"我",最后三句牵涉到"人"(对方)。而下阕"无端……风前"写"人"(对方),从"故园"到末尾是由"我"想到"人",整个下阕是"人—我—人"的变换。这些今昔关系和人我关系都没有明显的词语标示,需要读者自己体会。

(四)秦观《满庭芳》

山抹微云,天连衰草,画角声断谯门。暂停征棹,聊共引离尊。多少蓬莱旧事,空回首、烟霭纷纷。斜阳外,寒鸦万点,流水绕孤村。　销魂。当此际,香囊暗解,罗带轻分。谩赢得、青楼薄幸名存。此去何时见也,襟袖上、空惹啼痕。伤情处,高城望断,灯火已黄昏。

这是一首很为人称道的词,但在这里我们不谈这首词的艺术性,主要还是分析其中的今昔和人我关系。

《苕溪渔隐丛话后集》卷三十三:"《艺苑雌黄》:'程公辟守会稽,少游客焉,馆之蓬莱阁。一日席上有所悦,自尔眷眷不能忘情,因赋长短句,所谓"多少蓬莱旧事,空回首、烟霭纷纷"也。'"据此,这首词是秦观为和情人离别而写的。那么,词中必然提到情人和往事。这在词中哪些地方写到?

显然,上阕的"多少蓬莱旧事,空回首、烟霭纷纷"几句,既然是"旧事",是"回首",当然是对往事的回忆。

那么,词中在什么地方写到他的情人?似乎不很明显。只有

"香囊暗解,罗带轻分"是男女分别时常见的词句,可以看出这是写作者和情人离别。在此前面的两句是"销魂。当此际","此际"就是离别的时候。但在这首词的叙述脉络中,离别的场面处在什么位置?这就需要我们把这首词逐句往下读了。

词的上阕写作者的离去。前三句是离去时的景色和时间("画角声断"是说这是画角最后一次吹响了)。"暂停"两句是说船行之前暂停而共饮离别之酒,和他"共饮离尊"的是送别的朋友,也包括他的情人。作者此时想到的是"蓬莱旧事"(词中只有这一处是回忆往事),最后三句,是离别时看到的令人伤心的景象。

下阕就把和情人离别的场面作为特写镜头来写。"当此际"是当自己和情人离别之际,"香囊暗解,罗带轻分"突出的是作者自己和情人的形象。"谩赢得"两句是点明了情人的身份,即《艺苑雌黄》所说的"席上有所悦"者,也写了自己离别时的感伤。"此去"三句,可以理解为船已行驶,因此作者想到今后相见无期,只在襟袖上有情人留下的泪痕。最后三句是写船已行远,天色已昏暗,但作者还在深情回望。下阕的重点是写人我关系。

这样,我们就懂得了这首词的今昔和人我关系,也就读懂了这首词。

(五)晏殊《浣溪沙》

一曲新词酒一杯,去年天气旧亭台。夕阳西下几时回。　无可奈何花落去,似曾相识燕归来。小园香径独徘徊。

这首词是很有名的,但对词中的时间关系有不同的理解。主要是第一句"一曲新词酒一杯",是现在之事,还是去年之事?这和第二句有关。有的认为,听曲饮酒是现在的事,但天气亭台和去年一样;有的认为,第二句中的"去年"和"旧"也兼管第一句,第一句说的就是去年在旧亭台听曲饮酒。

这两种理解都有一定的道理，但我认为还是第一种较好。首先，如果把第一句理解为去年听曲饮酒，要落实第一、二句的字句就比较困难。"天气"是一个总概念，一年中的天气有阴晴风雨的不同。"在去年天气听曲饮酒"，这是说不通的；只能说今天在这里听曲饮酒，今天的天气就是和去年听曲饮酒时一样的天气。"旧亭台"的"旧"不是陈旧的旧，而是"旧时"的"旧"。"去年在旧时亭台听曲饮酒"也欠通顺，只能说今天在这里听曲饮酒，其亭台是旧时（去年）的亭台。更重要的是应当从整首词来看。这首词感慨的是星霜变换，时光流逝。第一、二句是说：今年是春光里在这亭台上饮酒听曲，去年也是春光里在这亭台上饮酒听曲，年年春天都有欢愉，但年年春尽都有花落（所以说"无可奈何"），年年春尽都有燕来（所以说"似曾相识"）。饮酒、听曲、落花、燕归，都是年年如此，但时光流逝，一去不回。"夕阳西下几时回"一句，只是借一天光阴的逝去，来说一生的光阴也是一去不回。既然整首词的基调如此，那么，如果头两句仅仅是回忆去年的饮酒听曲，而不是说今年和去年都在这里饮酒听曲，就和整个基调不合了。

晚唐诗人郑谷有一首诗：

《和知己秋日伤怀》："流水歌声共不回，去年天气旧亭台。梁尘寂寞燕归去，黄蜀葵花一朵开。"

这首诗也是感慨时光的流逝，诗意和晏殊词大致相同，"去年天气旧亭台"一句更是一字不差。我们无法推测晏殊是否受到郑谷诗的启发，但可以肯定的是：郑谷诗中的"去年天气旧亭台"不是仅仅写去年的事，而是说现在听歌的天气亭台和去年相同。这可以为我们理解晏殊的这首词做一参考。

## 二　诗中的今昔和人我

诗的人物和时间关系没有词那样复杂,但有些诗中人物和时间关系也并不是那么清楚。

(一)特别是一些赠答诗,牵涉到作者自己和对方;在说到双方的活动时,有的是过去,有的是现在。这些都需要仔细区别。下面讨论几首诗。

(1)岑参《送王大昌龄赴江宁》

对酒寂不语,怅然悲送君。明时未得用,白首徒攻文。泽国从一官,沧波几千里。群公满天阙,独去过淮水。旧家富春渚,尝忆卧江楼。自闻君欲行,频望南徐州。穷巷独闭门,寒灯静深屋。北风吹微雪,抱被肯同宿。君行到京口,正是桃花时。舟中饶孤兴,湖上多新诗。潜虬且深蟠,黄鹄举未晚。惜君青云器,努力加餐饭。

王昌龄是唐代著名诗人,他和岑参有深厚的友谊,曾和岑参一起在长安居住。开元二十八年,王昌龄任江宁(今南京)尉,从长安到江宁赴任,岑参写诗送他(从闻一多之说)。读这首诗,要弄清楚哪些句子说的是"我"(岑参),哪些句子说的是"君"(王昌龄);哪些句子说的是现在,哪些句子说的是从前。这些问题不弄清楚,这首诗是读不懂的。

显然,第一、二句是说我(岑参),时间是现在;"送君"的"君"是王昌龄。"明时"两句是说君(王昌龄)。说君到哪里为止呢?应该是直到"独去过淮水",因为王昌龄从长安到江宁要过淮水。"旧家富春渚,尝忆卧江楼",应该是说我,因为"尝忆"的主语不大可能是

"君",那么"旧家"也是指"我"(岑参)的旧家;进一步查考,确实岑参之父岑植曾在衢州任官,衢州临新安江(富春江之上游)。"自闻君欲行"两句,无疑说的是我,而且是不久前:我自从听说君要赴江宁,就频望南徐州。"南徐州"是东晋时设置的郡,郡治在京口(今镇江),江宁属南徐州;而且岑植也曾任句容令,句容也在南徐州。"频望南徐州"一方面是盼望王昌龄到来,一方面也是怀念自己居住过的地方。"穷巷"四句说的是谁?是什么时候呢?这四句不大好懂。我们还是要根据诗的文意来理解,关键要看"肯同宿"。"肯同宿"一定是指君肯,那么"同宿"一定是同宿我家。所以,"穷巷""寒灯"是写"我"(岑参)的家,风雪之夜君(王昌龄)抱被到我家来同宿。这是什么时候?不可能是岑参以前在富春时,更不可能是将来王昌龄到江宁之后,那就只能是他们同在长安时。这四句是回忆他们在长安时的深厚情谊,但诗中没有明显说出,只能由读者自己理解。下面就好懂了:"君行"四句是想象王昌龄路上的情形,"潜虬"两句是对王昌龄的期望,最后两句是对王昌龄的推重和劝勉。

由此可以看到,要弄清楚诗中的人我和时间关系,就要了解诗的大致背景,更重要的是要寻绎文意,注意一些与人物和时间有关的字词(如"尝忆""肯同宿"等),这样就能把诗的脉络厘清。

(2)王维《送崔三往密州觐省》

南陌去悠悠,东郊不少留。同怀扇枕恋,独解(一作"念",据《文苑英华》改)倚门愁。路绕天山雪,家临海树秋。鲁连功未报,且莫蹈沧洲。

这首诗是送崔三到密州(今山东诸城)探望父母。这里关系到两个人,即崔三和作者王维,也牵涉到几个地方以及不同的时间。

首联当然是写崔三前往密州,但诗中说的是什么地方的"南陌"和"东郊"?如果这是在崔三始发之地,为什么说"少留"?从"少留"来看,这应是崔三中途停留之地。而且这两句不仅是写崔三一个人,和作者王维也有关系:崔三在停留之地见到王维,王维就在那里为他送别,但崔三在那里没有停留多久。颔联的"扇枕恋"指对父母的眷恋和孝敬,用的是汉代黄香和晋代王延的典故:他们夏天为父母扇枕席,冬天为父母温被。"倚门"即"倚门望",指的是母亲对儿子的想念。《战国策》上记载:王孙贾之母对儿子说:你回来晚了,我就倚门而望。这一联中的"同"和"独"很值得注意:"同怀",是谁和谁同怀?"独解"又是谁独解?细想一下,就会理解,这一联是说:我和你同怀对父母的眷恋,但只有你回家能解除父母想念儿子之愁。颈联才写到崔三行程的起点和终点,他是从积雪的天山出发的,要回到家乡密州;因为密州近海,所以说"海树秋","秋"是说回到家乡时已是秋天了。这一联有个时间跨度。尾联用鲁仲连的典故,鲁仲连立功后逃隐海上;诗句是作者送别时对崔三的期望:你还应建功立业,且莫回家隐居。这说的是将来。

那么,王维送别崔三是在什么地方呢?要回答这个问题不能仅仅根据这首诗,而要研究王维的生平。据研究,王维当时在凉州(今甘肃武威),凉州是唐代河西节度使的治所,王维当时在河西节度使幕下,崔三从天山(安西或北庭)回密州,必须经过凉州,他在凉州短时停留,王维在那里为他送行。[①]

(3)杜甫《寄岳州贾司马六丈、巴州严八使君两阁老五十韵》

[衡岳啼猿里,巴州鸟道边。故人俱不利,谪宦两悠然。开辟

---

① 参见陈铁民《王维集校注》。

乾坤正,荣枯雨露偏。长沙才子远,钓濑客星悬。][忆昨趋行殿,殷忧捧御筵。……恩荣同拜手,出入最随肩。晚著华堂醉,寒重绣被眠。辔齐兼秉烛,书柱满怀笺。][每觉升元辅,深期列大贤。秉钧方咫尺,铩翮再联翩。]{[禁掖朋从改,微班性命全。青蒲甘受戮,白发竟谁怜。弟子贫原宪,诸生老伏虔。师资谦未达,乡党敬何先。旧好肠堪断,新愁眼欲穿。][翠干危栈竹,红腻小湖莲。贾笔论孤愤,严诗赋几篇。定知深意苦,莫使众人传。贝锦无停织,朱丝有断弦。浦鸥防碎首,霜鹘不空拳。地僻昏炎瘴,山稠隘石泉。且将棋度日,应用酒为年。典郡终微眇,治中实弃捐。安排求傲吏,比兴展归田。去去才难得,苍苍理又玄。古人称逝矣,吾道卜终焉。][陇外翻投迹,渔阳复控弦。笑为妻子累,甘与岁时迁。亲故行稀少,兵戈动接联。他乡饶梦寐,失侣自屯邅。多病加淹泊,长吟阻静便。][如公尽雄俊,志在必腾骞。]}

这是一首五十韵的排律,共一百句,篇幅很长,这里只能选录。这首诗是杜甫乾元二年在秦州所作,是写给贾至和严武的。在安史之乱中,唐肃宗在临武即位,杜甫和贾至、严武都在朝中,同官近侍,关系很亲密。但不久,三人先后被贬,杜甫被贬为华州司功,贾至被贬为岳州司马,严武被贬为巴州刺史。这首诗中有些是几个人一起写的,有些是几个人分开写的。为了阅读和讲解的方便,上面的引文用[ ]号标示写不同人的诗句。

开头八句是这首诗的总纲,写贾、严二人被贬。前四句写二人分别被贬到岳州和巴州。第五、六句写肃宗即位而乾坤正,但大臣却有荣有枯,是因为君主的雨露不均。第七、八两句的"长沙才子"指贾谊,"钓濑客星"指严光,以此二人指贾至、严武二人,说他们的贬谪。

从"忆昨"到"怀笺"是一大段,删节号处有多句未摘录,是写三人在朝中的友谊。这一段很清楚,不用多说。

下面四句"每觉升元辅,深期列大贤。秉钧方咫尺,铩翮再联翩",是说自己希望贾、严升为元辅,但未料二人接连贬官。

再往下,从"禁掖"到篇末的"腾骞"(用{}标示),诗中的人物关系就比较复杂,需要仔细分辨。"禁掖"到"谁怜"四句说的是谁?是继续说贾、严二人吗?这要从用词来判断。"微班"指低微的官职,是不适宜用来指贾、严二人的,他们尽管被贬,但刺史和司马都不是"微班"。"微班性命全"只能指杜甫自己被贬为华州司功,虽然官职低微,但总算保了性命。在诗歌中"白发"通常也是叹自己的衰老,用来指对方的不多。[①]"青蒲"是用汉代史丹伏青蒲而死谏的典故,指自己为救房琯而被贬。所以,这四句说的是杜甫自己。

再下面六句,从"弟子"到"欲穿"是说自己当前的处境。原宪是孔子的学生,家贫。伏虔是汉代的经师,遭乱病卒。这是以原宪和伏虔自比,说自己又贫又老。

"师资"四句,历代的注家看法不一,有的认为是说自己,有的认为说贾、严。我们从前说。

"翠干"到"终焉"二十二句,又是说贾、严。这从"危栈"(巴州)、"小湖"(岳州)、"贾笔"、"严诗"、"典郡"(刺史)、"治中"及"才难得"等用语可见。主要意思是希望贾、严二人远害全身,不要遭谗遇祸。

"陇外"到"静便"十句又是说自己。言自己僻处陇外,而渔阳

---

① 刘长卿《雨中过员稷巴陵山居赠别》:"怜君洞庭上,白发向人垂。"这是指对方的,但这样的诗句很少。

157

仍有战乱。自己多病而淹留,意不自适。

最后两句是作者对贾、严二人的期望。

从"禁掖"到篇末的"腾骞"共44句,说自己和说贾、严两者互相交错,这是我们在阅读时需要注意的。

杜甫还有一篇《寄彭州高三十五使君适虢州岑二十七长史参三十韵》,是写给高适和岑参的,也是说高、岑和说自己互相交错,甚至在一联中(如"济世宜公等,安贫亦士常"),上句说高、岑,下句说自己。可见这是唐代诗人写赠答诗的习惯,我们要懂得这一点。

(二) 除赠答诗外,其他诗也要注意人物关系。

(1) 杜甫《又呈吴郎》

堂前扑枣任西邻,无食无儿一妇人。不为困穷宁有此,只缘恐惧转须亲。即防远客虽多事,便插疏篱却甚真。已诉征求贫到骨,正思戎马泪盈巾。

这首律诗,从诗题看,是写给吴郎的;从诗句看,说的是一个妇人。但是,八句诗每一句都没有标明说的是谁,诗中的动词也多没有主语。我们应当怎样读呢?

读这首诗前要知道一点儿背景。诗题作"又呈吴郎",可见在此之前杜甫已经给吴郎写过一首诗。那首诗的题目是"简吴郎司法",大意是说吴郎从忠州来到瀼西,杜甫把自己的瀼西草堂借他居住。《又呈吴郎》是吴郎住定后,杜甫又一次写诗给他。

《又呈吴郎》首联是嘱咐吴郎的话,要他任凭西邻那个妇人到草堂扑枣。颔联是说妇人是因为困穷而做此事(扑枣),她在扑枣时是心怀恐惧的,正因为如此,你对她更应亲近。("转",不是"转变"之义,是"更"的意思。)这四句都是对吴郎说的话、希望吴郎做的事。颈联的"远客"即指吴郎,吴郎从忠州来,寄居草堂。但"防远客"的主语是谁呢?从文意看,应是妇人。意思是从吴郎来后,妇人"防远客",不敢来扑枣了。下一句"便插疏篱"的主语是吴郎,指的是吴郎住到草堂之后就插上了疏篱,不让西邻进来。这两句是委婉的说法。本来是吴郎插了疏篱,妇人不能来扑枣了,但杜甫首先说妇人防远客而不敢来未免多事,然后说吴郎插疏篱是"却甚真"("甚"一本作"任"),意思是不必如此。这两句的主语没有说出,读诗时需要加上,否则意思不好理解。尾联比较清楚,是说百姓"已诉征求贫到骨",而诗人"正思戎马泪盈巾"。杜甫从一个妇人进而想到天下的百姓遭受战乱和官府的征求而"贫到骨",对此表示了极大的同情。正如清代的注家边连宝所说:"真令千载下读之,犹感激欲泣也。"

(三)诗中的时间关系也是一个大问题,特别是一些写得比较隐晦的诗,研究者对其中的时间关系有很大的分歧。李商隐的《曲江》就是很典型的一首。

(1)李商隐《曲江》

望断平时翠辇过,空闻子夜鬼悲歌。金舆不返倾城色,玉殿犹分下苑波。死忆华亭闻唳鹤,老忧王室泣铜驼。天荒地变心虽折,若比伤春意未多。

对这首诗,历来有几种看法,最主要的是两种:一是朱鹤龄《李义山诗集笺注》:"此诗前四句追感玄宗与贵妃临幸时事,后四句则言王涯等被祸。"一是程梦星《玉溪生诗集笺注》:"朱氏之论,划然分作两截,律诗无此章法。……曲江之修,因郑注厌灾一言始之;曲江之罢,因李训甘露一事终之。"他认为"此诗专言文宗",也就是说是专为甘露之变而作的。① 依朱说，则前四句和后四句时间相隔很远；依程说，则八句都在同时。这两种意见哪一种对？

曲江和唐玄宗、杨贵妃的关系不用说，杜甫的《哀江头》一诗大家都很熟悉。到唐文宗时，文宗也读了杜甫的《哀江头》，"心切慕之"，曾于大和九年下诏修治曲江，"思复升平故事"。（《旧唐书·郑注传》）但同年十一月就发生了"甘露之变"，唐文宗想铲除宦官的势力，和宰相李训、节度使郑注等谋划把宦官头目仇士良骗去看甘露，欲杀之。但被仇士良发现，反而把李训、郑注等全部杀死，文宗也受制于宦官，曲江之修也就停止。

程梦星说，一首诗不能分成两截，这是对的。但此诗是否专为甘露之变而作，还要根据诗的内容来看。

《曲江》的首联"望断平时翠辇过"指玄宗和文宗均可。玄宗和杨贵妃曾游曲江，安史之乱后就不去了。文宗曾多次赐宴曲江亭，直到大和九年十月壬午，还赐群臣宴于曲江亭。十一月发生甘露之变以后是否就不去了呢？诗歌是文学创作，不是纪实。事实上，甘露之变后只是罢修曲江，到第二年，文宗仍在曲江赐宴——《旧唐书·令狐楚传》："开成元年上巳，赐百僚曲江亭宴。楚以新诛大臣，不宜赏宴。"《曲江》首联的上句是说曲江之冷落，用于唐玄宗和唐文宗均可，但下一句"空闻子夜鬼悲歌"用于甘露之变更为合适。

颔联的"倾城色"，只适用于杨贵妃，不适用于文宗的后妃。如果《曲江》是写甘露之变，那就只能这样解释：唐玄宗和杨贵妃的事影响太大了，李商隐写甘露之变后曲江的冷落，仍然用了只适用于杨贵妃的词句"金舆不返倾城色"。

---

① 参见刘学锴、余恕诚《李商隐诗歌集解》。

下半截写甘露之变,朱、程两家没有异议。颈联"死忆"句用陆机被杀之典写李训、郑注等的被杀;"老忧"句,晋朝索靖说将见宫门的铜驼在荆棘之中,作者李商隐用此典故表达对唐王朝前途的担忧。尾联两句,"天荒地变"指甘露之变,"伤春"指对唐朝国运的忧伤。

通过这样的分析,我觉得,尽管有个别句子还存在疑问,《曲江》总体上应是写甘露之变的。在时间上不应分成两截。

(四)除了这些有争议的诗,还有一些诗在时间关系上应该注意。

如《秋兴八首》是杜甫晚年在夔州写的。这八首诗,大多既写了早年在长安的活动,又写了晚年在夔州的境况。有些诗在词语上有所标示,有些诗没有,读的时候需要注意。如:

(1)杜甫《秋兴八首》之五

蓬莱宫阙对南山,承露金茎霄汉间。西望瑶池降王母,东来紫气满函关。云移雉尾开宫扇,日绕龙鳞识圣颜。一卧沧江惊岁晚,几回青琐点朝班。

这首诗前四句写宫阙的气象宏伟,没有时间关系。

第五、六句,写见到皇帝时的情景。那是在什么时候?有两种说法:一说是杜甫任左拾遗时,那么是在至德二载,见到的是唐肃宗;一说是在杜甫献三大礼赋时,那么是在天宝十载,见到的是唐玄宗。哪一种说法对?持前说者举出两点理由:(1)这两句写宫扇移开,始识圣颜。"识"是初次见到,应是献三大礼赋时以布衣而见皇帝。(2)此诗写宫阙气象宏伟,应是在安史之乱前。我认为此说可从。

第七、八句,"一卧沧江惊岁晚",显然是指自己暮年在夔州。"几回青琐点朝班"与前一句接得很紧,是不是写自己在夔州的情况?如果这样理解就错了。这是诗人的回忆,回忆从前在朝廷的情况。这里是指玄宗时还是肃宗时?这就要看"点朝班"是什么意思。"朝班"是朝廷上官员的序列;"点"是传点,早朝时官员需传点。所以,这句是说杜甫跟随肃宗回长安时的事。

这样,在这首短短的律诗里,就有三个时间点:玄宗天宝十载(杜甫献三大礼赋),肃宗至德三载(杜甫跟肃宗回长安),代宗大历元年(杜甫在夔州)。

(2)苏轼《泗州僧伽塔》

我昔南行舟系汴,逆风三日沙吹面。舟人共劝祷灵塔,香火未收旗脚转。回头顷刻失长桥,却到龟山未朝饭。至人无心何厚薄,我自怀私欣所便。耕田欲雨刈欲晴,去得顺风来者怨。若使人人祷辄遂,告物应须日千变。我今身世两悠悠,去无所逐来无恋。得行固愿留不恶,每到有求神亦倦。退之旧云三百尺,澄观所营今已换。不嫌俗士污丹梯,一看云山绕淮甸。

这首诗是作者在熙宁四年(公元1071年)离汴京赴杭州任通判的途中,经过泗州,登上僧伽塔时写的。诗的一开头就说"我昔南行舟系汴",那时指他在治平三年(公元1066年)护父丧归蜀,曾登过泗州僧伽塔。那么,诗中哪几句是写昔日的事情?哪几句是写今日的事情?这不是很容易弄清楚的。从诗中的词语看,有两处"今"字:"我今身世两悠悠","澄观所营今已换"。这两个"今"字是否指同一时间?哪几句是写和"今"相对的"昔"?这还需要细读这首诗。

从这首诗的内容看,从"我昔"到"朝饭"是写上一次途中阻风,舟人劝他登塔祷告,果然很灵,风向立即就转了,未早饭时就到了龟山。这六句是相对于这一次的"昔"。下面写作者的思考:人们的要求是各不相同的,有的甚至是相反的;如果求神都能应验,那么神灵怎能满足所有人的要求呢?然后说到自己,"我今身世两悠悠",所以也不想去求神。这是作者在这次登塔时的想法,从"至人"到"亦倦"十句,是相对于上一次的"今"。最后四句转而写塔,韩愈(退之)的诗中说到这塔有三百尺,这是当初僧人澄观建造时的高度,但"今已换",这个"今"是相对于唐代而言,是包括上一次和这一次的,而且仅仅是说的塔。既然不想求神了,那么这次登塔只是为了"一看云山绕淮甸"。这四句还是写这一次的行动。所以,不论是从时间上看还是从内容上看,整首诗都应该分为两部分:前六句写"昔",写求神;后面都是写"今",写不求神。

(五)有些诗不难懂,但诗中时间关系的表达还应当注意。如:

(1)崔护《题都城南庄》:"去年今日此门中,人面桃花相映红。人面不知何处去,桃花依旧笑春风。"

这首诗后面两句说的是"今日"。

(2)杜甫《赠卫八处士》:"焉知二十载,重上君子堂。昔别君未婚,儿女忽成行。怡然敬父执,问我来何方。问答乃未已,儿女罗酒浆。"

"昔别君未婚,儿女忽成行"是说"如今儿女忽成行"。

诗中这些地方不用"今日""如今"等词,是允许的,也不会使读者误解。

## 三 怎样判断今昔和人我

上面分析了一些唐宋诗词,可以看到,在一些诗词中没有明确的表达时间关系和人物关系的词语,如"今""昔"和"我""君""伊"

等;而且,对自己的叙述和对他人的叙述,对如今的叙述和对往昔的叙述,都可以是交叉的。这就会造成我们阅读和理解的困难。要解决这个问题,最根本的是要深入理解诗词的内容,并能细心厘清其中的人物关系和时间关系。

那么,有没有一些辅助的办法,比如,借助诗词中其他相关词语来判断诗词中的时间关系和人物关系呢?下面说一些常见的词语,供大家参考。

(一)唐宋词里的有关词语

(1)时间词语
词中有些时间词语是应当注意的。如:

1 周邦彦《少年游》:"朝云漠漠散轻丝。楼阁淡春姿。柳泣花啼,九街泥重,门外燕飞迟。 而今丽日明金屋,春色在桃枝。不似当时,小桥冲雨,幽恨两人知。"

2 姜夔《暗香·辛亥之冬》(上阕):"旧时月色。算几番照我,梅边吹笛。唤起玉人,不管清寒与攀摘。何逊而今渐老,都忘却、春风词笔。但怪得、竹外疏花,香冷入瑶席。"

3 吴文英《三姝媚·过都城旧居》(上阕):"春梦人间须断。但怪得、当年梦缘能短。绣屋秦筝,傍海棠偏爱,夜深开宴。舞歇歌沈,花未减、红颜先变。"

4 蒋捷《女冠子·元夕》(上阕):"蕙花香也。雪晴池馆如画。春风飞到,宝钗楼上,一片笙箫,琉璃光射。而今灯漫挂。不是暗尘明月,那时元夜。况年来、心懒意怯,羞与蛾儿争耍。"

"而今""当年""旧时"等时间词语很清楚地标出了现在和过去。但这些时间词语管的是哪几句,管不了的部分哪些是写过去的、哪些是写现在的,还需要加以分析。

例2最清楚,吹笛摘梅都是"旧时"的事,"都忘却"以下是"而今"的事。例1也有"当时"和"而今",但要注意,上阕"朝云……飞迟"虽然没有时间词标明,也是"当时"的事。例4和例1一样,"蕙花……光射"就是"那时元夜"的景象。例3"绣屋……开宴"是"当年"的事,而接下去的"舞歇……先变"是现在的事。

(2)动词

词中有些动词可以为我们提示时间关系。

【记】 "记"当然是回忆从前的事。但"记"管到哪里,也就是说,究竟哪些是从前的事,还要仔细分辨。

5 秦观《望海潮·梅英疏淡》

梅英疏淡,冰澌溶泄,东风暗换年华。金谷俊游,铜驼巷陌,新晴细履平沙。长记误随车。正絮翻蝶舞,芳思交加。柳下桃蹊,乱分春色到人家。　　西园夜饮鸣笳。有华灯碍月,飞盖妨花。兰苑未空,行人渐老,重来是事堪嗟。烟暝酒旗斜。但倚楼极目,时见栖鸦。无奈归心,暗随流水到天涯。

6 贺铸《望湘人·春思》

厌莺声到枕,花气动帘,醉魂愁梦相半。被惜余薰,带惊剩眼,几许伤春春晚。泪竹痕鲜,佩兰香老,湘天浓暖。记小江、风月佳时,屡约非烟游伴。　　须信鸾弦易断。奈云和再鼓,曲终人远。认罗袜无踪,旧处弄波清浅。青翰棹舣,白蘋洲畔。尽目临皋飞观。不解寄、一字相思,幸有归来双燕。

7 周邦彦《应天长·寒食》

条风布暖,霏雾弄晴,池塘遍满春色。正是夜堂无月,沈沈暗寒食。梁间燕,前社客。似笑我、闭门愁寂。乱花过,隔

165

院芸香,满地狼藉。　　长记那回时,邂逅相逢,郊外驻油壁。又见汉宫传烛,飞烟五侯宅。青青草、迷路陌。强带酒、细寻前迹。市桥远,柳下人家,犹自相识。

8 蒋捷《贺新郎·兵后寓吴》

深阁帘垂绣。记家人、软语灯边,笑涡红透。万叠城头哀怨角,吹落霜花满袖。影厮伴、东奔西走。望断乡关知何处,羡寒鸦、到著黄昏后。一点点,归杨柳。　　相看只有山如旧。叹浮云、本是无心,也成苍狗。明日枯荷包冷饭,又过前头小阜。趁未发、且尝村酒。醉探枵囊毛锥在,问邻翁、要写牛经否。翁不应,但摇手。

在这几首词里,例6是常见的写法,上阕的开头写现在,然后用"记"来回忆往事,往事仅三句,到过片就说这种情缘现在已断,随后写自己的相思。例7稍有不同:上阕写寒食时自己的孤寂,把"长记那回时"放在过片的开头,也只有三句;然后就回到了现在,想要寻访那个女子。

例5比较特别,"长记"到"人家"六句当然是回忆,但上阕整个都是回忆,过片"西园……妨花"三句也是回忆。都是写昔日结伴游览的乐趣,只不过上阕是昼日,下阕前三句是夜间。再往下"兰苑未空"直到篇末才是现在的情景和感慨。那么,为什么把"长记"放在"误随车"前面呢?那只是回忆中印象最深刻的一件事,不能因此而误解为只有"误随车"说的是过去,其余都是现在。

例8也比较特别。这首词的词题是"兵后寓吴",是作者在南宋灭亡后写的。"万叠城头哀怨角"以下是作者在吴门(苏州)所见到的兵后的景象。"记家人"几句是回忆原先家庭生活的温暖,而且"记"不仅管后面三句,也管前面一句"深阁帘垂绣"。这是词和诗不同的地方,应当注意。

可见,"记"可以帮助我们识别哪些是回忆,但词有多种写法,究竟哪些是回忆,哪些是现在,还要对各首词做具体分析。

【想、料】 这些词常用来表示对他人情况的推测。"他人"多是自己思念之人。如:

9 柳永《满江红·匹马驱驱》(下阕)

中心事,多伤感。人是宿,前村馆。<u>想</u>鸳衾今夜,共他谁暖。惟有枕前相思泪,背灯弹了依前满。怎忘得、香阁共伊时,嫌更短。

10 张元干《石州慢·寒水依痕》(下阕)

情切。画楼深闭,<u>想见</u>东风,暗销肌雪。辜负枕前云雨,尊前花月。心期切处,更有多少凄凉,殷勤留与归时说。到得却相逢,恰经年离别。

11 史达祖《三姝媚·烟光摇缥瓦》(上阕)

烟光摇缥瓦。望晴檐多风,柳花如洒。锦瑟横床,<u>想</u>泪痕尘影,凤弦常下。倦出犀帷,频梦见、王孙骄马。讳道相思,偷理绡裙,自惊腰衩。

12 袁去华《安公子·弱柳丝千缕》(上阕)

弱柳丝千缕。嫩黄匀遍鸦啼处。寒入罗衣春尚浅,过一番风雨。问燕子来时,绿水桥边路。曾画楼、见个人人否。<u>料</u>静掩云窗,尘满哀弦危柱。

13 陆游《满江红·危堞朱栏》(下阕)

杨柳院,秋千陌。无限事,成虚掷。如今何处也,梦魂难觅。金鸭微温香缥渺,锦茵初展情萧瑟。<u>料</u>也应、红泪伴秋霖,灯前滴。

这些都比较清楚,无须解释。需要注意的是:"想"和"料"都不止这一种用法,所以"想"和"料"后面是不是所思念的人的动作,也还要具体分析。

(3)描写的词语

这些词语可以用以判别人我的问题,在词中经常是男女的问题。

14 张孝祥《转调二郎神·闷来无那》

闷来无那,暗数尽、残更不寐。念楚馆香车,吴溪兰棹,多少愁云恨水。阵阵回风吹雪霰,更旅雁、一声沙际。想静拥孤衾,频挑寒灺,数行珠泪。　　凝睇。傍人笑我,终朝如醉。便锦织回鸾,素传双鲤,难写衷肠密意。绿鬓点霜,玉肌消雪,两处十分憔悴。争忍见,旧时娟娟素月,照人千里。

15 朱嗣发《摸鱼儿·对西风》(上阕)

对西风、鬓摇烟碧,参差前事流水。紫丝罗带鸳鸯结,的的镜盟钗誓。浑不记、漫手织回文,几度欲心碎。安花著蒂。奈雨覆云翻,情宽分窄,石上玉簪脆。

例14是张孝祥给他前妻李氏写的词,两人不得已而分别。上阕末尾"想静拥孤衾"的"想",上面已说过了,是作者想象李氏的情况。下阕合写两人的相思。"便锦织"三句是说即使书信往来也难以传情(实际上不可能有书信往来),"绿鬓"三句是说两人都已憔悴。如果要分开说这六句中哪几句是写作者、哪几句是写李氏,这就要看描写的词语。"回鸾""玉肌"是写女子的词语,所以"锦织回鸾""玉肌消雪"是写李氏,而"素传双鲤""绿鬓点霜"是写作者。

例15,一开头就写"鸳鸯结""镜盟钗誓",是写男女的情事。那么,词的抒情主人公是男是女?"浑不记"三句的主语是谁?这就要看"漫手织回文"。"织回文"是用窦滔妻织回文诗寄其夫的典故，此句主语是女子；上一句"浑不记"是说男子根本不理会女子的情意，所以女子"几度欲心碎"。最后一句是用白居易诗《井底引银瓶》的典故："井底引银瓶，银瓶欲上丝绳绝。石上磨玉簪，玉簪欲成中央折。瓶沉簪折知奈何，似妾今朝与君别。"所以，这首词的抒情主人公是一个被抛弃的女子。

（二）唐宋诗里的有关词语

总的来说，诗中的今昔和人我关系不如词复杂，有关的词语也不如词多，但也有一些词语值得注意。

比如，如果是赠答诗，那么在诗中的"同 V"就很值得注意，这往往表示这个动作是作者和赠诗的对象共同做的。如本章第二部分，岑参诗中的"抱被肯同宿"，是王昌龄和岑参同宿。王维诗中的"同怀扇枕恋"，是王维和崔三同怀。杜甫诗中的"恩荣同拜手"是杜甫和贾、严同拜手。可见这些诗句都是描写双方的。

又如，一些描写的词语可以帮助我们判断描写的对象。

1 杜甫《月夜》："今夜鄜州月，闺中只独看。遥怜小儿女，未解忆长安。香雾云鬟湿，清辉玉臂寒。何时倚虚幌，双照泪痕干。"

2 杜甫《奉济驿重送严公四韵》："远送从此别，青山空复情。几时杯重把，昨夜月同行。列郡讴歌惜，三朝出入荣。江村独归处，寂寞养残生。"

例1，根据"云鬟""玉臂"可以判断这是写作者的妻子。

例2，根据"讴歌惜""出入荣"可以判断这是写严公，根据"江村""残生"可以判断这是写杜甫自己。

# 第七章　比喻和对比

比喻和对比,都是唐宋诗词中常见的表达手法。比喻,是两种相同的事物以此喻彼。对比,是两种相反的事物彼此对照。本章分别讨论,比喻用的篇幅要多一些。

## 一　比喻

比喻在一般文章中甚至说话中都很常用。修辞学把比喻分为明喻、暗喻、借喻几种。这些修辞学的常识我们不打算详谈,只谈比喻在唐宋诗词中的运用。

(一)唐诗中比喻的广泛运用

唐诗中比喻用得很广泛,特别在写到诗文以外的其他艺术形式时,常常用比喻。《琵琶行》中写琵琶的弹奏声用了一连串很优美的比喻,这是大家熟悉的。确实,音乐除了用比喻,无法用别的手段在诗歌中用文字表现出来。其他艺术形式也是一样。下面分别举例。

(1)音乐

　　1 白居易《琵琶行》(节引)

　　　　大弦嘈嘈如急雨,小弦切切如私语。嘈嘈切切错杂弹,大珠小珠落玉盘。间关莺语花底滑,幽咽泉流水下滩。水泉冷涩弦疑绝,疑绝不通声暂歇。别有幽愁暗恨生,此时无声胜有声。银瓶乍破水浆迸,铁骑突出刀枪鸣。曲终收拨当心画,四弦一声如裂帛。

2 李颀《听董大弹胡笳》(节引)

空山百鸟散还合,万里浮云阴且晴。嘶酸雏雁失群夜,断绝胡儿恋母声。川为净其波,鸟亦罢其鸣。乌孙部落家乡远,逻娑沙尘哀怨生。幽音变调忽飘洒,长风吹林雨堕瓦。迸泉飒飒飞木末,野鹿呦呦走堂下。

3 韩愈《听颖师弹琴》

昵昵儿女语,恩怨相尔汝。划然变轩昂,勇士赴敌场。浮云柳絮无根蒂,天地阔远随飞扬。喧啾百鸟群,忽见孤凤凰。跻攀分寸不可上,失势一落千丈强。嗟余有两耳,未省听丝篁。自闻颖师弹,起坐在一旁。推手遽止之,湿衣泪滂滂。颖乎尔诚能,无以冰炭置我肠。

**(2)舞蹈**

4 杜甫《观公孙大娘弟子舞剑器行》(节引)

㸌如羿射九日落,矫如群帝骖龙翔。来如雷霆收震怒,罢如江海凝清光。

5 白居易《霓裳羽衣歌》(节引)

中序擘騞初入拍,秋竹竿裂春冰拆。飘然转旋回雪轻,嫣然纵送游龙惊。小垂手后柳无力,斜曳裾时云欲生。烟蛾敛略不胜态,风袖低昂如有情。上元点鬟招萼绿,王母挥袂别飞琼。

（3）吟诗

6 李白《夜泊黄山闻殷十四吴吟》

昨夜谁为吴会吟，风生万壑振空林。龙惊不敢水中卧，猿啸时闻岩下音。我宿黄山碧溪月，听之却罢松间琴。朝来果是沧洲逸，酤酒醍盘饭霜栗。半酣更发江海声，客愁顿向杯中失。

（4）文字

7 韩愈《石鼓歌》（节引）

公从何处得纸本，毫发尽备无差讹。辞严义密读难晓，字体不类隶与科。年深岂免有缺画，快剑斫断生蛟鼍。鸾翔凤翥众仙下，珊瑚碧树交枝柯。金绳铁索锁纽壮，古鼎跃水龙腾梭。

8 任华《怀素上人草书歌》（节引）

挥毫倏忽千万字，有时一字两字长丈二。翕若长鲸泼剌动海岛，欻若长蛇戍律透深草。回环缭绕相拘连，千变万化在眼前。飘风骤雨相击射，速禄飒拉动檐隙。掷华山巨石以为点，掣衡山阵云以为画。兴不尽，势转雄，恐天低而地窄，更有何处最可怜，裛裛枯藤万丈悬。万丈悬，拂秋水，映秋天；或如丝，或如发，风吹欲绝又不绝。锋芒利如欧冶剑，劲直浑是并州铁。时复枯燥何褵褷，忽觉阴山突兀横翠微。中有枯松错落一万丈，倒挂绝壁麽枯枝。千魑魅兮万魍魉，欲出不可何闪尸。又如瀚海日暮愁阴浓，忽然跃出千黑龙。夭矫偃蹇，入乎苍穹。飞沙走石满穷塞，万里飕飕西北风。

（5）弈棋

9 刘禹锡《观棋歌》（节引）

初疑磊落曙天星，次见搏击三秋兵。雁行布陈众未晓，虎穴得子人皆惊。行尽三湘不逢敌,终日饶人损机格。

(6)服饰

10 李白《酬殷明佐见赠五云裘歌》

我吟谢朓诗上语,朔风飒飒吹飞雨。谢朓已没青山空,后来继之有殷公。粉图珍裘五云色,晔如晴天散彩虹。文章彪炳光陆离,应是素娥玉女之所为。轻如松花落金粉,浓似苔锦含碧滋。远山积翠横海岛,残霞飞丹映江草。凝毫采掇花露容,几年功成夺天造。故人赠我我不违,著令山水含清晖。顿惊谢康乐,诗兴生我衣。襟前林壑敛暝色,袖上云霞收夕霏。群仙长叹惊此物,千崖万岭相萦郁。身骑白鹿行飘飘,手翳紫芝笑披拂。相如不足夸鹔鹴,王恭鹤氅安可方。瑶台雪花数千点,片片吹落春风香。为君持此凌苍苍,上朝三十六玉皇。下窥夫子不可及,矫首相思空断肠。

绘画到下面讲。

从上面引的诗可以看出:

音乐,乐器有琵琶、胡笳、琴的不同,诗歌不但用比喻写出了各自低昂起伏的变化,而且不同的乐器用的比喻也有不同。如弹胡笳用的比喻是"乌孙部落家乡远,逻娑沙尘哀怨生"。

舞蹈,唐代最著名的是霓裳羽衣舞。但对此舞描写的不多,白居易《霓裳羽衣歌》是歌和舞一起写的,写舞的文字不多,但也多用比喻。从比喻可以看出,霓裳羽衣舞和剑器舞的动作格调不同。

文字,韩愈诗说的是石鼓文,是古文字,任华诗说的是怀素的草书。两者的比喻很不一样。用于石鼓文的比喻典雅,用于草书的比喻飞动。

值得注意的是:吟诗也用比喻,服饰也用比喻;弈棋也用比喻,而且弈棋的比喻很生动。可见在唐诗中比喻运用之广。

那么,唐宋诗词中的比喻有什么可注意的呢?下面谈几点。

(二)诗词中比喻的特点

诗词中的比喻有自己的特点,王力先生早就说过。

王力《汉语诗律学》第一章4譬喻法:

20.26 散文里的譬喻,往往用"如""似"一类的字;在诗句里,它们常被隐去。例如:

粉片妆梅朵,金丝刷柳条。(白居易《新春江次》)

鸭头新绿水,雁齿小红桥。(同上)

山茗粉含鹰嘴嫩,海榴红绽锦窠匀。(元稹《早春登龙山》)

山名天竺堆青黛,湖号钱唐泻绿油。(白居易《答客问杭州》)

酒徒漂落风前燕,诗社飘零霜后桐。(苏舜钦《沧浪怀贯之》)

就位置上说,譬喻可分为三类:第一类是前置式,例如上面的"粉片""金丝""鸭头""雁齿",第二类是中置式,例如上面的"鹰嘴""锦窠",第三类是后置式,例如上面的"风前燕""霜后桐"。

(原文在每个例句后都有翻译,摘引时省略。)

了解这一点很重要,下面谈的唐宋诗词中的比喻,很多是不用"如""似"之类的字的。但唐宋诗词中比喻的特点又不仅仅在此。

(三)双向的比喻

杨万里《诚斋诗话》:"杜《蜀山水图》云:'沱水流中座,岷山赴北堂。白波吹粉壁,青嶂插雕梁。'此以画为真也。曾吉父云:'断崖韦偃树,小雨郭熙山。'此以真为画也。白乐天《女道士》诗云:'姑山半峰雪,瑶水一枝莲。'此以花比美妇人也。

东坡《海棠》云：'朱唇得酒晕生脸，翠袖卷纱红映肉。'此以美妇人比花也。山谷《酴醾》云：'露湿何郎试汤饼，日烘荀令炷炉香。'此以美丈夫比花也。山谷此诗出奇，古人所未有，然亦是用'荷花似六郎'之意。"

这段话说得很好。"以画为真"和"以真为画"，或"花比美妇人"和"以美妇人比花"，我们把这种比喻称作双向的比喻。下面举一些例子。

1 李白《当涂赵炎少府粉图山水歌》："峨眉高出西极天，罗浮直与南溟连。名公绎思挥彩笔，驱山走海置眼前。满堂空翠如可扫，赤城霞气苍梧烟。洞庭潇湘意渺绵，三江七泽情洄沿。惊涛汹涌向何处，孤舟一去迷归年。征帆不动亦不旋，飘如随风落天边。心摇目断兴难尽，几时可到三山巅。西峰峥嵘喷流泉，横石蹙水波潺湲。东崖合沓蔽轻雾，深林杂树空芊绵。此中冥昧失昼夜，隐几寂听无鸣蝉。长松之下列羽客，对坐不语南昌仙。南昌仙人赵夫子，妙年历落青云士。讼庭无事罗众宾，杳然如在丹青里。五色粉图安足珍，真仙可以全吾身。若待功成拂衣去，武陵桃花笑杀人。"

2 周紫芝《环翠亭》："客意常随倦鸟还，翠屏空梦小屏颜。更将临老双愁眼，来看平生未见山。西子为谁颦远黛，湘娥何事结烟鬟。千岩万壑无人处，便是辋川图画间。"

3 杜甫《奉先刘少府新画山水障歌》（节引）："堂上不合生枫树，怪底江山起烟雾。闻君扫却赤县图，乘兴遣画沧洲趣。……得非悬圃裂，无乃潇湘翻。悄然坐我天姥下，耳边已似闻清猿。反思前夜风雨急，乃是蒲城鬼神入。元气淋漓障犹湿，真宰上诉天应泣。野亭春还杂花远，渔翁暝蹋孤舟立。

沧浪水深青溟阔,欹岸侧岛秋毫末。不见湘妃鼓瑟时,至今斑竹临江活。"

4 李白《秋登宣城谢朓北楼》:"江城如画里,山晓望晴空。两水夹明镜,双桥落彩虹。人烟寒橘柚,秋色老梧桐。谁念北楼上,临风怀谢公。"

5 刘过《沁园春·斗酒彘肩》(节引):"白云天竺飞来。图画里、峥嵘楼观开。爱东西双涧,纵横水绕,两峰南北,高下云堆。"

6 杜甫《丹青引》(节引):"先帝天马玉花骢,画工如山貌不同。是日牵来赤墀下,迥立阊阖生长风。诏谓将军拂绢素,意匠惨澹经营中。斯须九重真龙出,一洗万古凡马空。玉花却在御榻上,榻上庭前屹相向。"

7 白居易《玉真张观主下小女冠阿容》:"绰约小天仙,生来十六年。姑山半峰雪,瑶水一枝莲。"

8 周邦彦《六丑·蔷薇写后作》(节引):"愿春暂留,春归如过翼。一去无迹。为问花何在,夜来风雨,葬楚宫倾国。钗钿堕处遗香泽。"

9 苏轼《海棠》:"东风袅袅泛崇光,香雾空蒙月转廊。只恐夜深花睡去,故烧高烛照红妆。"

例1,唐汝询《唐诗解》评曰:"写画似真,亦遂驱山走海,奔辏腕下。'杳然如在丹青里',又以真为画。各有奇趣。"这是说李白这首诗兼有两个方向的比喻:诗中说赵炎的山水图是"驱山走海置眼前",是说他图画中的山水都和真的一样。诗中又说赵炎"讼庭无事罗众宾,杳然如在丹青里",这是说生活中的场面和图画一样。例2,周紫芝这首诗也有两方面的比喻。诗中说远山如同西子的翠黛和湘娥的烟鬟,这是以人比山。又说眼前的千岩万壑犹如辋川图,这是以山川比图画。例3是以画为真。例4、例5都说美景如画,这是以真为画。例6,杜甫诗巧妙地把真和画并列,说真假难分,这是称赞绘画艺术的高超。例7是以美女比雪和花。例8是以花比美女。例9是把花和美人合一了。

还有的写在看画时仿佛到了真的山水之间,如:

10 黄庭坚《题郑防画夹五首》其一:"惠崇烟雨归雁,坐我潇湘洞庭。欲唤扁舟归去,故人言是丹青。"

11 韩驹《题湖南清绝图》:"故人来从天柱峰,手提石廪与祝融。两山坡陀几百里,安得置之行李中。下有潇湘水清泻,平沙侧岸摇丹枫。渔舟已入浦溆宿,宿帆日暮犹争风。我方骑马大梁下,怪此物象不与常时同。故人谓我乃绢素,粉精墨妙烦良工。"

例10,说看了画以后真想乘舟归去了,别人说:这是画,不是山水。例11,一开始就说故人把两座山提来了,而且山下还有水有舟。到后面才点出这不是真山水,而是绝妙的山水画。

这双向的比喻都很生动。

(四)糅合的比喻

这是指把比喻的本体和喻体糅合在一起了。下面看两组例句。

(1)眉和山

把女子的眉毛比作远山,这在汉代的《西京杂记》就有用例了,如例1。在诗词中,这样的比喻很多。发展到后来,就直接以"远山"或"春山"指女子的眉毛,或直接以"眉"指山了。例2是很典型的例子:前两句"水是眼波横,山是眉峰聚"很清楚是比喻,但后两句"欲问行人去那边,眉眼盈盈处"则是以"眉眼"指山水。

这个演变过程是怎样发生的?我们先看例句,然后逐步分析。

1《西京杂记》卷二:"文君姣好,眉色如望远山。"

2 王观《卜算子·送鲍浩然之浙东》(上阕):"水是眼波横,山是眉峰聚。欲问行人去那边,眉眼盈盈处。"

3 白居易《和梦游春诗》:"遥见窗下人,娉婷十五六。……眉敛远山青,鬟低片云绿。"

4 罗隐《江南曲》:"江烟湿雨鲛绡软,漠漠远山眉黛浅。水国多愁又有情,夜槽压酒银船满。"

5 柳永《神迷引·一叶扁舟》:"一叶扁舟轻帆卷。暂泊楚江南岸。孤城暮角,引胡笳怨。水茫茫,平沙雁、旋惊散。烟敛寒林簇,画屏展。天际遥山小,黛眉浅。"

6 杜牧《少年行二首》其二:"豪持出塞节,笑别远山眉。"

7 韩偓《半睡》:"眉山暗澹向残灯,一半云鬟坠枕棱。"

8 欧阳修《踏莎行·雨霁风光》:"蓦然旧事上心来,无言敛皱眉山翠。"

9 姜夔《庆宫春·双桨莼波》:"那回归去,荡云雪、孤舟夜发。伤心重见,依约眉山,黛痕低压。"

10 罗隐《湖州裴郎中》:"歌蹙远山珠滴滴,漏催香烛泪涟涟。"

11 苏轼《蝶恋花·记得画屏》:"那日绣帘相见处。低眼伴行,笑整香云缕。敛尽春山羞不语。人前深意难轻诉。"

12 黄庭坚《江城子·新来曾被》:"不成欢笑不成哭。戏人目,远山蹙。"

13 周邦彦《南乡子》:"早起怯梳头。欲绾云鬟又却休。

不会沈吟思底事,凝眸。两点春山满镜愁。"

"远山"或"春山"指一般的山,这样的例子很多,不用列举。

例3的"眉"是女子的眉,诗中把它比作远山。例4、例5反之,把江南的远山和天际的遥山比作眉。例6,把比喻的本体"眉"作为中心语,把喻体"远山"作为定语,构成一个词组"远山眉"(像远山的眉),指女子的眉毛。例7—例9则反之,把比喻的喻体"山"作为中心语,把喻体"眉"作为定语,构成一个词组"眉山"。但三个例句的"眉山"所指不同:例7、例8指眉毛,例9则指像眉之山。"眉山"的中心语是"山",用"眉山"指像眉之山应无问题;但为什么"眉山"可以指眉呢?我想,这和"云鬟"和"鬟云"一样。"云鬟"当然是如云之鬟;但"鬟云"并不指云,而是指"鬟之如云者"。同样,"眉山"指女子之眉,意思是"眉之如山者"。

到了"远山眉"和"眉山"这一步,本体和喻体就糅合在一起了,成为一个整体。在诗词中,眉就是山,山就是眉。因此,例10—例13用"远山"或"春山"指女子之眉。

(2)屏和山

诗词中常把"山"比作"屏",或反过来,把"屏"比作"山"。后来,"翠屏"可直接指山。这个演变的过程和上一组一样,所以可说得简短一点儿。

1 白居易《人定》:"人定月胧明,香消枕簟清。翠屏遮烛影,红袖下帘声。"

2 秦观《浣溪沙》:"漠漠轻寒上小楼。晓阴无赖似穷秋。淡烟流水画屏幽。"

3 寒山《平野水宽阔》:"仙都最高秀,群峰耸翠屏。"

4 令狐楚《游春词三首》其一:"芳树罗仙仗,晴山展翠屏。"

179

5 杜牧《长安晴望》:"翠屏山对凤城开,碧落摇光霁后来。回识六龙巡幸处,飞烟闲绕望春台。"

6 韩偓《懒起》:"笼绣香烟歇,屏山烛焰残。"

7 贺铸《醉春风》:"楼外屏山秀,凭阑新梦后。"

8 孙绰《游天台山赋》:"践莓苔指滑石,拊壁立之翠屏。"

9 杜甫《暮春题瀼西新赁草屋五首》其三:"细雨荷锄立,江猿吟翠屏。"

10 辛弃疾《沁园春·再到期思卜筑》:"一水西来,千丈晴虹,十里翠屏。"

例1、例2的"翠屏"或"画屏"是室内的屏风。例3、例4是把山峰比作翠屏。例5—例7是构成词组"翠屏山"或"屏山"。例6的"屏山"指屏,例7的"屏山"指山。这都和第一组的"眉山"一样,但有一点不同:"翠屏"指山,出现得很早。例8是晋代孙绰《游天台山赋》的例子,已经用"翠屏"直接指山了。所以,在唐诗中"翠屏"直接指山也出现得很早。例9杜甫诗就是这样的例子。这不像"远山"或"春山"指眉是直到晚唐和宋代才出现的。那么,孙绰赋的"翠屏"指山,有没有一个发展过程呢?这个问题还有待于研究。

本小节说"糅合的比喻",除了讨论了两组词语的演变过程以外,更重要的是,提示我们在阅读唐宋诗词的时候,要注意这种比喻类型的特点。比如,当我们看到唐宋诗词中,"眉山""远山""屏山""翠屏"这样一些词语的时候,要仔细分辨:它们在句中究竟是指山还是指眉,是指山还是指屏。

(五)精妙的比喻

比喻一定是有甲乙两事物,其中有相似之点,就拿乙来比喻甲。比如说美女如花似玉、说风景如画等都是常见的比喻。但同样的比喻用得多了,就不新鲜了。唐宋诗词中有些精妙的比喻。

(1)用通常想不到的事物做比喻

1 李白《拟古十二首》其七:"月色不可扫,客愁不可道。"

2 杜牧《沈下贤》:"斯人清唱何人和,草径苔芜不可寻。一夕小敷山下梦,水如环珮月如襟。"

3 苏轼《守岁》:"欲知垂尽岁,有似赴壑蛇。修鳞半已没,去意谁能遮。况欲系其尾,虽勤知奈何。"

4 苏轼《游金山寺》:"微风万顷靴纹细,断霞半空鱼尾赤。"

5 苏轼《新城道中二首》其一:"东风知我欲山行,吹断檐间积雨声。岭上晴云披絮帽,树头初日挂铜钲。"

6 陆游《登拟岘台》:"萦回水抱中和气,平远山如酝藉人。"

7 范成大《秋前风雨顿凉》:"但得暑光如寇退,不辞老景似潮来。"

8 惠洪《谒狄梁公庙》:"九江浪粘天,气势必东下。万山勒回之,到此竟倾泻。如公廷诤时,一快那顾藉。"

9 杨万里《桑茶坑道中八首》其三:"沙鸥数个点山腰,一足如钩一足翘。乃是山农垦斜崦,倚锄无力政无聊。"

10 秦观《浣溪沙·漠漠轻寒》:"自在飞花轻似梦,无边丝雨细如愁。"

11 周邦彦《玉楼春·桃溪不作》:"人如风后入江云,情似雨余黏地絮。"

12 辛弃疾《沁园春·灵山斋庵赋》(下阕):"争先见面重重。看爽气朝来三数峰。似谢家子弟,衣冠磊落,相如庭户,车骑雍容。我觉其间,雄深雅健,如对文章太史公。新堤路,问偃湖何日,烟水蒙蒙。"

13 辛弃疾《粉蝶儿》:"昨日春如,十三女儿学绣,一枝枝、不教花瘦。……而今春似,轻薄荡子难久。"

14 吴文英《浣溪沙·门隔花深》:"落絮无声春堕泪,行云有影月含羞。"

例1,诗词多以山以水喻愁,如杜甫《咏怀》:"忧端齐终南,澒洞不可掇。"李煜《虞美人》:"问君能有几多愁,恰似一江春水向东流。"但李白却以常见的"月色不可扫"来比喻愁绪不可消除。

例2,是杜牧凭吊唐代文人沈亚之的诗作。"水"和"环珮"、"月"和"襟"在外形上毫无相似之处。这两句诗是从流水声想到环珮声,从月色的皎洁想到胸襟的高洁。

例3—例5都是苏轼的比喻。苏轼非常善于使用有新意的比喻,如把一年将尽比喻为赴壑蛇,怎么拉也拉不回来。波纹和靴纹、断霞和鱼尾都差得很远,但苏轼用作比喻却显得十分贴切。用披絮帽来比喻岭上堆着晴云,用挂铜钲来比喻树头的初日,都很生动。

例6,以人的"酝藉"喻山。例7,以"寇退"喻暑气退。都很新颖。

例8、例9都是先写喻体,后写本体。例8先写江水的倾泻,然后说这如同狄仁杰廷诤的气势磅礴而无顾藉。例9先写沙鸥的样子,然后说山腰的老农状如沙鸥。

例10,用抽象的"梦"和"愁"比喻具体的"飞花"和"丝雨",而且说梦"轻"愁"细",都很新颖。

例11,"人"指作者旧时的情人,如今已杳无踪影。"情"指作者的恋情,虽已破碎,但仍然执着。晏几道《木兰花·秋千院落》:

"墙头丹杏雨余花,门外绿杨风后絮。""雨余花"还比较常见,"雨余黏地絮"则是周邦彦的创新。

例12,用"谢家子弟""相如庭户"来比喻松树,已很新颖;用太史公文章来比喻松树,更为奇特。①

例13,用少女绣花来比喻春深的景象,用"轻薄荡子难久"比喻残春的景象,非常切合而又新颖。

例14,把落絮比作春的泪滴,把云影遮月比作月含羞,这是作者着意锤炼的名句。

(2)以通常想不到的相似点做比喻

1 张九龄《赋得自君之出矣》:"自君之出矣,不复理残机。思君如满月,夜夜减清辉。"

2 王维《送沈子福之江东》:"杨柳渡头行客稀,罟师荡桨向临圻。唯有相思似春色,江南江北送君归。"

3 杜牧《金谷园》:"繁华事散逐香尘,流水无情草自春。日暮东风怨啼鸟,落花犹似堕楼人。"

4 李商隐《日日》:"日日春光斗日光,山城斜路杏花香。几时心绪浑无事,得及游丝百尺长。"

5 无可《秋寄从兄贾岛》:"暝虫喧暮色,默思坐西林。听雨寒更彻,开门落叶深。"

本体和喻体在哪一点上相似?这也可以出新。

例1,把人比作月,但不是说人面如月,而是说像满月一样,每

――――――――――
① 按:这几句有的认为是比喻群峰,有的认为比喻松树。陈模《怀古录》卷中《论稼轩词》有云:"赋筑偃湖云:'叠嶂西驰,……'且说松而及谢家子弟、相如车骑、太史公文章,自非脱落故常者,未及闯其堂奥。"(转引自辛更儒《辛弃疾集编年笺注》卷十二)我取陈模之说。

天都会减损一点儿,也就是说,会因为思念而逐渐消瘦。

例2,相思和春色有什么相似?相似在于:相思和春色一样,会跟着你回到江南。

例3,落花一般是用来描写春残的。但作者说"落花犹似堕楼人"。这首诗的题目是金谷园,这是晋代石崇的园子,有人要夺取石崇的爱妾绿珠,绿珠跳楼而死。在这个特定的场景下,作者把落花比作堕楼人。

例4,"心绪"和"游丝"有什么相似处?不仅仅在于"绪"和"丝"有共同之处,更主要的是诗人希望心绪和游丝一样自由自在,毫无挂碍。

例5,《诗人玉屑》卷三:"象外句  唐僧多佳句,其琢句法比物以意,而不指言一物,谓之象外句。如无可上人诗曰:'听雨寒更尽,开门落叶深。'是落叶比雨声也。又曰:'微阳下乔木,远烧入秋山。'是微阳比远烧也。用事琢句,妙在言其用不言其名耳。"所谓"言其用不言其名",指的是落叶和雨在外形上无相似之处,但其声音相似。尤其是夜间在室内,听着像雨声,而实际上是落叶。这句诗,如果不点破,不会想到"听雨"是用来比喻听落叶的。

(3)似而不是

唐宋诗词中有一种"似"的用法值得注意:用"似"表示的是一种错觉:似乎如此,而实际上不是如此。

1 杜甫《对雪》:"战哭多新鬼,愁吟独老翁。乱云低薄暮,急雪舞回风。瓢弃尊无绿,炉存火似红。数州消息断,愁坐正书空。"

2 杜甫《孤雁》:"孤雁不饮啄,飞鸣声念群。谁怜一片影,相失万重云。望尽似犹见,哀多如更闻。野鸦无意绪,鸣噪自纷纷。"

3 许浑《南海府罢……暮宿东溪》:"暗滩水落涨虚沙,滩去秦吴万里赊。马上折残江北柳,舟中开尽岭南花。离歌不断如留客,归梦初惊似到家。山鸟一声人未起,半床春月在天涯。"

4 张先《木兰花·楼下雪飞楼上宴》(下阕):"帘重不知金屋晚,信马归来肠欲断。多情无奈苦相思,醉眼开时犹似见。"

例1是说炉中已经没有火了。

例2是说孤雁失群,望不见同伴,同伴也听不见它的鸣叫。

例3是说归梦醒后人未到家。

例4是说归来后,虽相思而不能见面。

下面谈两个和比喻相关的问题:代字和通感。

## (六)代字

沈义父《乐府指迷》:"炼句下语最是紧。要如咏桃,不可直说破桃,须用'红雨''刘郎'等字。如咏柳,不可直说破柳,须用'章台''灞岸'等字。又咏书,如曰'银钩空满'便是'书'字了,不必更说'书'字。'玉箸双垂'便是泪了,不必更说'泪'字。如'绿云缭绕',隐然鬓发;'困便湘竹',分明是簟。正不必分晓如教初学小儿,说破这是甚物事,方见妙处。往往浅学俗流多不晓此妙用。"

王国维《人间词话》把《乐府指迷》所说的"红雨""章台""银钩""玉箸"这些词称作"代字",并认为沈义父之说"若惟恐人不用代字者。果以是为工,则古今类书具在,又安用词为耶"?确实,用代字不值得提倡。但在唐宋诗词中,这种代字还相当多,我们在阅读时是应该注意的。

1 杜甫《月》:"四更山吐月,残夜水明楼。尘匣元开镜,风帘自上钩。兔应疑鹤发,蟾亦恋貂裘。斟酌姮娥寡,天寒耐九秋。"

2 高适《燕歌行》:"铁衣远戍辛勤久,玉箸应啼别离后。"

3 白居易《溢浦竹》:"剖劈青琅玕,家家盖墙屋。"

4 元稹《留呈梦得子厚致用》:"暗落金乌山渐黑,深埋粉堠路浑迷。"

5 温庭筠《河传·湖上闲望》:"谢娘翠蛾愁不消。终朝,梦魂迷晚潮。"

6 李煜《一斛珠·晓妆初过》:"向人微露丁香颗。一曲清歌,暂引樱桃破。"

7 欧阳修《浣溪沙·湖上朱桥》:"溶溶春水浸春云,碧琉璃滑净无尘。"

8 秦观《江城子·枣花金钏》:"枣花金钏约柔荑,昔曾携。"

9 周邦彦《大酺·对宿烟收》:"墙头青玉旆,洗铅霜都尽,嫩梢相触。"

10 叶梦得《贺新郎·睡起流莺语》:"浪黏天、葡萄涨绿,半空烟雨。"

11 韩元吉《六州歌头·桃花》:"垂杨渡、玉勒争嘶。"

12 姜夔《鹧鸪天·己酉之秋》:"红乍笑,绿长嚬。"

13 吴文英《风入松·听风听雨》:"黄蜂频扑秋千索,有当时、纤手香凝。惆怅双鸳不到,幽阶一夜苔生。"

14 周密《玉京秋·烟水阔》:"衣湿桐阴露冷,采凉花、时赋秋雪。"

这些例句中加横线的都是代字。例1的"镜""钩""兔""蟾"均指月。例2的"玉箸"指泪。例3的"琅玕"指竹。例4的

"金乌"指日。例5的"翠蛾"指女子的眉毛。例6的"丁香颗"指雪白的牙齿,"樱桃"指嘴唇。例7的"碧琉璃"指湖水。例8的"柔荑"指女子的手。例9的"青玉旆"指青竹。例10的"葡萄"指春水。例11的"玉勒"指马。例12的"红"和"绿"指女子的嘴唇和眉毛,"红乍笑,绿长嚬"是说笑时少,愁时多。例13的"双鸳"指女子的双履。例14的"秋雪"指芦花。

代字的情况相当复杂,上面举的只是部分例子,不足以反映代字的全貌。但从这些例子就可以看出,代字究竟表示什么意思并不是很容易弄清楚的。代字的所指,有些可以从字面推断,有些则难以想到。这些代字,有的与用典有关,如例8的"柔荑",出自《诗经·卫风·硕人》"手如柔荑";有些则是作者临时的创造,如例12的"红"和"绿",在这里是指女子的嘴唇和眉毛,但李清照《如梦令》"应是绿肥红瘦"则是指红花和绿叶。所以,我们读唐宋诗词,还应该了解一些常用的代字。

上面所举的代字,很多是用的比喻义。那么,代字和本章第(四)小节所说的"糅合的比喻"有没有关系呢?应该说是有关系的。如第(四)小节的例子"敛尽春山羞不语"和"千丈晴虹,十里翠屏",其中的"春山"和"晴虹""翠屏"都是代字。但是,这两者还不能简单地等同。因为有些代字,如《乐府指迷》所说的"刘郎""章台"等并非比喻;而"玉箸"虽是比喻泪的,但并没有"泪如玉箸"这样明显的比喻说法,也就是说,它一开始就是做代字用的。反过来,有些用作比喻的后来也没有成为代字。如李白《秋登宣城谢朓北楼》:"两水夹明镜,双桥落彩虹。"显然是比喻,但"明镜"没有成为"水"的代字,"彩虹"没有成为"桥"的代字。

(七)通感

"通感"是钱锺书提出的,后来有不少人跟着谈。我认为"通感"的范围不宜放得太大,如用比喻来写音乐的诗句,固然是以听觉形象为主,如鸟鸣声、水流声、人语声等,但也可以用视觉形象,如上面引的韩愈《听颖师弹琴》:"划然变轩昂,勇士赴敌场。浮云柳絮无根蒂,天地阔远随飞扬。"这是作者听了琴声所产生的联想,不能说是听觉通于视觉。

下面的诗句也不是通感:

1 白居易《夜雪》:"已讶衾枕冷,复见窗户明。夜深知雪重,时闻折竹声。"

2 韦应物《送汾城王主簿》:"禁钟春雨细,宫树野烟和。"

3 李贺《天上谣》:"天河夜转漂回星,银浦流云学水声。"

4 李贺《秦王饮酒》:"羲和敲日玻璃声,劫灰飞尽古今平。"

5 李贺《梦天》:"玉轮轧露湿团光,鸾珮相逢桂香陌。"

例1是作者综合写自己的冷暖感觉、视觉、听觉,但几种感觉并未相通。

例2是说在雨中钟声很细。声音有粗有细,并不是通视觉。

李贺的一些诗句常被看作通感,但有的是,有的不是。例3—例5都不是。例3是作者把银河想象成一条河,所以河里的流云有水声。例4是作者把日想象为玻璃质的东西,所以敲了有声。这是诗人奇妙的想象,但不是通感。例5的"团光"不是"一团光",而是指月亮。"团光"在唐诗中仅此一例,但在元代、明代的诗里有例证,说明是指月亮:元林弼《中秋玩月》:"风雨良宵大半妨,清秋此日对团光。"明谢榛《古怨》:"老龙惊动脱明珠,遽走团光留不得。"露水把月亮沾湿了,这是诗人的奇妙想象,但不是通感。

以下句子才是通感:

6 杜甫《船下夔州郭宿,雨湿不得上岸》:"晨钟云外湿,胜地石堂烟。"

7 王建《秋思》:"月渡天河光转湿,鹊惊秋树叶频飞。"

8 李群玉《寄韦秀才》:"空馆相思夜,孤灯照雨声。"

9 史达祖《喜迁莺·月波疑滴》:"月波疑滴。"

10 卢纶《与从弟瑾同下第》:"孤村树色昏残雨,远寺钟声带夕阳。"

例6,"晨钟"不是指钟,而是指钟声。顾宸《辟疆园杜诗注解》:"夜雨如注,晨闻郊外之钟声犹含湿而不能振。是时雨虽过而云犹掩,故钟声如在云外也。"注释得很清楚。诗人因大雨而感觉钟声湿,这是听觉通于触觉。

例7和例5不同,例5说月亮湿,这是想象;例7说光湿,这是视觉通于触觉。

例8,雨声可以照,这是听觉通于视觉。

例9,"月波"是把月光比作水波,进而又感觉月波可以往下滴,这是视觉通于触觉。

例10,诗句"远寺钟声带夕阳"可以有不同理解。如果是"钟声带着夕阳",就可以说是把钟声视觉化了,看作可见之物(如山峰、归鸟之类),因而可以带夕阳。如果和上句连着看,上句说孤村的树色昏暗且带雨,下句说远处寺院却传来钟声,而且寺院带着夕阳,那就不是通感。我持后一种理解。

## 二　对比

唐宋诗词中的对比很多,大致可分为三种情况,分别介绍如下。

(一) 两句或几句对比

1 李白《古风》其十五:"珠玉买歌笑,糟糠养贤才。"
2 李白《江上吟》:"屈平词赋悬日月,楚王台榭空山丘。"
3 杜甫《奉赠韦左丞丈》:"纨袴不饿死,儒冠多误身。"
4 杜甫《自京赴奉先县咏怀》:"朱门酒肉臭,路有冻死骨。"
5 高适《燕歌行》:"战士军前半死生,美人帐下犹歌舞。"
6 白居易《卖炭翁》:"可怜身上衣正单,心忧炭贱愿天寒。"
7 杜牧《河湟》:"牧羊驱马虽戎服,白发丹心尽汉臣。"
8 陈陶《陇西行》:"可怜无定河边骨,犹是春闺梦里人。"
9 苏轼《沁园春·孤馆青灯》:"世路无穷,劳生有限,似此区区长鲜欢。"
10 陆游《诉衷情·当年万里》:"胡未灭,鬓先秋。泪空流。此生谁料,心在天山,身老沧洲。"
11 辛弃疾《沁园春·带湖新居将成》:"甚云山自许,平生意气,衣冠人笑,抵死尘埃。"
12 石孝友《卜算子·见也如何》:"见也如何暮,别也如何遽。别也应难见也难,后会难凭据。"
13 刘过《六州歌头·题岳鄂王庙》:"身草莽,人虽死,气填膺。尚如生。"
14 刘克庄《沁园春·梦孚若》:"叹年光过尽,功名未立,书生老去,机会方来。"

15 贺铸《行路难·缚虎手》:"遗音能记秋风曲,事去千年犹恨促。揽流光,系扶桑,争奈愁来一日却为长。"

上述例句大多是两种情况的对比,意思很清楚,不用细说。有几例要说一下。

例 6 是卖炭翁"衣正单"和"愿天寒"的对比。按常情说,衣单应该"愿天暖",但他却"愿天寒"。这一对比表现了诗人对卖炭翁的深切同情,也为下面的一车炭被夺走做了铺垫。卖炭翁忍饥挨冻是希望用卖炭所得来换取衣食,但最后炭被夺走,这是最强烈的对比,这种对比是整首诗表达的。

例 7 是河湟百姓服装和内心的对比,重点是后一句。

例 11 是作者的志向和现实的对比,想要退隐,但仍在官场。

例 14 是"年光"两句和"书生"两句的对比。

例 15 是"千年犹恨促"和"一日却为长"对比,"揽流光,系扶桑"意思是承上的,因为时间过得太快,所以要设法把时间留住;但真到留住了时光,却又发现有了忧愁,就连一日也太长。

(二) 通篇对比

1 崔护《题都城南庄》:"去年今日此门中,人面桃花相映红。人面不知何处去,桃花依旧笑春风。"

2 刘禹锡《竹枝歌九首》之八:"城西门前滟滪堆,年年波浪不能摧。懊恼人心不如石,少时东去复西来。"

3 许浑《塞下》:"夜战桑干北,秦兵半不归。朝来有乡信,犹自寄征衣。"

4 许浑《途经秦始皇墓》:"龙盘虎踞树层层,势入浮云亦是崩。一种青山秋草里,路人唯拜汉文陵。"

5 高蟾《下第后上永崇高侍郎》:"天上碧桃和露种,日边红杏倚云栽。芙蓉生在秋江上,不向东风怨未开。"

6 梅尧臣《陶者》:"陶尽门前土,屋上无片瓦。十指不沾泥,鳞鳞居大厦。"

7 苏轼《蝶恋花·密州上元》:"灯火钱塘三五夜。明月如霜,照见人如画。帐底吹笙香吐麝。此般风味应无价。　寂寞山城人老也。击鼓吹箫,乍入农桑社。火冷灯稀霜露下。昏昏雪意云垂野。"

8 陆游《谢池春》:"壮岁从戎,曾是气吞残虏。阵云高、狼烽夜举。朱颜青鬓,拥雕戈西戍。笑儒冠、自来多误。　功名梦断,却泛扁舟吴楚。漫悲歌、伤怀吊古。烟波无际,望秦关何处。叹流年、又成虚度。"

9 辛弃疾《水调歌头·舟次扬州》:"落日塞尘起,胡骑猎清秋。汉家组练十万,列舰耸高楼。谁道投鞭飞渡,忆昔鸣髇血污,风雨佛狸愁。季子正年少,匹马黑貂裘。　今老矣,搔白首,过扬州。倦游欲去江上,手种橘千头。二客东南名胜,万卷诗书事业,尝试与君谋。莫射南山虎,直觅富民侯。"

10 辛弃疾《丑奴儿·书博山道中壁》:"少年不识愁滋味,爱上层楼。爱上层楼。为赋新词强说愁。　而今识尽愁滋味,欲说还休。欲说还休。却道天凉好个秋。"

11 李清照《永遇乐》:"落日熔金,暮云合璧,人在何处。染柳烟浓。吹梅笛怨,春意知几许。元宵佳节,融和天气,次第岂无风雨。来相召、香车宝马,谢他酒朋诗侣。　中州盛日,闺门多暇,记得偏重三五。铺翠冠儿,捻金雪柳,簇带争济楚。如今憔悴,风鬟霜鬓,怕见夜间出去。不如向、帘儿底下,听人笑语。"

12 刘辰翁《宝鼎现·春月》:"红妆春骑。踏月影、竿旗穿市。望不尽、楼台歌舞,习习香尘莲步底。箫声断、约彩鸾归去,未怕金吾呵醉。甚辇路、喧阗且止。听得念奴歌起。　　父老犹记宣和事。抱铜仙、清泪如水。还转盼、沙河多丽。滉漾明光连邸第。帘影冻、散红光成绮。月浸葡萄十里。看往来、神仙才子,肯把菱花扑碎。　　肠断竹马儿童,空见说、三千乐指。等多时春不归来,到春时欲睡。又说向、灯前拥髻。暗滴鲛珠坠。便当日、亲见霓裳,天上人间梦里。"

上述例1—例10是绝句的前一联和后一联对比,词的上阕和下阕对比。

例1以去年今日的人在和今年今日的人不在对比。例2以滟滪堆的不变和人心的易变对比。例3以秦兵的战死和家人的寄衣对比。例4以秦始皇和汉文帝对比。例5是以"天上""日边"和"秋江"对比,和左思《咏史》"世胄蹑高位,英俊沈下僚。地势使之然,由来非一朝"是一个意思。例6以陶者无片瓦和富人居大厦对比。例7是对比钱塘的上元和密州的上元。这在本书第二章已经分析过。例8和例9都是以昔日的满怀豪情和今日的失意闲散对比。例10是以少年和而今对比。

例11的对比不以上下阕分,上阕写今日,下阕开头六句回忆昔日,后面又写今日。例12是三叠的词调,分别写北宋、南宋和当时(宋亡后)的元夕,三者形成对比,但主要是宋亡前后的对比。

还有的诗是多重对比。如:

13 陆游《三月十七日夜醉中作》:"前年脍鲸东海上,白浪如山寄豪壮。去年射虎南山秋,夜归急雪满貂裘。今年摧颓最堪笑,华发苍颜羞自照。谁知得酒尚能狂,脱帽向人时大叫。敌人未灭心未平,孤剑床头铿有声。破驿梦回灯欲死,打窗风雨正三更。"

14 范成大《劳畲耕》:"峡农生甚艰,斫畲大山巅。赤埴无土膏,三刀财一田。颇具穴居智,占雨先燎原。雨来亟下种,不尔生不蕃。麦穗黄剪剪,豆苗绿芊芊。饼饵了长夏,更迟秋粟繁。税亩不什一,遗秉得餍餐。何曾识粳稻,扪腹尝果然。我知吴农事,请为峡农言。吴田黑壤腴,吴米玉粒鲜。长腰饱犀瘦,齐头珠颗圆。红莲胜雕胡,香子馥秋兰。或收虞舜余,或自占城传。早籼与晚穤,烂炊甑齞间。不辞春养禾,但畏秋输官。奸吏大雀鼠,盗胥众螟蠈。掠剩增釜区,取盈折缗钱。两钟致一斛,未免催租瘝。重以私债迫,逃屋无炊烟。晶晶云子饭,生世不下咽。食者定游手,种者长流涎。不如峡农饱,豆麦终残年。"

例13,前四句写当年的豪举,与后面"今年……自照"的摧颓对比;后面"谁知"到"有声"四句,说壮志犹在,又和"今年……自照"的摧颓对比。最后两句又回到夜间的情况,和前面的豪举、壮志对比。

例14,通篇以"峡农"和"吴农"对比,"峡农"和"吴农"又各自有对比:峡农耕种辛苦,但生活温饱;吴农壤肥米鲜,耕种容易,但生活艰难。其中说到"食者定游手,种者长流涎",又是一层对比。总的来说是悯农,特别是揭露租税的繁重和官吏的掠夺。

(三) 篇末对比

1 李白《古风》之三:"秦皇扫六合,虎视何雄哉。飞剑决浮云,诸侯尽西来。……但见三泉下,金棺葬寒灰。"

2 李白《越中览古》:"越王勾践破吴归,义士还乡尽锦衣。宫女如花满春殿,只今惟有鹧鸪飞。"

3 李白《古风》其三十四:"羽檄如流星,虎符合专城。喧呼救边急,群鸟皆夜鸣。……千去不一回,投躯岂全生。如何舞干戚,一使有苗平。"

4 白居易《秦中吟·轻肥》:"气骄满路,鞍马光照尘。借问何为者,人称是内臣。朱绂皆大夫,紫绶或将军。夸赴军中宴,走马去如云。尊罍溢九酝,水陆罗八珍。果擘洞庭橘,脍切天池鳞。食饱心自若,酒酣气益振。是岁江南旱,衢州人食人。"

5 白居易《秦中吟·买花》:"帝城春欲暮,喧喧车马度。共道牡丹时,相随买花去。贵贱无常价,酬直看花数。灼灼百朵红,戋戋五束素。上张幄幕庇,旁织巴篱护。水洒复泥封,移来色如故。家家习为俗,人人迷不悟。有一田舍翁,偶来买花处。低头独长叹,此叹无人喻。一丛深色花,十户中人赋。"

6 李商隐《泪》:"永巷长年怨绮罗,离情终日思风波。湘江竹上痕无限,岘首碑前洒几多。人去紫台秋入塞,兵残楚帐夜闻歌。朝来灞水桥边问,未抵青袍送玉珂。"

7 李商隐《马嵬》之二:"海外徒闻更九州,他生未卜此生休。空闻虎旅传宵柝,无复鸡人报晓筹。此日六军同驻马,当时七夕笑牵牛。如何四纪为天子,不及卢家有莫愁。"

8 陆游《诉衷情·当年万里》:"当年万里觅封侯,匹马戍梁州。关河梦断何处,尘暗旧貂裘。　胡未灭,鬓先秋,泪空流。此生谁料,心在天山,身老沧洲。"

9 辛弃疾《破阵子·为陈同甫赋壮语以寄》:"醉里挑灯看

剑,梦回吹角连营。八百里分麾下炙,五十弦翻塞外声。沙场秋点兵。　马作的卢飞快,弓如霹雳弦惊。了却君王天下事,赢得生前身后名。可怜白发生。"

这些都是前面写了一大段,极力渲染,最后用一两句话做对比,话虽短,但有千钧之力。

例1、例2先写秦王和越王的威势,最后写他们的结局。

例3先写战争的残酷,最后写舜舞干戚而有苗平。

例4、例5,篇末点题是白居易常用的手法,"是岁江南旱,衢州人食人"和内臣的骄奢淫逸形成鲜明的对比,"一丛深色花,十户中人赋"和权贵的买花形成鲜明的对比。

例6,前面说了很多怨和恨,最后以"青袍送玉珂"做对比,而且说"未抵"(比不上),即寒士送达官是最可悲的。

例7以"卢家有莫愁"与杨贵妃的结局对比。

例8、例9都是以作者的豪情与无情的现实对比,这和本节"(二)"的例8、例10相同,但"(二)"是通篇对比,而这里是篇末对比。

(四)不明显的对比

有些诗歌实际上是有对比的,但对比的一方不明显,所以不容易看出来。如:

1 王昌龄《春宫曲》:"昨夜风开露井桃,未央前殿月轮高。平阳歌舞新承宠,帘外春寒赐锦袍。"

2 李白《苏台览古》:"旧苑荒台杨柳新,菱歌清唱不胜春。只今惟有西江月,曾照吴王官里人。"

3 许浑《经故太尉段公庙》:"徒想追兵缓翠华,古碑荒庙闭松花。纪生不向荥阳死,争有山河属汉家?"

4 杜牧《题桃花夫人庙》:"细腰宫里露桃新,脉脉无言度几春。至竟息亡缘底事,可怜金谷坠楼人。"

5 李商隐《吴宫》:"龙槛沉沉水殿清,禁门深掩断人声。吴王宴罢满宫醉,日暮水漂花出城。"

6 张俞《蚕妇》:"昨日到城郭,归途泪满巾。遍身罗绮者,不是养蚕人。"

例1,是写宫怨的。宫怨诗一般都有得宠宫女和失宠宫女的对比,但这首绝句在字面上只出现得宠宫女。那么怎样体现对比呢?这是从失宠宫女的角度来抒写。沈德潜《唐诗别裁》:"只说他人之承宠,而己之失宠悠然可会。"

例2,前一联写今日之苏台,后一联说的也是"只今",对比表现在哪里呢?实际上,后一联是回忆往昔的繁华,而今日皆已成空。这是古今的对比。李锳《诗法易简录》云:"一、二句但写今日苏台之风景,已含起吴宫美人不可复见意,却妙在三、四句不从不得见处写,转借月之曾经照见写,而美人之不可复见,已不胜感慨矣。"

例3,段太尉是段秀实,唐德宗时朱泚反,派军队进攻长安,段秀实假冒朱泚之命让军队返回,后来段秀实被朱泚杀死。这首绝句是作者经过段太尉庙所作,感叹唐代君主对功臣之薄。类似题材的诗有赵嘏《经汾阳旧宅》:"门前不改旧山河,破虏曾轻马伏波。今日独经歌舞地,古槐疏冷夕阳多。"赵嘏诗前两句写汾阳王郭子仪功勋之高,后两句写其旧宅之冷落,对比很鲜明。许浑的诗第二句写了段太尉庙的冷落,对段太尉的功勋似乎只有第一句说到,好像对比不明显。其实,第三、四句还是写段太尉的。楚汉相争时,项羽把刘邦围在荥阳,刘邦的部下纪信假冒刘邦从东门出去,刘邦乘机从西门潜逃,后来项羽烧杀纪信。这两句是把段秀实的功劳比作纪信,说他保住了唐的江山,但他的庙却如此冷落。所以,对比是很鲜明的。

例4,桃花夫人庙是为息夫人建的庙。息夫人是战国时息国国君的夫人。楚王贪图息夫人的美色,把息灭了,把息夫人带回宫中,息夫人为楚王生二子,但始终不共楚王言。杜牧认为息夫人不值得赞美,因为息就是因她而亡的,而且用"金谷坠楼人"来和她对比。"金谷坠楼人"指石崇的爱妾绿珠,当别人来夺取她时,她跳楼而亡。① 因为只用一句,而且没有细说坠楼之事,所以读的时候可能会觉得对比不明显,这需要我们读的时候细心一点儿。

例5,这首诗的题目是"吴宫"。作者要写吴宫的什么呢?前面两句是写吴宫沉寂的景象,到第三句写这是因为"吴王宴罢满宫醉",由此可以想象宴会的豪奢和喧闹,但在诗中没有正面写出;第四句是一种败落的景象,这是和宴会的豪奢和喧闹做对比的,意味着繁华即将消亡。这里的对比隐藏得很深。

例6,可以和本节"(二)"引的梅尧臣《陶者》参看。《陶者》写了两种人,对比很清楚。《蚕妇》只写了"遍身罗绮者",而没有写蚕妇的穿着如何。但这是可以从蚕妇的"泪满巾"而推知的。

也有相反的情况,表面上有两者的对比,实际上没有。如韩愈的一首诗:

> 7 韩愈《八月十五夜赠张功曹》:"纤云四卷天无河,清风吹空月舒波。沙平水息声影绝,一杯相属君当歌。君歌声酸辞且苦,不能听终泪如雨。……君歌且休听我歌,我歌今与君殊科。一年明月今宵多,人生由命非由他。有酒不饮奈明何。"

---

① 杜牧在《金谷园》诗中也写过绿珠之事,见本章一(五)(2)例3所引。

诗中的"张功曹"是张署,他曾和韩愈同任监察御史,又因触怒权贵而一起被贬,两人的心情是一样的。诗中首先写张署的歌十分酸苦,抒发了一肚子怨愤;然后写自己,"我歌今与君殊科",说自己要知命达变,心平气和。这两者似乎是对比,其实不然。实际上,韩愈是故作旷达,而他的怨愤之情,已经由张署的歌说出来了。

所以,诗词中的对比似乎简单,但有时候也要细细体会。

# 第八章 奇巧和真切

唐宋诗词的表达方式多种多样,有的很奇,有的很巧,有的很真。当然,必须说明,这三者不是对立的,"奇"和"巧"都要以"真"为基础。下面分别讨论。

## 一 奇想

唐宋诗词中有一些很奇特的想象。古代的诗话曾说到这些"惊人句"。如:

> 杨万里《诚斋诗话》:"诗有惊人句。杜《山水障》:'堂上不合生枫树,怪底江山起烟雾。'又'斫却月中桂,清光应更多'。白乐天云:'遥怜天上桂华孤,为问姮娥更寡无?月中幸有闲田地,何不中央种两株?'韩子苍《衡岳图》:'故人来自天柱峰,手提石廪与祝融。两山坡陀几百里,安得置之行李中?'此亦是用东坡云'我持此石归,袖中有东海'。杜牧之云:'我欲东召龙伯公,上天揭取北斗柄。蓬莱顶上斡海水,水尽见底看海空。'李贺云:'女娲炼石补天处,石破天惊逗秋雨。'"

《诚斋诗话》所举的诗句,有各种不同的情况。杜甫《山水障》和韩驹(子苍)《衡岳图》在本书第七章"比喻"的"以画为真"部分说过,杜诗是对画中图景的想象,韩驹诗是说把画着石廪与祝融的画卷提在手里。所引苏轼诗的诗题为"文登蓬莱阁下,石壁千丈,为海浪所战,时有碎裂……",诗中说的是把一块碎石取了回来,就好像"袖中有东海"。这些诗都不是表示有超自然的神奇力量。杜甫的"斫却月中桂"和白居易的"何不中央种两株",照本章的分类,应属"巧思"。只有杜牧和李贺的诗,才属于本章所说的"奇想"。

唐宋诗词的"奇想"大致可分为两类。

(一)奇幻

诗人的想象可以上天入地,所以诗词中有不少奇幻的景象。如:

1 李白《梁甫吟》(节录):"我欲攀龙见明主,雷公砰訇震天鼓。帝傍投壶多玉女,三时大笑开电光,倏烁晦冥起风雨。阊阖九门不可通,以额扣关阍者怒。"

2 杜甫《兵车行》(节录):"君不见青海头,古来白骨无人收。新鬼烦冤旧鬼哭,天阴雨湿声啾啾。"

3 李贺《天上谣》:"天河夜转漂回星,银浦流云学水声。玉宫桂树花未落,仙妾采香垂珮缨。秦妃卷帘北窗晓,窗前植桐青凤小。王子吹笙鹅管长,呼龙耕烟种瑶草。粉霞红绶藕丝裙,青洲步拾兰苕春。东指羲和能走马,海尘新生石山下。"

4 杜牧《池州送孟迟先辈》(节录):"人生直作百岁翁,亦是万古一瞬中。我欲东召龙伯翁,上天揭取北斗柄。蓬莱顶上斡海水,水尽到底看海空。月于何处去,日于何处来?跳丸相趁走不住,尧舜禹汤文武周孔皆为灰。"

5 李清照《渔家傲》:"天接云涛连晓雾。星河欲转千帆舞。仿佛梦魂归帝所。闻天语。殷勤问我归何处。　我报路长嗟日暮。学诗谩有惊人句。九万里风鹏正举。风休住。

201

蓬舟吹取三山去。"

6 陆游《木兰花慢·夜登青城山玉华楼》(下阕):"星坛夜学步虚吟。露冷透瑶簪。对翠凤披云,青鸾逆月,宫阙萧森。琅函一封奏罢,自钧天帝所有知音。却过蓬壶啸傲,世间岁月骎骎。"

7 辛弃疾《千年调》(上阕):(开山径得石壁,因名曰苍壁,出望外,意天之所赐邪,喜而赋之。)"左手把青霓,右手挟明月。吾使丰隆前导,叫开阊阖。周游上下,径入寥天一。览县圃,万斛泉,千丈石。"

8 姜夔《满江红·仙姥来时》:"仙姥来时,正一望、千顷翠澜。旌旗共、乱云俱下,依约前山。命驾群龙金作軛,相从诸娣玉为冠。向夜深、风定悄无人,闻佩环。　神奇处,君试看。莫淮右,阻江南。遣六丁雷电,别守东关。却笑英雄无好手,一篙春水走曹瞒。又怎知、人在小红楼,帘影间。"

这种奇幻的景象在李贺的诗里最突出,例3只是举了他一首诗。但诗词毕竟还是以写现实生活为主,像李贺《天上谣》那样通篇写天上景象的不太多。上引例1、例2、例4都是在写现实生活时为表达作者的感情而写的虚幻场景。

例1李白《梁甫吟》作于李白见唐玄宗而又遭谗被放之后。沈德潜《唐诗别裁》谓此段"见朝之权贵女子小人,拥遏主听,忠言不得上陈也"。葛立方《韵语阳秋》卷十:"李太白《古风》两卷,近七十篇,身欲为神仙者殆十三四,或欲把芙蓉而蹑太清,或欲挟两龙而凌倒景。……岂非因贺季真有谪仙之目,而因为是以信其说耶?抑身不用,郁郁不得志,而思高举远引耶?尝观其所作《梁父吟》,……有云'我欲攀龙见明主,雷公砰訇震天鼓。帝旁投壶多玉女,三时大笑开电光,倏烁晦冥起风雨。阊阖九门不可通,以额扣关阍者怒'。人间门户,尚不可入,则太清倒景,岂易凌蹴乎!太白忤杨妃而去国,所谓'玉女起风雨'者,乃怨怼妃子之词也。"李白喜欢修仙学道,但他诗篇中的虚幻之辞,多数还是因不得志而作的。

例2是作者对唐朝穷兵黩武、残害生灵的控诉。

例4,"龙伯翁"是传说中的巨人,"我欲东召"几句,是说若有巨人以北斗挹取海水,大海瞬息见底。这是感叹万物变幻无常,人生更是短暂,沧海桑田之变只是瞬息之事,尧舜周孔更是转眼成灰。

词以抒情为主,词中奇幻之语比较少见。例5是作者梦见到了帝所,和天帝对话。例6是陆游入蜀时游青城山,登道观玉华楼时所作,作者想象到了天上。例7,辛弃疾开山得一石壁,以为天所赐,词中所写也是作者的想象。例8,作者写的是一位巢湖仙姥,能驾群龙,从仙女,遣六丁雷电。

(二) 夸张

上述诗词中所写的事物都是世间所无的。下面一些句子,所写的还是世间的事物,只是做了夸张。

关于夸张,《诗人玉屑》中有一段话说得很好:

《诗人玉屑》卷一:赵章泉论诗贵乎似。论诗者贵乎似,论似者可以言尽耶?少陵《春水生》二首云:"二月六夜春水生,门前小滩浑欲平。鸂鶒溪鹅莫漫喜,吾与汝曹俱眼明。""一夜水高二尺强,数日不敢更禁当。南市津头有船卖,无钱即买系篱傍。"曾空青《清樾轩》二诗云:"卧听滩声潎潎流,冷风凄雨似深秋。江边石上乌白树,一夜水长到梢头。""竹间嘉树密扶疏,异乡物色似吾庐。清晓开门出负水,已有小舟来卖鱼。"似耶不似耶?学诗者不可以不辨。

确实,夸张不是形似,而是神似。在诗词这样的艺术作品中,夸张是作者的一种独特的艺术想象,带给读者的是一种精神上的美的享受。

(1)夸张在唐宋诗词中很常见,略举数例。

1 孟浩然《望洞庭湖赠张丞相》:"气蒸云梦泽,波撼岳阳城。"

2 李白《金乡送韦八之西京》:"狂风吹我心,西挂咸阳树。"

3 李白《北风行》:"燕山雪花大如席,片片吹落轩辕台。"

4 杜甫《登岳阳楼》:"吴楚东南坼,乾坤日夜浮。"

5 岑参《走马川行》:"轮台九月风夜吼,一川碎石大如斗,随风满地石乱走。"

6 胡令能《咏绣障》:"日暮堂前花蕊娇,争拈小笔上床描。绣成安向春园里,引得黄莺下柳条。"

7 李益《春夜闻笛》:"寒山吹笛唤春归,迁客相看泪满衣。洞庭一夜无穷雁,不待天明尽北飞。"

8 赵嘏《水调歌第四》:"陇头一段气长秋,举目萧条总是愁。只为征人多下泪,年年添作断肠流。"

9 张元干《石州慢·己酉秋》:"心折。长庚光怒,群盗纵横,逆胡猖獗。欲挽天河,一洗中原膏血。"

10 周密《闻鹊喜·吴山观涛》:"天水碧,染就一江秋色。鳌戴雪山龙起蛰。快风吹海立。"

例3,燕山有雪花,但"大如席"是夸张。例5,轮台有沙石,但"大如斗"是夸张,"随风满地石乱走"也是夸张。例7,大雁听了曲子立即北飞;例8,泪水添作断肠流,显然都是夸张。其他例句就不一一解说了。

杨万里有一首诗,全都是夸张之辞:

11 杨万里《池口移舟入江再泊十里头潘家湾阻风不止》:"北风五日吹江练,江底吹翻作江面。大波一跳入天半,粉碎银山成雪片。五日五夜无停时,长江倒流都上西。计程一日二千里,今逾滟滪到峨眉。更吹两日江必竭,却将海水来相接。老夫蚤知当陆行,错料一帆超十程。如今判却十程住,何策更与阳侯争。水到峨眉无去处,下梢不到忘归路。我到金陵水自东,只恐从此无南风。"

(2)假设之辞也可以用夸张,而且正因为是假设,用夸张就更自由,夸张会使表达力更强。如:

1 李白《江上吟》:"功名富贵若长在,汉水亦应西北流。"

2 王建《望夫石》:"望夫处,江悠悠。化为石,不回头。山头日日风复雨,行人归来石应语。"

3 柳宗元《与浩初上人同看山寄京华亲故》:"海畔尖山似剑铓,秋来处处割愁肠。若为化得身千亿,散上峰头望故乡。"

4 白居易《新制绫袄成感而有咏》:"争得大裘长万丈,与君都盖洛阳城。"

5 陆龟蒙《新沙》:"渤澥声中涨小堤,官家知后海鸥知。蓬莱有路教人到,应亦年年税紫芝。"

6 敦煌曲子词《菩萨蛮》:"枕前发尽千般愿:要休且待青山烂,水面上秤锤浮,直待黄河彻底枯。 白日参辰现,北斗回南面。休即未能休,且待三更见日头。"

7 秦观《江城子·西城杨柳》:"便做春江都是泪,流不尽,许多愁。"

　　8 张炎《湘月·行行且止》:"纵使如今犹有晋,无复清游如此。"

　　假设句通常由两部分组成:假设出现甲的情况,就会出现乙的结果。例3、例4、例5、例7、例8的夸张在甲的位置。例3说如果"化得身千亿",就能在峰头望见故乡。例4说怎能有万丈的大裘,可以覆盖洛阳城。这都是好的愿望。例5是说如果有路到蓬莱,朝廷也会在蓬莱收税,这是讽刺朝廷的搜刮民财。例7、例8是假设的让步。例7说即使春江都是泪,也流不尽这么多愁。例8说即使现在还有晋朝,也不会有这样的清游。例1、例2、例6的夸张在乙的位置。例2说如果行人回来了,望夫石就会开口说话。例1和例6是说这种夸张的情况不会出现,所以前面的假设不可能成立,即汉水不可能西北流,所以功名富贵不可能长在;青山不会烂,水面上不能浮秤锤,所以恋情不可能休止。这些假设之辞中的夸张,都在传情达意方面起了很好的作用。

## 二　巧思

　　在唐宋诗词中,表现作者"奇想"的作品和句子很多,但更多的是作品和句子是作者的"巧思"。所谓"巧思"是说作者不用通常的方式来表达,而是表达得更巧妙,更让读者有品味欣赏的余地。下面分四个方面来谈。

　　(一)变换角度

　　变换角度最常见的是:不说自己客居未归,而说春、秋风先归或燕、雁先归;不说自己思念家人(或他人),而说家人(或他人)思念自己。其他还有不少变换角度的表达,先看例句再做分析。如:

1 宋之问《新年作》:"乡心新岁切,天畔独潸然。老至居人下,春归在客先。"

2 张说《蜀道后期》:"客心争日月,来往预期程。秋风不相待,先至洛阳城。"

3 辛弃疾《汉宫春·立春日》:"生怕见、花开花落,朝来塞雁先还。"

4 王维《九月九日忆山东兄弟》:"独在异乡为异客,每逢佳节倍思亲。遥知兄弟登高处,遍插茱萸少一人。"

5 白居易《邯郸冬至夜思家》:"邯郸驿里逢冬至,抱膝灯前影伴身。想得家中夜深坐,还应说著远行人。"

6 柳永《八声甘州·对潇潇》:"不忍登高临远,望故乡渺邈,归思难收。叹年来踪迹,何事苦淹留。想佳人、妆楼颙望,误几回、天际识归舟。"

7 沈佺期《杂诗三首》其三:"闻道黄龙戍,频年不解兵。可怜闺里月,长在汉家营。少妇今春意,良人昨夜情。谁能将旗鼓,一为取龙城。"

8 李白《送友人入蜀》:"见说蚕丛路,崎岖不易行。山从人面起,云傍马头生。"

9 顾况《洛阳早春》:"何地避春愁,终年忆旧游。一家千里外,百舌五更头。客路偏逢雨,乡山不入楼。故园桃李月,伊水向东流。"

10 卢纶《长安春望》:"东风吹雨过青山,却望千门草色

207

闲。家在梦中何日到,春生江上几人还。"

11 王建《十五夜望月寄杜郎中》:"中庭地白树栖鸦,冷露无声湿桂花。今夜月明人尽望,不知秋思在谁家。"

12 元稹《六年春遣怀八首》其五:"伴客销愁长日饮,偶然乘兴便醺醺。怪来醒后傍人泣,醉里时时错问君。"

例1—例3是说春/秋风/塞雁先归。例4—例6是说兄弟/家人/佳人思念我。

例7,"可怜闺里月,长在汉家营"是说昔日夫妇同看的明月,随着良人的从军,已经到汉家营里去了。也就是说,少妇思念良人,只能独自望着天上的明月,希望在汉家营里的良人能和自己同看。

例8,"山从人面起,云傍马头生",通常的说法是人向山崖去,马在云中行。现在不从"人"和"马"来说,而从"山"和"云"来说,是角度的变换。

例9,"客路偏逢雨,乡山不入楼",意思是在客舍的楼上望不到乡山。

例10,"家在梦中何日到,春生江上几人还",意思是在客舍里只能在梦中见到家乡,春已到来,但自己尚未还家。

例11,"今夜月明人尽望,不知秋思在谁家","在"一作"落",用"落"更为传神。唐汝询《唐诗解》卷二九:"此时望月者众,感秋者谁?恐无如我耳。"沈德潜《重订唐诗别裁集》卷二十:"不说明己之感秋,故妙。"不说自己感秋,而说"不知秋思落谁家",把角度从"我"换成"秋思"。

例12,是元稹悼念亡妻之作。但诗中不说自己的悲或泣,而是说自己借酒消愁,醉后醒来看到"傍人泣",原因是"傍人"看到自己"醉里时时错问君",这个"君"是指亡妻。这种举动使"傍人"不由得流泪。这更是变换角度,写出了对亡妻的深情。

(二)赋物以情

钟嵘《诗品》一开头就说:"气之动物,物之感人,故摇荡性情,形诸舞咏,照烛三才,晖丽万有,灵祇待之以致飨,幽微籍之以昭告,动天地感鬼神,莫近于诗。"在诗词中,"人"和"物"是互动的,人看到或感受到物的变化,因而产生情,在诗词中,就把这种情表达出来。在通常情况下,是以人为主体,写某人或自己有何感受。但有时,作者也以物为主体,还特意赋物以情,好像山水花鸟和季节(春、秋)都是有生命的,写出一些动人的篇章或句子。

(1)山和水

1 李白《独坐敬亭山》:"众鸟高飞尽,孤云独去闲。相看两不厌,只有敬亭山。"

2 辛弃疾《菩萨蛮·金陵赏心亭》:"青山欲共高人语,联翩万马来无数。"

3 温庭筠《过分水岭》:"溪水无情似有情,入山三日得同行。岭头便是分头处,惜别潺湲一夜声。"

4 苏轼《南歌子·雨暗初疑夜》:"只有多情流水、伴人行。"

(2)树木花草

5 岑参《山房春事二首》其二:"梁园日暮乱飞鸦,极目萧条三两家。庭树不知人死尽,春来还发旧时花。"

6 韩愈《晚春》:"草树知春不久归,百般红紫斗芳菲。杨花榆荚无才思,惟解漫天作雪飞。"

7 欧阳炯《春光好》:"天初暖,日初长,好春光。万汇此时皆得意,竞芬芳。　笋迸苔钱嫩绿,花偎雪坞浓香。谁把金丝裁剪却,挂斜阳。"

8 周邦彦《一落索·眉共春山争秀》:"眉共春山争秀。可怜长皱。莫将清泪湿花枝,恐花也、如人瘦。　清润玉箫闲久。知音稀有,欲知日日倚阑愁,但问取、亭前柳。"

9 吴文英《唐多令·惜别》(下阕):"年事梦中休。花空烟水流。燕辞归、客尚淹留。垂柳不萦裙带住。漫长是、系行舟。"

10 张先《一丛花令》(下阕):"双鸳池沼水溶溶。南北小桡通。梯横画阁黄昏后,又还是、斜月帘栊。沈恨细思,不如桃杏,犹解嫁东风。"

(3)月

11 朱淑真《菩萨蛮》:"山亭水榭秋方半。凤帏寂寞无人伴。愁闷一番新。双蛾只旧颦。　起来临绣户。时有疏萤度。我谢月相怜,今宵不忍圆。"

(4)雪

12 韩愈《春雪》:"新年都未有芳华,二月初惊见草芽。白雪却嫌春色晚,故穿庭树作飞花。"

(5)雨

13 温庭筠《更漏子·玉炉香》:"梧桐树,三更雨。不道离情正苦,一叶叶,一声声。空阶滴到明。"

(6)风

14 贺知章《咏柳》:"碧玉妆成一树高,万条垂下绿丝绦。不知细叶谁裁出,二月春风似剪刀。"

15 李白《劳劳亭》:"天下伤心处,劳劳送客亭。春风知别苦,不遣柳条青。"

16 刘攽《新晴》:"青苔满地初晴后,绿树无人昼梦余。唯有南风旧相熟,径开门户又翻书。"

17 晏殊《踏莎行·小径红稀》(上阕):"小径红稀,芳郊绿遍。高台树色阴阴见。春风不解禁杨花,蒙蒙乱扑行人面。"

(7)春

18 王观《卜算子·水是眼波横》:"水是眼波横,山是眉峰聚。欲问行人去那边,眉眼盈盈处。　才始送春归,又送君归去。若到江东赶上春,千万和春住。"

19 黄庭坚《清平乐·春归何处》:"春归何处。寂寞无行路。若有人知春去处。唤取归来同住。　春无踪迹谁知。除非问取黄鹂。百啭无人能解,因风飞过蔷薇。"

20 辛弃疾《摸鱼儿·更能消》(上阕):"更能消、几番风雨。匆匆春又归去。惜春长恨花开早,何况落红无数。春且住。见说道、天涯芳草迷归路。怨春不语。算只有殷勤,画檐蛛网,尽日惹飞絮。"

21 辛弃疾《祝英台令·晚春》(下阕):"鬓边觑。试把花卜心期,才簪又重数。罗帐灯昏,呜咽梦中语。是他春带愁来,春归何处。却不解、将愁归去。"

22 刘辰翁《沁园春·送春》:"春汝归欤,风雨蔽江,烟尘暗天。况雁门厄塞,龙沙渺莽,东连吴会西至秦川。芳草迷津,飞花拥道,小为蓬壶借百年。江南好,问夫君何事,不少留连。　江南正是堪怜。但满眼杨花化白毡。看兔葵燕麦,华清宫里,蜂黄蝶粉,凝碧池边。我已无家,君归何里,中路徘徊七宝鞭。风回处,寄一声珍重,两地潸然。"

211

(8) 其他

23 张仲素《秋夜曲》:"丁丁漏水夜何长,漫漫轻云露月光。秋壁暗虫通夕响,寒衣未寄莫飞霜。"

这些例子,不必一一解释,只说其中一些。韩愈《春雪》的构思很巧妙,把雪比作花,是通常的想象,但作者又加上另一层意思:他先以"新年都未有芳华,二月初惊见草芽"做铺垫,然后说"白雪却嫌春色晚",所以特意飘洒在树间,给春天带来一些花。李白《劳劳亭》是说在早春送客时,劳劳亭还没有柳丝。把柳丝和送别联系起来,把春风和柳条联系起来,都是常见的。但作者进一步说,这是因为春风知道离别之苦,所以"不遣柳条青",这种构思就显得很巧妙。

更有意思的是,在诗词中把"春"也看作是有生命、有灵性的。在辛弃疾的词中,春可以带愁来,但不肯带愁归去;人们可以和春说话,春可以不与人语。在王观和黄庭坚的词中,春还是一个有生命的主体,他会离人而去,也可以由人赶上,并把他唤回来。刘辰翁《沁园春·送春》是在宋朝灭亡后写的,作者和"春"对话,词里面上阕的"夫君"和下阕的"君"都是指"春",作者说:你为何不稍停留呢?我已无家,你也无处可去。但春还是走了,作者只能"寄一声珍重,两地潸然"。"珍重"是唐宋时道别的用语,这两句是说只能流着泪和春告别。整首词充满国破家亡的哀痛。

赋物以情还有很多例子,类别也不止上述这些。张仲素的诗是戍边士兵的妻子担心丈夫没有寒衣,祈求"莫飞霜"。这是向谁祈求?是向司寒女神,还是向老天爷?诗中没有明说,我们也不必细问,只要知道诗词中一些自然现象(如"飞霜")往往是被看作有生命、有灵性的就可以了。

## （三）别出新意

诗词创作要不落俗套,富有新意。这可以表现在几个方面。

(1)异于常理或常情。《苕溪渔隐丛话前集》卷十九:"《冷斋诗话》云:……东坡云:诗以奇趣为宗,反常合道为趣。""反常合道"指的是初看和通常所说的相反,但细想是有道理的。这样才是"趣",不让人觉得乏味,这才能别出新意。如:

1 王绩《过酒家五首》其二:"此日长昏饮,非关养性灵。眼看人尽醉,何忍独为醒。"

2 薛昭蕴《谒金门·春满院》:"春满院,叠损罗衣金线。睡觉水精帘未卷,帘前双语燕。 斜掩金铺一扇,满地落花千片。早是相思肠欲断,忍教频梦见。"

3 晏几道《鹧鸪天·醉拍春衫》(下阕):"云渺渺,水茫茫。征人归路许多长。相思本是无凭语,莫向花笺费泪行。"

4 李端《听筝》:"鸣筝金粟柱,素手玉房前。欲得周郎顾,时时误拂弦。"

5 刘采春《啰唝曲六首》其一:"不喜秦淮水,生憎江上船。载儿夫婿去,经岁又经年。"

6 李益《江南曲》:"嫁得瞿塘贾,朝朝误妾期。早知潮有信,嫁与弄潮儿。"

7 张先《一丛花令·伤高怀远》:"沈恨细思,不如桃杏,犹解嫁东风。"

例1,诗人通常都用醉来解愁,李白《将进酒》:"但愿长醉不愿醒。"但王绩诗却说"眼看人尽醉,何忍独为醒"。这是说世俗的愚昧污浊,而无法唤醒世人。

例2,和情人远隔,总是希望梦里相见。但薛昭蕴的词却说"早是相思肠欲断,忍教频梦见",相思已经够苦了,怎么忍心让我在梦里频频相见?细想这是有道理的:梦中相见而梦醒后不在,只能增加痛苦。

例3,和情人分离时,总盼望与情人书信来往。但晏几道的词却说:"相思本是无凭语,莫向花笺费泪行。"相思都无益,写信有什么用?

例4,音乐是传情达意的手段,诗词中常有女子为情人动情地鼓瑟弹琴的描写。但李端的诗却说"时时误拂弦",这是因为"曲有误,周郎顾"。诗中没有点明这两句,但女子这种反常的做法是有它的道理的。

例5,船家女子怨恨的是夫婿常不在家,但诗中写的是她恨江上船,甚至恨秦淮水。例6,商人妇怨恨夫婿归家常常延误,因为潮汐有信,她想嫁一个弄潮儿。例7是说女子想和桃杏一样嫁东风。贺裳《皱水轩词筌》说张先的词和李益的诗"无理而妙",妙就妙在以无理之怨生动地写出了女子的心理。

(2)诗词写人的感情,也写人的感觉。有时候,写的是人的一种直觉,也可以说是错觉。但如实写出这种直觉或错觉,会更有诗意。如:

1 杜甫《水会渡》:"入舟已千忧,陟巘仍万盘。迴眺积水外,始知众星干。"

2 王驾《雨晴》:"雨前初见花间蕊,雨后兼无叶里花。蛱蝶飞来过墙去,却疑春色在邻家。"

3 苏轼《出颍口初见淮山》:"长淮忽迷天远近,青山久与船低昂。"

　　4 苏轼《泛颍》:"上流直而清,下流曲而漪。画船俯明镜,笑问汝为谁。忽然生鳞甲,乱我须与眉,散为百东坡,顷刻复在兹。"

　　5 范成大《荆渚中流回望巫山无复一点戏成短歌》:"千峰万峰巴峡里,不信人间有平地。渚宫回望水连天,却疑平地元无山。"

　　6 杨万里《晓行望云山》:"霁天欲晓未明间,满目奇峰总可观。却有一峰忽然长,方知不动是真山。"

　　7 朱敦儒《好事近·渔父词》:"晚来风定钓丝闲,上下是新月。"

　　8 秦观《满庭芳·红蓼花繁》:"金钩细,丝纶慢卷,牵动一潭星。"

例1,星本来就是干的,为什么说"始知众星干"呢?这背后的话是说:原先在舟中一直看到星星在水里,以至于觉得星星也都浸湿了;等到远眺积水之外,才看到了天上的星星。他的错觉"众星湿"在诗中没有直接写出来。

例2的"疑"是没有道理的,但有这样的疑才有诗意。

例3是写船中的感觉。山是不动的,但船在江中上下,仿佛觉得山"久与船低昂"。苏轼的诗很喜欢写这种感觉,如:"水枕能令山俯仰。"(《六月二十七日望湖楼醉书五绝》其二)"孤山久与船低昂。"(《李思训画长江绝岛图》)

例4,是苏轼写他在泛舟时的感觉。开始水面平静,能照出自己的影子,所以"笑问汝为谁"。后来水波荡漾,就"乱我须与眉,散为百东坡",最后又恢复平静了。写得很生动。

例5,是范成大写他行舟时的感觉:在崇山峻岭的巴峡里,"不信人间有平地";而到了江面开阔处,"却疑平地元无山"。

例6,作者把云山当作山。但看到"一峰忽然长",才知道这不是真山。

例7,写的显然一个是天上之月,一个是水中之月。例8,写的是牵动映在水中的一潭繁星。这都是错觉,但没有这样的错觉也就没有了诗。

(3)有时候,诗词中写了作者一个有趣的联想或近乎戏谑的说法,也显得很有情趣。如:

①岑参《戏问花门酒家翁》:"老人七十仍沽酒,千壶百瓮花门口。道傍榆荚仍似钱,摘来沽酒君肯否。"

②雍陶《城西访友人别墅》:"澧水桥西小路斜,日高犹未到君家。村园门巷多相似,处处春风枳壳花。"

③苏轼《大风留金山两日》:"塔上一铃独自语:明日颠风当断渡。"

④杨万里《舟中排闷》:"江流一直还一曲,淮山一起还一伏。江流不肯放人行,淮山只管留人宿。……平生爱诵谪仙诗,百诵不熟良独痴。舟中一日诵一首,诵得遍时应得归。"

⑤赵师秀《约客》:"黄梅时节家家雨,青草池塘处处蛙。有约不来过夜半,闲敲棋子落灯花。"

例1是写在酒家门口看到榆钱,忽而想到,是否可以用榆钱买酒?例2,去访问友人,日高犹未到,他说原因是"村园门巷多相似,处处春风枳壳花"。当然,实际上他们都不会这样向酒家说或向友人说。但以此写成诗,使人感到生动活泼,很有余味。

例3,作者听到大风中的铃声,似乎是在说"颠风当断渡"(这几个字的读音都与"叮当"有关)。

例4,写江中阻风,头四句就写得很有情趣。最后四句说既然船不能行,就在船中诵李白诗,一天诵一首,全部诵完就到家了。

例5是写一个日常生活的小场景,也写得趣味盎然。

(4)有的诗词把两个相关的事物联系起来写,或者把同一个事物从两个不同的方面比照着写,都会别出新意。如:

1 李绅《江南暮春寄家》:"洛阳城见梅迎雪,鱼口桥逢雪送梅。"

2 苏轼《少年游·润州作》:"去年相送,余杭门外,飞雪似杨花。今年春尽,杨花似雪,犹不见还家。"

3 郑域《昭君怨·梅花》:"道是花来春未,道是雪来香异。"

4 吕本中《采桑子·恨君不似》:"恨君不似江楼月,南北东西。南北东西。只有相随无别离。　恨君却似江楼月,暂满还亏。暂满还亏。待得团圆是几时。"

5 刘辰翁《卜算子·海棠为风雨所损》:"片片蝶衣轻,点点猩红小。道是天公不惜花,百种千般巧。　朝见树头繁,暮见枝头少。道是天公果惜花,雨洗风吹了。"

梅花和雪有相似之处,所以例1和例2都把它们联系起来写。"梅迎雪"或"飞雪似杨花"是冬天,"雪送梅"或"杨花似雪"是春天。这样写比单独写冬天的雪和春天的梅要生动得多。例3则是说梅花不是雪(雪没有香味),也和一般的花不同(一般的花到春天才开)。例4既说"不似江楼月",又说"却似江楼月"。例5既说不是"天公不惜花",又说不是"天公果惜花"。这两方面的说法看似矛盾,但实际上都有道理。作者要说的正是这种两方面兼具的道理,而又说得很巧。

（四）细致入微

诗词有巧思的一个重要方面是对事物的观察和表达细致入微。这又可以从两个方面说。

(1)抓住事物的特点

1 贺知章《送人之军》："陇云晴半雨，边草夏先秋。"

2 王维《终南山》："太乙近天都，连山接海隅。白云回望合，青霭入看无。分野中峰变，阴晴众壑殊。欲投人处宿，隔水问樵夫。"

3 杜甫《小寒食舟中作》："春水船如天上坐，老年花似雾中看。"

4 刘方平《月夜》："更深月色半人家，北斗阑干南斗斜。今夜偏知春气暖，虫声新透绿窗纱。"

5 李嘉祐《送严员外》："细雨湿衣看不见，闲花落地听无声。"

6 严维《酬刘员外见寄》："柳塘春水漫，花坞夕阳迟。"

7 韦应物《滁州西涧》："春潮带雨晚来急，野渡无人舟自横。"

8 朱湾《过宣上人湖上兰若》："未道姓名童子识，不酬言语上人知。"

9 韩愈《早春呈水部张十八员外二首》："天街小雨润如酥，草色遥看近却无。最是一年春好处，绝胜烟柳满皇都。"

10 贾岛《宿山寺》："流星透疏木，走月逆行云。"

11 杜荀鹤《春宫怨》："风暖鸟声碎，日高花影重。"

12 方干《旅次洋州》："鹤盘远势投孤屿，蝉曳残声过别枝。"

13 苏轼《惠崇春江晚景二首》其一："竹外桃花三两枝，春江水暖鸭先知。蒌蒿满地芦芽短，正是河豚欲上时。"

14 杨万里《小池》:"泉眼无声惜细流,树阴照水爱晴柔。小荷才露尖尖角,早有蜻蜓立上头。"

15 张先《木兰花·乙卯吴兴寒食》:"中庭月色正清明,无数杨花过无影。"

16 欧阳修《望江南·江南蝶》:"江南蝶,斜日一双双。……微雨后,薄翅腻烟光。"

17 贺铸《南歌子·疏雨池塘见》:"疏雨池塘见,微风襟袖知。"

18 姜夔《扬州慢·淮左名都》:"二十四桥仍在,波心荡、冷月无声。"

下面选几例略做分析。

例1,写出了西北边塞的特点。钱起《故相国苗公挽歌》:"陇云仍作雨,薤露已成歌。"可见经常下雨和边草先秋是那里的特点。

例2,写出了终南山的高大险。王夫之《姜斋诗话》下评"欲投人处宿,隔水问樵夫"两句说:"则山之辽阔荒远可知。"山在荒远,无人可问,只能问樵夫;而且山中溪壑甚多,只能隔水相问。

例3,沈佺期《钓竿篇》:"人疑天上坐,鱼似镜中悬。"李白《江上赠窦长史》:"闻道青云贵公子,锦帆游戏西江水。人疑天上坐楼船,水净霞明两重绮。"杜甫诗加"春水"两字,写出了春水涨时坐船的感受。

例6,欧阳修《六一诗话》:"严维'柳塘春水漫,花坞夕阳迟',则天容时态融和骀荡,岂不如在目前乎?"李嘉祐《送王牧往吉州》:"野渡花争发,春塘水乱流。"写的是相同的景象,但用了"争"和"乱",则不是"融和骀荡"之景了。

例7,正因为是野渡,所以在春潮来时"舟自横"。

219

例8,上句写童子皆识宣上人,下句写宣上人能知人之心。

例9,是韩愈的名句,"草色遥看近却无",如果不是细致观察,写不出这样的诗句。

例12,"蝉曳残声过别枝"一句,洪亮吉《北江诗话》评曰:"实属体物之妙。"

例13,和例9一样,写出了初春的特点。

例14,能抓住这个镜头,得力于作者的细致观察。

例16,蝶翅沾微雨后变腻,这也是"体物之妙"。

例17,疏雨在地上、屋上看不见,但在池塘中能看到细点儿。微风在脸上、手上感觉不到,但襟袖能感知。

例18,扬州的二十四桥历来是繁华地区,杜牧《寄扬州韩绰判官》:"二十四桥明月夜,玉人何处教吹箫。"而现在却是十分冷落,写出了"胡马窥江去后"的景象。

这些诗句,有些是来自生活中的灵感。如例12,清贺裳《载酒园诗话》:"余儿时尝闻先君语曰:方干暑夜正浴,时有微雨,忽闻蝉声,因而得句。急叩友人门,其家已寝,惊起问故,曰:'余三年前未成之句,今已获之,喜而相告耳。'乃'蝉曳余声过别枝'也。后余见其全诗,上句为'鹤盘远势投孤屿',殊厌其太露咬文嚼字之态,不及下语为工。"(《清诗话续编》)

(2)抓住两个事物之间的联系

1 孟浩然《宿建德江》:"移舟泊烟渚,日暮客愁新。野旷天低树,江清月近人。"

2 王维《送梓州李使君》:"万壑树参天,千山响杜鹃。山中一夜雨,树梢百重泉。"

3 杜甫《船下夔州郭宿》:"依沙宿舸船,石濑月娟娟。风起春灯乱,江鸣夜雨悬。"

4 卢纶《晚次鄂州》:"估客昼眠知浪静,舟人夜语觉潮生。"

5 贾岛《忆江上吴处士》:"秋风吹渭水,落叶满长安。"

6 许浑《咸阳城西楼晚眺》:"溪云初起日沉阁,山雨欲来风满楼。"

7 曹松《秋日送方干游上元》:"汲水疑山动,扬帆觉岸行。"

8 陆游《临安春雨初霁》:"小楼一夜听春雨,深巷明朝卖杏花。"

9 刘攽《雨后池上》:"一雨池塘水面平,澹磨明镜照檐楹。东风忽起垂杨舞,更作荷心万点声。"

10 张先《天仙子·水调数声》:"沙上并禽池上暝。云破月来花弄影。"

11 辛弃疾《西江月·夜行黄沙道中》(上阕):"明月别枝惊鹊,清风半夜鸣蝉。稻花香里说丰年,听取蛙声一片。"

12 吴文英《风入松·听风听雨》(下阕):"西园日日扫林亭,依旧赏新晴。黄蜂频扑秋千索,有当时、纤手香凝。惆怅双鸳不到,幽阶一夜苔生。"

这些句子都抓住了事物之间的联系。从句法的角度看,这些例句有的是本书第四章说的"紧缩句",即在一句诗中表达了事物之间的关系;有的不是,是两句分开表述。略做分析如下。

例1,刘宏煦、李德举选评《唐诗真趣编》:"野惟旷,故见天低于树;江惟清,故见月近于人。"

例2,"树梢百重泉"是一种奇特的景象,作者不单写出了这种景象,还说出这是由于"山中一夜雨"。

例3,是杜甫在舟中写的。他见到的是"春灯乱",这是由于

221

"风起"；听到的是"江鸣"，这是因为"夜雨悬"。两句的因果关系一顺一倒。

例4，通过船中人的状态，写出江上的情况，写得真实、形象。

例5，是贾岛的名句。渭水在长安近郊，故渭水秋风，长安落叶。

例6，俞陛云《诗境浅说》："上句因云起而日沉，为诗心所易到。下句善状骤雨欲来，风先雨到之景，可谓绝妙好词。"

例7，写舟中的景象。汲水时江面动了，因此觉得映在水中的山在动；船扬帆起航了，觉得江岸在往后退。

例8，是陆游的名句。钱锺书《宋诗选注》说："卖花声是临安的本地风光。"陆游在夜间听到雨声，就想到明天早晨会有卖杏花的。

例9，写雨后的池塘。雨停后池面如镜。但一阵风来，把垂杨上的雨点吹到荷叶上，敲出了"荷心万点声"。

例10，是张先的名句。王国维《人间词话》盛赞句中的"弄"字，但宋词中"花弄影"不止一处，如滕甫（一作华岳）《蝶恋花·叶底无风》："残月朦胧花弄影。"张先的句子之所以脍炙人口，主要还在于先写"云破月来"，这才有"花弄影"的景象。

例11，鹊在夜间飞动，是被明月所惊醒；蝉在夜间鸣叫，是由于吹来一阵清风。这构成一幅动人的画面。

例12，是作者怀人之作。"纤手"指所怀女子之手，秋千索上有纤手余香。陈洵《海绡说词》："见秋千而思纤手，因蜂扑而念香凝，纯是痴望神理。"作者从今日黄蜂扑索回想起昔日女子荡秋千，这两者在作者心中是有联系的。

## 三　真切

唐宋诗词中有的篇章或句子既不奇也不巧，只是很平实地说来,却很感人。这是我们所说的"真切"。唐宋诗词在情景描写、心理刻画、言辞表述等方面都有不少真切的篇章或句子。

(一) 情景

1 贺知章《回乡偶书二首》其一:"少小离乡老大回,乡音未改鬓毛衰。儿童相见不相识,笑问客从何处来。"

2 杜甫《闻官军收河南河北》:"剑外忽传收蓟北,初闻涕泪满衣裳。却看妻子愁何在,漫卷诗书喜欲狂。白日放歌须纵酒,青春作伴好还乡。即从巴峡穿巫峡,便下襄阳向洛阳。"

3 岑参《逢入京使》:"故园东望路漫漫,双袖龙钟泪不干。马上相逢无纸笔,凭君传语报平安。"

4 张籍《秋思》:"洛阳城里见秋风,欲作归书意万重。忽恐匆匆说不尽,行人临发又开封。"

5 王建《新嫁娘词三首》其一:"三日入厨下,洗手作羹汤。未谙姑食性,先遣小姑尝。"

6 胡令能《小儿垂钓》:"蓬头稚子学垂纶,侧坐莓苔草映身。路人借问遥招手,怕得鱼惊不应人。"

7 司空曙《云阳馆与韩绅宿别》:"故人江海别,几度隔山川。乍见翻疑梦,相悲各问年。孤灯寒照雨,湿竹暗浮烟。更有明朝恨,离杯惜共传。"

8 窦叔向《夏夜宿表兄话旧》:"夜合花开香满庭,夜深微雨醉初醒。远书珍重何曾达,旧事凄凉不可听。去日儿童皆长大,昔年亲友半凋零。明朝又是孤舟别,愁见河桥酒幔青。"

9 韦应物《淮上喜会梁川故人》:"江汉曾为客,相逢每醉还。浮云一别后,流水十年间。欢笑情如旧,萧疏鬓已斑。何因不归去,淮上对秋山。"

10 李益《喜见外弟又言别》:"十年离乱后,长大一相逢。问姓惊初见,称名忆旧容。别来沧海事,语罢暮天钟。明日巴陵道,秋山又几重。"

11 王禹偁《畲田词五首》其一:"大家齐力劚孱颜,耳听田歌手莫闲。各愿种成千百索(自注:山田不知畎亩,但以百尺绳量之,曰某家今年种得若干索),豆其禾穗满青山。"

12 范成大《夏日田园杂兴十二绝》其七:"昼出耘田夜绩麻,村庄儿女各当家。童孙未解供耕织,也傍桑阴学种瓜。"

13 无名氏《醉公子·门外猧儿吠》:"门外猧儿吠,知是萧郎至。刬袜下香阶,冤家今夜醉。　扶得入罗帏,不肯脱罗衣。醉则从他醉,还胜独睡时。"

14 柳永《婆罗门令·昨宵里》:"昨宵里、恁和衣睡。今宵里、又恁和衣睡。小饮归来,初更过、醺醺醉。　中夜后、何事还惊起。霜天冷,风细细。触疏窗、闪闪灯摇曳。"

15 苏轼《浣溪沙·簌簌衣巾落枣花》:"簌簌衣巾落枣花。村里村北响缲车。牛衣古柳卖黄瓜。　酒困路长惟欲睡,日高人渴漫思茶。敲门试问野人家。"

16 辛弃疾《清平乐·茅檐低小》:"茅檐低小。溪上青青草。醉里吴音相媚好。白发谁家翁媪。　大儿锄豆溪东,中儿正织鸡笼。最喜小儿亡赖,溪头卧剥莲蓬。"

这些篇章或句子,在描写情景时都没有藻饰,只用了平实的语句,但十分真切动人。

例1,唐汝询《唐诗解》:"摹写久客之感,最为真切。"

例2,沈德潜《唐诗别裁》:"一气流注,不见句法字法之迹。"说得很对。杜甫是讲究"句法字法"的,句子常有错位,用字也讲锤炼。但这一首诗没有这些,只是直叙胸臆。

例3,沈德潜《唐诗别裁》:"人人胸臆中语,却成绝唱。"

例4,沈德潜《唐诗别裁》:"亦复人人胸臆语,与'马上相逢无纸笔'一首同妙。"王安石《题张司业诗》:"看似寻常最奇崛,成如容易却艰辛。"能把这些"胸臆语"写成诗句,也是要费一番艰辛的。

例5写新嫁娘,例6写小儿垂钓,都清新可喜,很能传神。

例7—例10,都是中唐诗人写久别重逢。安史之乱后,社会动荡,人不安居,这类的诗很多,上面选的几首用的都是朴实的语言。"乍见翻疑梦,相悲各问年。""去日儿童皆长大,昔年亲友半凋零。""浮云一别后,流水十年间。""问姓惊初见,称名忆旧容。"这几首诗既写出了诗人的感慨,又反映了当时的社会现实。

例13是唐代民间创作的词,很真实地写了一个女子把酒醉的情人接进家里的情景,对她的心情的描写也很真切。

例14柳永词写羁旅之中夜半酒醒时的情景,醉归后和衣睡,到半夜又惊起,写得很真实。

例11、例12、例15、例16,都用朴实的语言写了农村生活的情景。

(二) 心理

**心理描写也有真切的例子。**如:

1 宋之问《渡汉江》:"岭外音书断,经冬复历春。近乡情更怯,不敢问来人。"

2 杜甫《述怀》:"自寄一封书,今已十月后。反畏消息来,寸心亦何有。"

3 韦应物《送元仓曹归广陵》:"旧国应无业,他乡到是归。"

4 张籍《蓟北旅思》:"长因送人处,忆得别家时。"

5 刘禹锡《视刀环歌》:"常恨言语浅,不如人意深。今朝两相视,脉脉万重心。"

6 罗隐《自遣》:"得即高歌失即休,多愁多恨亦悠悠。今朝有酒今朝醉,明日愁来明日愁。"

7 王驾《古意》:"夫戍萧关妾在吴,西风吹妾妾忧夫。一行书信千行泪,寒到君边衣到无。"

8 柳永《鹤冲天·黄金榜上》:"青春都一饷。忍把浮名,换了浅斟低唱。"

9 李之仪《谢池春·残寒销尽》:"不见又思量,见了还依旧。为问频相见,何似长相守。"

10 秦观《鹊桥仙·纤云弄巧》:"两情若是久长时,又岂在、朝朝暮暮。"

11 周邦彦《关河令·秋阴时晴》(下阕):"更深人去寂静。但照壁、孤灯相映。酒已都醒,如何消夜永。"

12 姜夔《鹧鸪天·元夕有所梦》:"春未绿,鬓先丝。人间别久不成悲。"

例1,宋顾乐《万首唐人绝句选评》:"贬客归家心事,写得逼真的绝。"离家已久,书信隔绝,近乡时又希望见到家人,又怕听到凶讯,这种心情写得很真实。例2杜甫诗"反畏消息来"也是这样的心情。例3—例7,写不同人的心理都很到位。

宋词中心理描写较多,但较多的是曲折含蓄的表达,直白的描写不很多。这里选了四例。

例8是柳永的真心,也是他的苦恼。这几句词得罪了朝廷,

《能改斋漫录》卷十六:"及临轩发榜,特落之,曰:'此人风前月下,好去浅斟低唱,何要浮名?且填词去!'"

例9,说要长相守;例10,说不必长相守。两者都有道理,写男女恋情很真切。

例11,心理描写虽然只有"酒已都醒,如何消夜永"两句,但感慨很深。

例12,"人间别久不成悲"准确地概括了久经离别之苦的心态。

(三)言语

诗词大都是作者直接出来说话,写他人言语的不多。在记述他人语言时,也有一些很真切。

1 崔颢《长干曲四首》其一:"君家定何处,妾住在横塘。停舟暂借问,或恐是同乡。"其二:"家临九江水,去来九江侧。同是长干人,生小不相识。"

2 顾况《弃妇词》:"记得初嫁君,小姑始扶床。今日君弃妾,小姑如妾长。回头语小姑,莫嫁如兄夫。"

3 刘禹锡《插田歌》:"计吏笑致辞:'长安真大处。省门高轲峨,侬入无度数。昨来补卫士,唯用筒竹布。君看二三年,我作官人去。'"

4 杜荀鹤《春宫怨》:"早被婵娟误,欲妆临镜慵。承恩不在貌,教妾若为容。"

5 韦庄《思帝乡·春日游》:"妾拟将身嫁与,一生休。纵被无情弃,不能羞。"

6 顾敻《诉衷情·永夜抛人》:"换我心、为你心。始知相忆深。"

7 敦煌曲子词《抛球乐·朱泪纷纷》:"当初姊姊分明道,

莫把真心过与他。子细思量着,淡薄知闻解好么。"

8 敦煌曲子词《望江南》:"莫攀我,攀我太心偏。我是曲江临池柳,者人折了那人攀。恩爱一时间。"

9 夏竦《鹧鸪天·镇日无心》:"不如饮待奴先醉,图得不知郎去时。"

10 柳永《忆帝京·薄衾小枕》:"系我一生心,负你千行泪。"

11 黄庭坚《归田乐引·对景还销瘦》:"拼了又舍了,定是这回休了,及至相逢又依旧。"

12 李之仪《卜算子·我住长江头》:"只愿君心似我心,定不负相思意。"

13 蜀妓《鹊桥仙·说盟说誓》:"相思已是不曾闲,又那得、工夫咒你。"

14 戴复古妻《祝英台近·惜多才》:"后回君若重来,不相忘处,把杯酒、浇奴坟土。"

例1是写两个青年男女的对话。刘宏煦、李德举选评《唐诗真趣编》:"直述问语,不添一字,写来绝痴绝真。"(转引自陈伯海主编《唐诗汇评》,浙江教育出版社,1995)

例3是记一个上计吏对村民的说话。虽然是寥寥数语,但活画出那个小吏庸俗可笑的嘴脸。

例10,是柳永对所恋的女子说的真心话。

其他例句,都是女子说的话,直抒胸臆。

例14是戴复古妻写的词。戴复古流寓在外,一富家翁把女儿嫁给他。但戴已有妻室,几年后就离去了。临别时富家女(就是词的作者"戴复古妻")作此词送戴,别后投水自尽。例中所引的几句是她对戴复古说的,是血泪写成的文字。

# 第九章 细密和疏朗

文章叙事抒情,有繁有简。繁简的问题,早就有人论述。刘勰《文心雕龙·镕裁》:"谓繁与略,随分所好。"他认为,繁简与作者的才性有关。刘知几《史通·叙事》:"然章句之言,有显有晦。显也者,繁词缛说,理尽于篇中;晦也者,省字约文,事溢于句外。然则晦之将显,优劣不同,较可知矣。"他认为,晦优于显。钱大昕《与友人书》:"文有繁有简,繁者不可减之使少,犹之简者不可使之增多。"他认为,繁简各有所当。他们说的是文章。诗词也有繁简的不同,也是各有所当。明瞿佑《归田诗话》:"乐天《长恨歌》凡一百二十句,读者不厌其长;元微之《行宫》才四句,读者不觉其短,文章之妙也。"(《历代诗话续编》)从诗词的表达手法着眼,我们称之为"细密"和"疏朗"。

细密是对事件和情状有比较细致的表述和抒写;疏朗是着墨不多,留给读者较大的想象余地。这两种表达方式各有所宜。本章先比较一些题材相同但疏密不同的诗词,然后分别讨论细密和疏朗有关的语言表达问题。

## 一 细密和疏朗的比较

细密和疏朗的不同,最明显的表现是在对同一个事件的叙述描写上。

（一）同样是写作战，表现的手法可以有细密和疏朗的不同。如：

1 岑参《轮台歌奉送封大夫出师西征》："轮台城头夜吹角，轮台城北旄头落。羽书昨夜过渠黎，单于已在金山西。戍楼西望烟尘黑，汉兵屯在轮台北。上将拥旄西出征，平明吹笛大军行。四边伐鼓雪海涌，三军大呼阴山动。虏塞兵气连云屯，战场白骨缠草根。剑河风急雪片阔，沙口石冻马蹄脱。亚相勤王甘苦辛，誓将报主静边尘。古来青史谁不见，今见功名胜古人。"

2 王昌龄《从军行》之五："大漠风尘日色昏，红旗半卷出辕门。前军夜战洮河北，已报生擒吐谷浑。"

3 卢纶《和张仆射塞下曲》："月黑雁飞高，单于夜遁逃。欲将轻骑逐，大雪满弓刀。"

例1从传羽书写起，写了出征、交战、功成，是一个完整的过程，只是战胜没有明写；而例2短短四句，就写了出征、交战、生擒；例3更是只写了一场战斗即将开始，突出了一个镜头——"大雪满弓刀"。

（二）写唐玄宗和杨贵妃：

1 白居易《长恨歌》（节录）："骊宫高处入青云，仙乐风飘处处闻。缓歌慢舞凝丝竹，尽日君王看不足。渔阳鼙鼓动地来，惊破霓裳羽衣曲。九重城阙烟尘生，千乘万骑西南行。翠华摇摇行复止，西出都门百余里。六军不发无奈何，宛转蛾眉马前死。花钿委地无人收，翠翘金雀玉搔头。君王掩面救不得，回看血泪相和流。"

2 刘禹锡《马嵬行》："绿野扶风道，黄尘马嵬驿。路边杨贵人，坟高三四尺。乃问里中儿，皆言幸蜀时。军家诛戚族，天子舍妖姬。群吏伏门屏，贵人牵帝衣。低回转美目，风日为无晖。贵人饮金屑，倏忽舜英暮。平生服杏丹，颜色真如故。属车尘已远，里巷来窥觑。共爱宿妆妍，君王画眉处。履綦无复有，履组光未灭。不见岩畔人，空见凌波袜。邮童爱踪迹，私手解鬟结。传看千万眼，缕绝香不歇。指环照骨明，首饰敌连城。将入咸阳市，犹得贾胡惊。"

3 杜牧《过华清宫绝句》之二："新丰绿树起黄埃，数骑渔阳探使回。霓裳一曲千峰上，舞破中原始下来。"

4 李约《过华清宫》："君王游乐万机轻，一曲霓裳四海兵。玉辇升天人已尽，故宫犹有树长生。"

写唐玄宗和杨贵妃最详细也最著名的是白居易《长恨歌》，上面是节录马嵬的一段。刘禹锡《马嵬行》则是专写马嵬之变，一些细节都写得很详细，如"群吏伏门屏，贵人牵帝衣"。杜牧的绝句就写得很概括："霓裳一曲千峰上，舞破中原始下来。"而李约的绝句又压缩成一句："一曲霓裳四海兵。"

（三）同样是写白头宫女和故行宫，下面几首诗有细密和疏朗的不同。

1 白居易《上阳白发人（愍怨旷也）》："上阳人，红颜暗老白发新。绿衣监使守宫门，一闭上阳多少春。玄宗末岁初选入，入时十六今六十。同时采择百余人，零落年深残此身。忆昔吞悲别亲族，扶入车中不教哭。皆云入内便承恩，脸似芙蓉胸似玉。未容君王得见面，已被杨妃遥侧目。妒令潜配上阳宫，一生遂向空房宿。宿空房，秋夜长，夜长无寐天不明。耿耿残灯背壁影，萧萧暗雨打窗声。春日迟，日迟独坐天难暮。宫莺百啭愁厌闻，梁燕双栖老休妒。莺归燕去长悄然，春往秋来不记年。唯向深宫望明月,东西四五百回圆。今日宫中年最老,大家遥赐尚书号。小头鞋履窄衣裳,青黛点眉眉细长。外人不见见应笑,天宝末年时世妆。上阳人,苦最多。少亦苦,老亦苦,少苦老苦两如何。君不见昔时吕向美人赋,又不见今日上阳白发歌。"

2 元稹《连昌宫词》(节录):"连昌宫中满宫竹,岁久无人森似束。又有墙头千叶桃,风动落花红蔌蔌。宫边老翁为余泣,小年进食曾因入。……我闻此语心骨悲,太平谁致乱者谁。翁言野父何分别,耳闻眼见为君说。姚崇宋璟作相公,劝谏上皇言语切。燮理阴阳禾黍丰,调和中外无兵戎。长官清平太守好,拣选皆言由相公。开元之末姚宋死,朝廷渐渐由妃子。禄山宫里养作儿,虢国门前闹如市。弄权宰相不记名,依稀忆得杨与李。庙谟颠倒四海摇,五十年来作疮痏。今皇神圣丞相明,诏书才下吴蜀平。官军又取淮西贼,此贼亦除天下宁。年年耕种宫前道,今年不遣子孙耕。老翁此意深望幸,努力庙谋休用兵。"

3 王建《故行宫》(一作元稹《行宫》):"寥落古行宫,宫花寂寞红。白头宫女在,闲坐说玄宗。"沈德潜《唐诗别裁》:"说玄宗,不说玄宗长短,绝佳。只四语,已抵一篇《长恨歌》矣。"

我们先看例3。这也是个特写镜头:在一所故行宫里,一个白头宫女在说玄宗。这个镜头会引发人们想象:这个白头宫女身世如何?她说了玄宗什么事?诗写得很含蓄,让读者自己去想。但同时代的两个诗人的诗篇提供了答案。白居易写了上阳白发人的身世:"入时十六今六十","一生遂向空房宿";而且细致地写了她在秋夜和春日的心情。《连昌宫词》写了玄宗从开元到天宝的事:

先前"姚崇宋璟作相公","长官清平太守好",后来"朝廷渐渐由妃子","庙谟颠倒四海摇"。同一题材的三首诗,或详或略,都是佳作,相互不能替代。

(四)就是同一个作家,写同样的题材,也有细密和疏朗的不同。如:

1 李白《望庐山瀑布水二首》其一:"西登香炉峰,南见瀑布水。挂流三百丈,喷壑数十里。欻如飞电来,隐若白虹起。初惊河汉落,半洒云天里。仰观势转雄,壮哉造化功。海风吹不断,江月照还空。空中乱潈射,左右洗青壁。飞珠散轻霞,流沫沸穹石。而我乐名山,对之心益闲。无论漱琼液,还得洗尘颜。且谐宿所好,永愿辞人间。"

2 李白《望庐山瀑布水二首》其二:"日照香炉生紫烟,遥看瀑布挂前川。飞流直下三千尺,疑是银河落九天。"

3 杜牧《题宣州开元寺》:"南朝谢朓城,东吴最深处。亡国去如鸿,遗寺藏烟坞。楼飞九十尺,廊环四百柱。高高下下中,风绕松桂树。青苔照朱阁,白鸟两相语。溪声入僧梦,月色晖粉堵。阅景无旦夕,凭阑有今古。留我酒一樽,前山看春雨。"

4 杜牧《题宣州开元寺水阁阁下宛溪夹溪居人》:"六朝文物草连空,天淡云闲今古同。鸟去鸟来山色里,人歌人哭水声中。深秋帘幕千家雨,落日楼台一笛风。惆怅无因见范蠡,参差烟树五湖东。"

李白的《其二》,家喻户晓。苏轼称之为:"帝遣银河一派垂,古来惟有谪仙词。"(《世传……戏作一绝》)《其一》描写较细致,先写前观,后写仰观:"海风吹不断,江月照还空。"也写得很生动。

杜牧的两首诗都是在宣州开元寺写的,但角度不同。例3写开元寺的由来、建筑、环境等,写得比较翔实。例4是写在开元寺水阁所见宛溪之景,写得很空灵,显示出他诗歌俊爽清丽的特色。

(五)词以抒情为主,叙事的不多。但同样是写离别,也有细密和疏朗的不同。如:

1 柳永《夜半乐》:"冻云黯淡天气,扁舟一叶,乘兴离江渚。渡万壑千岩,越溪深处。怒涛渐息,樵风乍起,更闻商旅相呼。片帆高举。泛画鹢、翩翩过南浦。　望中酒旆闪闪,一簇烟村,数行霜树。残日下,渔人鸣榔归去。败荷零落,衰杨掩映,岸边两两三三,浣沙游女。避行客、含羞笑相语。　到此因念,绣阁轻抛,浪萍难驻。叹后约丁宁竟何据。惨离怀,空恨岁晚归期阻。凝泪眼、杳杳神京路。断鸿声远长天暮。"

2 周邦彦《兰陵王·柳》:"柳阴直。烟里丝丝弄碧。隋堤上、曾见几番,拂水飘绵送行色。登临望故国。谁识。京华倦客。长亭路,年去岁来,应折柔条过千尺。　闲寻旧踪迹。又酒趁哀弦,灯照离席。梨花榆火催寒食。愁一箭风快,半篙波暖,回头迢递便数驿。望人在天北。　凄恻。恨堆积。渐别浦萦回,津堠岑寂。斜阳冉冉春无极。念月榭携手,露桥闻笛。沈思前事,似梦里,泪暗滴。"

3 晏几道《清平乐》:"留人不住。醉解兰舟去。一棹碧涛春水路。过尽晓莺啼处。　渡头杨柳青青。枝枝叶叶离情。此后锦书休寄,画楼云雨无凭。"

柳永词写行舟所见,溪壑、烟村、渔人、浣女都写到了。周邦彦词写"客中送客",既写送别场面,又写行舟远去,并写了送别后的惆怅。晏几道词重点在写女子的情思,这在第一章已经说过;但也写到男子乘舟离去,只用"一棹碧涛春水路。过尽晓莺啼处"两句,写得很有情致。

（六）潘德舆《养一斋诗话》卷二："文章各有境界，宜繁而繁，宜简而简，乃各得之。推简者为工，则减字法成不刊典，而文章之妙晦而不出矣。王右丞'黄云断春色'，郎士元'春色临关尽，黄云出塞多'，一语化作两语，何害为佳！必谓王系盛唐，能以简胜，此矮人之观也。然李西涯犹谓'南山与秋色，气势两相高'，不如'千崖秋气高'，'野火烧不尽，春风吹又生'，不如'春入烧痕青'，则为简字诀所误者亦多矣。"

潘德舆所举的例子只是字句的多少，和本文所说的细密和疏朗不是一回事。但他说的"文章各有境界，宜繁而繁，宜简而简，乃各得之"，用在本章所说的问题上，还是适合的。细密和疏朗也是"乃各得之"，各有所宜。

## 二　细密和疏朗的表达方法

细密和疏朗首先取决于内容表达的需要，和诗词的构思有关。在语言运用方面也有一些值得注意的地方。

如果一个意思本来一句话可以说完，却分成两句说，或转折，或递进，或衬托，或重复，这就增强了诗词的细密度。

反之，如果一个过程不做完整叙述，而是跳动着说，或者话说得很含蓄，一些言外之意要读者自己体会，这就形成了疏朗的风格。

本章在下面就分别谈这六个问题：转折，递进，衬托，重复，跳动，含蓄。

（一）转折

刘熙载《艺概》卷四："词之妙全在衬跌。如文文山《满江红》

云：'世态便如翻覆雨，妾身元是分明月。'《酹江月》云：'镜里朱颜都变尽，只有丹心难灭。'每二句若非上句，则下句之声情不出矣。"

文天祥（号文山）的两首词全文如下：

1《满江红》（和王夫人满江红韵，以庶几后山妾薄命之意）："燕子楼中，又挨过、几番秋色。相思处、青年如梦，乘鸾仙阙。肌玉暗消衣带缓，泪珠斜透花钿侧。最无端、蕉影上窗纱，青灯歇。　　曲池合，高台灭。人间事，何堪说。向南阳阡上，满襟有血。世态便如翻覆雨，妾身元是分明月。笑乐昌、一段好风流，菱花缺。"

2《酹江月》："乾坤能大，算蛟龙、元不是池中物。风雨牢愁无著睡，那更寒虫四壁。横槊题诗，登楼作赋，万事空中雪。江流如此，方来还有英杰。　　堪笑一叶漂零，重来淮水，正凉风新发。镜里朱颜都变尽，只有丹心难灭。去去龙沙，江山回首，一线青如发。故人应念，杜鹃枝上残月。"

《艺概》所说的"衬跌"，是说先有衬垫，然后跌落。文天祥词的两句，均为上句衬，下句跌，上下句之间都有转折。转折的重点当然是在下句，但如果没有上句，下句的意思就无法凸显出来。这就是转折的作用。下面例句中的转折都有加强语势的作用。

3 王昌龄《闺怨》："闺中少妇不曾愁，春日凝妆上翠楼。忽见陌头杨柳色，悔教夫婿觅封侯。"

4 杜甫《自京赴奉先县咏怀五百字》："穷年忧黎元，叹息肠内热。取笑同学翁，浩歌弥激烈。非无江海志，萧洒送日月。生逢尧舜君，不忍便永诀。当今廊庙具，构厦岂云缺？葵藿倾太阳，物性固莫夺。"

5 高适《夜别韦司士》："高馆张灯酒复清，夜钟残月雁归声。只言啼鸟堪求侣,无那春风欲送行。"

6 常建《昭君墓》:"汉宫岂不死,异域伤独没。万里耿黄金,蛾眉为枯骨。"

7 张仲素《秋思二首》之一:"碧窗斜日霭深晖,愁听寒螀泪湿衣。梦里分明见关塞,不知何路向金微。"

8 白居易《杜陵叟》:"杜陵叟,杜陵居,岁种薄田一顷余。三月无雨旱风起,麦苗不秀多黄死。九月降霜秋早寒,禾穗未熟皆青干。长吏明知不申破,急敛暴征求考课。典桑卖地纳官租,明年衣食将何如。剥我身上帛,夺我口中粟。虐人害物即豺狼,何必钩爪锯牙食人肉。不知何人奏皇帝,帝心恻隐知人弊。白麻纸上书德音,京畿尽放今年税。昨日里胥方到门,手持尺牒榜乡村。十家租税九家毕,虚受吾君蠲免恩。"

9 陆游《长歌行》:"人生不作安期生,醉入东海骑长鲸;犹当出作李西平,手枭逆钺清旧京。金印煌煌未入手,白发种种来无情。成都古寺卧秋晚,落日偏傍僧窗明。岂其马上破敌手,哦诗长作寒螀鸣。兴来买尽市桥酒,大车磊落堆长瓶。哀丝豪竹助剧饮,如巨野受黄河倾。平时一滴不入口,意气顿使千人惊。国仇未报壮士老,匣中宝剑夜有声。何当凯还宴将士,三更雪压飞狐城。"

10 杨万里《过松源晨炊漆公店》:"莫言下岭便无难,赚得行人错喜欢。正入万山圈子里,一山放出一山拦。"

11 钱惟演《木兰花·城上风光》:"昔年多病厌芳尊,今日芳尊惟恐浅。"

12 欧阳修《浪淘沙·把酒祝东风》:"今年花胜去年红。可惜明年花更好,知与谁同。"

13 柳永《蝶恋花·伫倚危楼》:"拟把疏狂图一醉。对酒当歌,强乐还无味。"

14 晏几道《鹧鸪天·十里楼台》:"天涯岂是无归意,争奈归期未可期。"

15 贺铸《菩萨蛮·彩舟载得》:"良宵谁与共,赖有窗间梦。可奈梦回时,一番新别离。"

16 辛弃疾《鹧鸪天·代人赋》:"肠已断,泪难收。相思重上小红楼。情知已被山遮断,频倚阑干不自由。"

17 吴文英《三姝媚·过都城旧居》:"春梦人间须断。但怪得、当年梦缘能短。"

这些例句转折的意思都很明显,不必一一解说。例5是说,原以为在春天可以欢聚,没有想到却为你送行。例6是说虽然在汉宫最后也要死,但可伤的是昭君死在异域。

有的在一个段落中可以有多次转折。如例4,王嗣奭《杜臆》评曰:"直抒胸臆,如写尺牍,而纵横转折,感愤悲壮,缱绻踌躇,曲尽其妙。"引文中"取笑"两句、"非无"四句、"当今"四句中间都有转折。通过三个转折,强烈地表达了作者为君为民的信念。例8开头说赋税之苦,"不知"四句是个转折,说百姓困苦,皇帝决定免税。"昨日"四句又是一个转折,说租税已经收完,免税只是一纸空文。两个转折又转回到原处:赋税丝毫未减。例9,"人生"四句和"金印"四句之间有一转折,前四句说自己的壮志,后四句说壮志未遂。"岂其"两句又是一个转折,说不甘心这样被沉埋,所以用剧饮来抒发心中的不平。最后四句又回复到自己的壮志。通过几个转折,全诗波澜起伏,十分感人。

这些转折都加强了诗词的表达力。

（二）递进

转折是说两件性质相反的事，中间有个转折。递进是说两件性质相同的事，甲的程度高，乙的程度更高。递进也可以使诗词的表达更有力。

1 王维《送张五諲归宣城》："五湖千万里，况复五湖西。"

2 卢纶《至德中途中书事》："乱离无处不伤情，况复看碑对古城。"

3 孟郊《闺怨》："妾恨比斑竹，下盘烦冤根。有笋未出土，中已含泪痕。"

4 柳宗元《登柳州城楼寄漳汀封连四州》："共来百越文身地，犹自音书滞一乡。"

5 武元衡《题嘉陵驿》："路半嘉陵头已白，蜀门西上更青天。"

6 张仲素《秋思二首》之二："秋天一夜静无云，断续鸿声到晓闻。欲寄征衣问消息，居延城外又移军。"

7 白居易《燕子楼》之三："见说白杨堪作柱，争教红粉不成灰。"

8 李商隐《无题四首》之一："刘郎已恨蓬山远，更隔蓬山一万重。"

9 韩偓《避地寒食》："避地淹留已自悲，况逢寒食欲沾衣。"

10 苏轼《六年正月二十日复出东门》："岂惟见惯沙鸥熟，已觉来多钓石温。"

11 欧阳修《踏莎行·候馆梅残》："平芜尽处是春山，行人更在春山外。"

12 晏几道《阮郎归·旧香残粉》："梦魂纵有也成虚，那堪和梦无。"

13 贺铸《杵声齐·砧面莹》："寄到玉关应万里,戍人犹在玉关西。"

14 秦观《阮郎归·湘天风雨》："衡阳犹有雁传书,郴阳和雁无。"

15 陆游《鹊桥仙·夜闻杜鹃》："故山犹自不堪听,况半世、飘然羁旅。"

16 辛弃疾《江城子·侍者请先生赋词自寿》："漫道长生学不得,学得后,待如何。"

例2是说乱离已经很伤情了,而看碑对古城是更伤情。例3是说不但斑竹有泪,斑竹的根也有泪。例6是说把征衣寄居延很远,现在还要寄到更远的地方。例12是说梦是虚的,使人痛苦;但现在连梦都没有,使人更痛苦。递进的手法把作者要表达的意思推进一层。

(三) 衬托

衬托也是把性质相同的两事加以比较,人们公认甲的程度很高,但诗词中说甲的程度不算高,乙才是程度高,这是为了突出乙。

1 李白《北风行》："黄河捧土尚可塞,北风雨雪恨难裁。"

2 戎昱《苦辛行》："谁谓西江深,涉之固无忧;谁谓南山高,可以登之游。险巇惟有世间路,一向令人堪白头。"

3 岑参《卫节度赤骠马歌》："骑将猎向南山口,城南狐兔不复有。草头一点疾如飞,却使苍鹰翻向后。"

4 孟郊《闻砧》："杜鹃声不哀,断猿啼不切。月下谁家砧,一声肠一绝。"

5 张籍《酬朱庆余》:"齐纨未是人间贵,一曲菱歌敌万金。"

6 吕温《衡州早春》之二:"病肺不饮酒,伤心不看花。惟惊望乡处,犹自隔长沙。"

7 刘禹锡《竹枝》之六:"瞿塘嘈嘈十二滩,此中道路古来难。长恨人心不如水,等闲平地起波澜。"

8 皎然《观王右丞维沧洲图歌》:"沧洲说近三湘口,谁知卷得在君手。"

9 史浩《念奴娇·题道隆观》:"我本清都闲散客,蓬莱未是幽奇。明朝归去鹤齐飞。三山乘缥缈,海运到天池。"

10 陆游《破阵子》:"仕至千钟良易,年过七十常稀。"

11 韩淲《谒金门·人已醉》:"伊吕衰翁徒尔耳,我怀犹未是。"

12 辛弃疾《鹧鸪天·送人》:"江头未是风波恶,别有人间行路难。"

例 3 是说苍鹰都飞得不算快,只有赤骠马才跑得最快。例 8 是说沧洲离三湘口并不近,把沧洲画成图卷握在手中才最近。例 11 是说伊吕比不上自己的怀抱。

还有两首诗充分运用了衬托的手法,很值得注意:

13 苏轼《百步洪二首》其一(节录):"长洪斗落生跳波,轻舟南下如投梭。水师绝叫凫雁起,乱石一线争磋磨。有如兔走鹰隼落,骏马下注千丈坡。断弦离柱箭脱手,飞电过隙珠翻荷。四山眩转风掠耳,但见流沫生千涡。崄中得乐虽一快,何异水伯夸秋河。我生乘化日夜逝,坐觉一念逾新罗。纷纷争夺醉梦里,岂信荆棘埋铜驼。觉来俯仰失千劫,回视此水殊委蛇。"

14 陆游《海棠歌》："我初入蜀鬓未霜,南充樊亭看海棠。当时已谓目未睹,岂知更有碧鸡坊。碧鸡海棠天下绝,枝枝似染猩猩血。蜀姬艳妆肯让人,花前顿觉无颜色。扁舟东下八千里,桃李真成仆奴尔。若使海棠根可移,扬州芍药应羞死。风雨春残杜鹃哭,夜夜寒衾梦还蜀。何从乞得不死方,更看千年未为足。"

苏轼《百步洪》前十句写百步洪水流之急,船行之快,用了一连串比喻,钱锺书称之为"博喻",大家都比较熟悉。但就整首诗来看,这仅仅是个陪衬,下面接着说"崄中得乐虽一快,何异水伯夸秋河",用的是《庄子·秋水》河伯欣然自喜之典,意思是认为百步洪水流湍急就如同河伯之无知,因为"我生乘化日夜逝,坐觉一念逾新罗",人生的变化比这快得多,"觉来俯仰失千劫,回视此水殊委蛇",俯仰之间就过了千劫,所以相比之下,百步洪的水流实际上是非常"委蛇"(迟缓)。这是衬托的好例子。

陆游《海棠歌》写海棠之美。首先用樊亭的海棠来衬托碧鸡坊的海棠,然后以桃李和芍药来衬托海棠。意思比较明显,不用分析。

范成大《蛇倒退》和《判命坡》两首诗也用衬托的手法写山势的险峻,这里就不引了。

衬托的表达作用很明显。用了衬托,就是比好的还要好,比快的还要快,比险的还要险,比难的还要难。

(四)重复

重复也是增强诗词细密度的方法。如:

1 李白《上三峡》:"三朝上黄牛,三暮行太迟。三朝又三暮,不觉鬓成丝。"

2 杜甫《冬狩行》:"草中狐兔尽何益,天子不在咸阳宫。朝廷虽无幽王祸,得不哀痛尘再蒙。呜呼,得不哀痛尘再蒙!"

3 严蕊《如梦令》:"道是梨花不是,道是杏花不是。白白与红红,别是东风情味。曾记,曾记。人在武陵微醉。"

4 郑域《昭君怨》(上阕):"道是花来春未,道是雪来香异。竹外一枝斜。野人家。"

李白诗是为了突出时间的迟缓,又如上引白居易《上阳白发人》中多次用了重复:"妒令潜配上阳宫,一生遂向<u>空房宿</u>。<u>宿空房</u>,秋夜长,<u>夜长</u>无寐天不明。耿耿残灯背壁影,萧萧暗雨打窗声。<u>春日迟</u>,<u>日迟</u>独坐天难暮。宫<u>莺</u>百啭愁厌闻,梁<u>燕</u>双栖老休妒。<u>莺</u>归<u>燕</u>去悄然,春往秋来不记年。"这种节奏的缓慢和字句的重复,是为了表达宫女在宫中的寂寞难熬。如果换成疏朗的风格来写,就不会有<u>这些</u>重复。

重复的作用不全是形成缓慢的节奏,有的重复是为了强调。如上引杜甫诗是为了表达强烈的哀痛。又如:

5 蒋捷《梅花引·荆溪阻雪》:"白鸥问我泊孤舟,是身留?是心留?心若留时、何事锁眉头?风拍小帘灯晕舞,对闲影,冷清清,忆旧游。　旧游旧游今在不?花外楼,柳下舟。梦也梦也,梦不到、寒水空流。漠漠黄云、湿透木绵裘。都道无人愁似我,今夜雪,有梅花,似我愁。"

6 王观《红芍药》:"人生百岁,七十稀少。更除十年孩童小,又十年昏老。都来五十载,一半被、睡魔分了。那二十五载之中,宁无些个烦恼?　仔细思量,好追欢及早。遇酒追朋笑傲。任玉山摧倒。沈醉且沈醉,人生似、露垂芳草。幸新

243

来、有酒如渑,结千秋歌笑。"

例5 在上阕的末尾提到"忆旧游",在下阕的开始连用两个"旧游",后面又连用三个"梦",其作用都是强调对旧游的思念。结尾时用"愁似我""似我愁"相呼应,也是为了强调天气的寒冷和自己的愁绪。

例6 不是词语的重复,而是叙写的重复。作者不是直接说人生苦短,而是一次又一次的计算,从"百年"减少到"七十",再减少到"五十",再减少到"二十五",这样一次又一次的计算,是为了强调人生的短暂;在这样短促的时间里,要"追欢及早"。

在说到重复的时候,不能不说到李商隐的《夜雨寄北》:

7 "君问归期未有期,巴山夜雨涨秋池。何当共剪西窗烛,却话巴山夜雨时。"

在这首短短的二十八字的绝句中,两次提到"巴山夜雨",这是明显的重复。但诗中两次出现的"巴山夜雨"情味完全不同。第一次出现的"巴山夜雨",是说自己滞留蜀地,欲归不得,"巴山夜雨"是一种凄凉的情景。第二次出现的"巴山夜雨",是设想和友人重聚后,回想起"巴山夜雨"的情景,却增添了重聚的欢乐和温暖。这不是简单的重复,而是一种反复回环之美。这给读者提供了充分的想象空间。

词中有些重复是词谱规定的,如《忆秦娥》的第三句必须重复第二句的末三字。至于一些回文词,那就是文字游戏了。苏轼、朱熹等都写过回文词,而且都是用《菩萨蛮》来写。下面举晁元礼的一首:

8 晁元礼《菩萨蛮》:"远山眉映横波脸。脸波横映眉山远。云鬓插花新。新花插鬓云。断魂离思远。远思离魂断。门掩未黄昏。昏黄未掩门。"

(五)跳动

跳动是诗词中常见的表达方法。诗词中对事件的描写,总是突出作者需要表达的部分,而那些无关的部分就会跳过去。比如,小学生都会背诵的孟浩然《春晓》:"春眠不觉晓,处处闻啼鸟。夜来风雨声,花落知多少。"中间就有跳动。"春眠不觉晓,处处闻啼鸟",实际上是四处传来的鸟啼声把诗人叫醒了,这在诗中就没有描写。"夜来风雨声,花落知多少",也是诗人醒了以后,回想起昨夜风雨大作,因而想到会有很多落花,这个过程在诗中也没有描写。像这样的跳动,在唐宋诗词中很多。如:

1 陈子昂《蓟丘览古·燕太子》:"秦王日无道,太子怨亦深。一闻田光义,匕首赠千金。其事虽不立,千载为伤心。"

2 孟浩然《洛中访袁拾遗不遇》:"洛阳访才子,江岭作流人。闻说梅花早,何如北地春。"

3 王维《出塞》:"居延城外猎天骄,白草连天野火烧。暮云空碛时驱马,秋日平原好射雕。护羌校尉朝乘障,破虏将军夜渡辽。玉靶角弓珠勒马,汉家将赐霍嫖姚。"

4 李白《寻雍尊师隐居》:"群峭碧摩天,逍遥不记年。拨云寻古道,倚石听流泉。花暖青牛卧,松高白鹤眠。语来江色暮,独自下寒烟。"

5 杜甫《南邻》:"锦里先生乌角巾,园收芋粟不全贫。惯看宾客儿童喜,得食阶除鸟雀驯。秋水才深四五尺,野航恰受两三人。白沙翠竹江村暮,相对柴门月色新。"

6 卢纶《塞下曲六首》之二:"林暗草惊风,将军夜引弓。

平明寻白羽,没在石棱中。"

7 刘禹锡《西塞山怀古》:"西晋楼船下益州,金陵王气黯然收。千寻铁锁沉江底,一片降幡出石头。"

8 柳宗元《渔翁》:"渔翁夜傍西岩宿,晓汲清湘燃楚竹。烟销日出不见人,欸乃一声山水绿。"

9 温庭筠《望江南·梳洗罢》:"梳洗罢,独倚望江楼。过尽千帆皆不是,斜晖脉脉水悠悠。肠断白蘋洲。"

10 李清照《如梦令·昨夜雨疏》:"昨夜雨疏风骤,浓睡不消残酒。试问卷帘人,却道海棠依旧。知否?知否?应是绿肥红瘦。"

11 辛弃疾《祝英台令·晚春》:"鬓边觑,试把花卜心期,才簪又重数。"

12 韩元吉《六州歌头·桃花》:"东风著意,先上小桃枝。红粉腻,娇如醉,倚朱扉。记年时,隐映新妆,面临水岸,春将半,云日暖,斜桥转,夹城西。草软莎平,跋马垂杨渡,玉勒争嘶。认蛾眉凝笑,脸薄拂燕支。绣户曾窥,恨依依。　共携手处,香如雾,红随步,怨春迟。销瘦损,凭谁问?只花知,泪空垂。旧日堂前燕,和烟雨,又双飞。人自老。春长好。梦佳期。前度刘郎,几许风流地,花也应悲。但茫茫暮霭,目断武陵溪,往事难追。"

例1,是写荆轲刺秦王事,但诗中只说到"一闻田光义,匕首赠千金",后来田光又为燕太子找到荆轲等过程都没有写,立即就写了"其事虽不立,千载为伤心"。

例2,是说作者到洛阳去访袁拾遗,但得知袁已被流放到江岭去了。至于作者如何寻访和他人如何告知的过程,诗中都略而不写。

例3,前四句说"天骄"入侵,五、六两句说唐朝军队防守和反击,七、八两句说朝廷赏赐。没有写两军交战和战胜。

例4,前六句写雍尊师居住的环境,最后两句"语来江色暮,独自下寒烟","语来"就是"语罢,语了",写和尊师谈完后下山而归。和尊师谈话的过程和内容都没有写。

例5,是杜甫去拜访他的南邻。仇兆鳌注:"上四,造山人之居。下则喜其同舟送别也。""送别"没有明显写出,只能是读者自己体会。

例6,写李广夜间射虎,中石没羽。但诗只写了次日"平明寻白羽,没在石棱中"的结果,没有写射虎的过程。

例7,"千寻铁锁沉江底,一片降幡出石头",这两件事似乎是顷刻之间里接连发生的,中间有很大跳跃。

例8,在写渔翁"晓汲清湘燃楚竹"之后就写他在江中泛舟了,中间也有跳跃。

例9,只写"倚",没有写"望","望"的动作只在"望江楼"三字中带出。然后就写望了一整天的结果,"过尽千帆皆不是"。

例10,"浓睡不消残酒"和"试问卷帘人"之间有个跳跃。"试问卷帘人"和"却道海棠依旧"之间也有个跳跃。词中都没有写,读者需要自己加上。

例11,显然是少女"试把花卜心期",看了占卜的结果觉得不满意,所以"才簪又重数"。但作者把"试把花卜心期"和"才簪又重数"两句直接连在一起,跳过了中间的不满意。

例12,比较复杂一点儿,所以最后讲。这首词是作者回忆自己的恋情。上阕写初春时节和女子相见,最后两句说"绣户曾窥,恨依依",是说作者曾窥其绣户,但未能与之亲近,所以怅恨不已。过片一开头就是"共携手处",而且"红随步,怨春迟",已是晚春景象了,这是作者回忆他们同游。那么,"绣户曾窥"以后,什么时候和女子两情相得,携手共游呢?这在词中跳过去了,读者只能在读到"共携手处"一句时,用自己的想象来补出。

诗词中的叙事,只是突出最主要的场面,没有必要将整个过程的每一个环节一一写出,所以有不少地方是直接跳过,需要读者自己补出。这些地方,读者在阅读时要细心一点儿。

(六)含蓄

在古代的诗话中,有不少关于"含蓄"和"意在言外"的论述,两者的意思基本相同,我们统称为"含蓄"。这是形成诗词疏朗风格的主要手法。

《诗人玉屑》卷一引《白石诗说》:"语贵含蓄。东坡云:'言有尽而意无穷者,天下之至言也。'"

欧阳修《六一诗话》:"圣俞尝语予曰:'诗家虽率意,而造语亦难。若意新语工,得前人所未道者,斯为善也。必能状难写之景,如在目前,含不尽之意,见于言外,然后为至矣。贾岛云:"竹笼拾山果,瓦瓶担石泉。"姚合云:"马随山鹿放,鸡逐野禽栖。"等是山邑荒僻,官况萧条,不如"县古槐根出,官清马骨高"为工也。'余曰:'语之工者固如是。状难写之景,含不尽之意,何诗为然?'圣俞曰:'作者得于心,览者会以意,殆难指陈以言也。虽然,亦可略道其仿佛。若严维"柳塘春水漫,花坞夕阳迟"则天容时态融和骀荡,岂不如在目前乎?又若温庭筠"鸡声茅店月,人迹板桥霜",贾岛"怪禽啼旷野,落日恐行人",则道路辛苦,羁愁旅思,岂不见于言外乎?'"①

惠洪《冷斋夜话》卷四:"诗有句含蓄者,如老杜曰'勋业频看镜,行藏独倚楼',郑云叟曰:'相看临远水,独自上孤舟'是也。有意含蓄者,如宫词曰'银烛秋光冷画屏,轻罗小扇扑流萤。天街夜色凉如水,卧看牵牛织女星',又《嘲人》诗曰'怪来妆阁闭,朝下不相迎。总向春园里,花间笑语声'是也。有句意俱含蓄者,如《九日》诗曰'明年此会知谁健,醉把茱萸子细看',《宫怨》诗曰'玉容不及寒鸦色,犹带昭阳日影来'是也。"
唐宋诗词中的含蓄有多种表现。下面谈主要的四种。

(1)以动作表心境

《冷斋夜话》所说的"诗有句含蓄者",举了杜甫和郑谷(云叟)各一例。杜甫和郑谷例的全文如下:

1 杜甫《江上》:"江上日多雨,萧萧荆楚秋。高风下木叶,永夜揽貂裘。勋业频看镜,行藏独倚楼。时危思报主,衰谢不能休。"

2 郑谷《别同志》:"所立共寒苦,平生同与游。相看临远水,独自上孤舟。天淡沧浪晚,风悲兰杜秋。前程吟此景,为子上高楼。"

杜甫"勋业频看镜,行藏独倚楼"的意思是:勋业未成,故频看镜中的颜容是否衰老;行藏未定,故独倚江上的高楼深思。郑谷"相看临远水,独自上孤舟"的意思是:两人面对远去的江流依依惜别,友人独上将发的孤舟黯然伤神。这些诗句似乎只写了人的动作,但实际上蕴含着人的感情。所以我们称之为"以动作表心境"。

---

① 今按:《欧阳文忠公集·试笔》云:"县古槐根出,官清马骨高"为谢希深所诵诗。

这类句子列举如下:

3 杜甫《江南逢李龟年》:"岐王宅里寻常见,崔九堂前几度闻。正是江南好风景,落花时节又逢君。"

4 韦应物《闻雁》:"故园眇何处,归思方悠哉。淮南秋雨夜,高斋闻雁来。"

5 刘禹锡《秋风引》:"何处秋风至,萧萧送雁群。朝来入庭树,孤客最先闻。"

6 杜牧《将赴吴兴登乐游原一绝》:"清时有味是无能,闲爱孤云静爱僧。欲把一麾江海去,乐游原上望昭陵。"

7 李煜《清平乐·别来春半》(上阕):"别来春半,触目愁肠断。砌下落梅如雪乱,拂了一身还满。"

8 李煜《相见欢·无言独上》:"无言独上西楼,月如钩。寂寞梧桐深院锁清秋。　剪不断,理还乱,是离愁。别是一般滋味在心头。"

9 柳永《凤栖梧·伫倚危楼》:"伫倚危楼风细细。望极春愁,黯黯生天际。草色烟光残照里。无言谁会凭阑意。"

10 吴文英《唐多令·惜别》:"都道晚凉天气好,有明月、怕登楼。"

例3—例6,末句都只写了一个动作:"逢""闻""望"。但诗人在做这些动作时,心里是什么感情,有什么感慨?诗中没有说,需要读者去体会。

例3,吴瞻泰评论说:"此盛唐绝调也。……国家之兴衰,人世之聚散,时地之迁流,解寓于字里行间,一唱三叹,使人味之于意言之表。"(《杜诗集评》)。这首绝句以"落花时节又逢君"结尾,"逢君"后诗人是很有感慨的,但诗中并没有说,这就是言外之意。

例4、例5都是"闻"。例4是方思归而闻雁,这会使其归思倍增。例5说"孤客最先闻","最先"两字,写出了孤客的悲凄。

例6,为什么将赴吴兴要"乐游原上望昭陵"?张文荪《唐贤清雅集》评:"昭陵为唐创业守成英主,后世子孙陵夷不振,故牧之于去国时登高寄慨,词意浑含,得风人遗意。"

例7、例8都是李煜词。李煜善于通过动作表达感情。"拂了一身还满",写的是久久在树下伫立,实际上是表达自己心中满怀愁绪。"无言独上西楼",只有动作,连言辞也没有。但俞平伯《读词偶得》说:"六字之中,已摄尽凄惋之神。"

例9、例10的"凭阑""登楼"宋词中常见。"凭阑"(也写作"凭栏")也有只表示骋目远望的,如辛弃疾《声声慢·征埃成阵》:"凭栏望,有东南佳气,西北神州。"但多数表达悲愁的感情。"登楼"可以是登楼望远,或登楼望月,如高观国《菩萨蛮·何须急管》:"今夕不登楼,一年空过秋。"但"怕登楼""莫登楼"则是说登楼会引起愁思,除上引吴文英例外,还有张炎《八声甘州·辛卯岁》:"空怀感,有斜阳处,却怕登楼。"

(2)以图景表心理

《冷斋夜话》所说的"意含蓄",范围太宽了,几乎所有的含蓄都可以说是意含蓄。他所举的《宫词》"银烛秋光……",这首诗收在王建的诗集中,题为《宫词》,同时也收在杜牧的诗集中,题为《秋夕》;宋人诗话都认为应是杜牧的作品,我们从之。《嘲人》诗是王维的《班婕妤三首》其三:"怪来妆阁闭,朝下不相迎。总向春园里,花间笑语声。"王维诗也是含蓄的,但不是我们所说的这一类。我们这里所说的是下面这样一些诗词:

1 杜牧《秋夕》:"银烛秋光冷画屏,轻罗小扇扑流萤。天阶夜色凉如水,卧看牵牛织女星。"

2 温庭筠《瑶瑟怨》:"冰簟银床梦不成,碧天如水夜云轻。雁声远过潇湘去,十二楼中月自明。"

3 李商隐《嫦娥》:"云母屏风烛影深,长河渐落晓星沈。嫦娥应悔偷灵药,碧海青天夜夜心。"

4 柳宗元《江雪》:"千山鸟飞绝,万径人踪灭。孤舟蓑笠翁,独钓寒江雪。"

5 苏轼《贺新郎·乳燕飞华屋》:"乳燕飞华屋。悄无人、桐阴转午,晚凉新浴。手弄生绡白团扇,扇手一时似玉。渐困倚、孤眠清熟。帘外谁来推绣户,枉教人、梦断瑶台曲。又却是,风敲竹。　石榴半吐红巾蹙。待浮花、浪蕊都尽,伴君幽独。秾艳一枝细看取,芳心千重似束。又恐被、秋风惊绿。若待得君来向此,花前对酒不忍触。共粉泪,两簌簌。"

这种以图景表心理的表现手法,最典型的是上引杜牧、温庭筠、李商隐的三首绝句。这三首绝句写的都是女子,写她的居室,写当时的夜景,有的写了这个女子的动作(杜牧诗中的"扑""卧"),有的写了这个女子的状态(温庭筠诗的"梦不成"),有的写了这个女子的想法(李商隐诗的"嫦娥应悔偷灵药"),这几首绝句都构成一个图景。但实际上,这三首绝句要显示给读者的不是图景本身,而是通过图景所反映的女子的心理活动。杜牧《秋夕》和温庭筠《瑶瑟怨》在本书第二章中已经分析过,这里不重复。李商隐《嫦娥》也有很多人讲解,这里也不多说。这里要说的是,这样一种不露痕迹的心理描写法是很值得注意的。

唐诗中还有没有类似的诗篇?上引柳宗元《江雪》与此相近,

也是把一个人物置于某个环境中加以描写,但意图不在写这个人物的外形,而是写这个人物的内心。不过柳宗元笔下的渔翁显示出来的是他的品格,而不是他的心理活动,所以和上面三首诗不完全相同。

宋词中有没有这样的作品？上引苏轼《贺新郎》写的也是一个女子,上阕写她的"新浴"和"孤眠",下阕写她看石榴花；而花即人,人即花,人与花合写,"芳心千重似束"就是女子的品格,"又恐被秋风惊绿"就是女子的悲伤。这首词写女子的内心世界是很成功的,但和上面三首诗写女子的心理活动也还是有所不同。

不过,这五首诗词都是很含蓄的,都是通过外部世界的描写来写人的内心。所以尽管它们有一些差别,还是可以归为含蓄的一类。

（3）以景结情

> 沈义父《乐府指迷》:"结句法要放开,含有余不尽之意。以景结情最好,如清真之'断肠院落,一帘风絮',又'掩重关,遍城钟鼓'之类是也。或以情结尾亦好；往往轻而露,如清真之'天便教人霎时厮见何妨',又云'梦魂凝想鸳侣'之类,便无意思,亦是词家之病,却不可学也。"

"清真"即周邦彦。沈义父说结尾"轻而露"为词家之病,说得有些绝对。但他说的"以景结情"确是宋词中常见的手法,而且都是"含有余不尽之意"的。

周邦彦的这两首词是:

> 1《瑞龙吟·章台路》:"章台路。还见褪粉梅梢,试花桃树。愔愔坊陌人家,定巢燕子,归来旧处。黯凝伫。因念个人痴小,乍窥门户。侵晨浅约宫黄,障风映袖,盈盈笑语。　　前

253

度刘郎重到,访邻寻里,同时歌舞。唯有旧家秋娘,声价如故。吟笺赋笔,犹记燕台句。知谁伴、名园露饮,东城闲步。事与孤鸿去。探春尽是,伤离意绪。官柳低金缕。归骑晚、纤纤池塘飞雨。断肠院落,一帘风絮。"

2《扫地花·晓阴翳日》:"晓阴翳日,正雾霭烟横,远迷平楚。暗黄万缕。听鸣禽按曲,小腰欲舞。细绕回堤,驻马河桥避雨。信流去。想一叶怨题,今在何处。　春事能几许。任占地持杯,扫花寻路。泪珠溅俎。叹将愁度日,病伤幽素。恨入金徽,见说文君更苦。黯凝贮。掩重关、遍城钟鼓。"

下面再举一些:

3 秦观《满庭芳·晓色云开》:"晓色云开,春随人意,骤雨才还晴。古台芳榭,飞燕蹴红英。舞困榆钱自落,秋千外、绿水桥平。东风里,朱门映柳,低按小秦筝。　多情。行乐处,珠钿翠盖,玉辔红缨。渐酒空金榼,花困蓬瀛。豆蔻梢头旧恨,十年梦、屈指堪惊。凭阑久,疏烟淡日,寂寞下芜城。"

4 陈与义《临江仙·夜登小阁忆洛中旧游》:"忆昔午桥桥上饮,坐中多是豪英。长沟流月去无声。杏花疏影里,吹笛到天明。　二十余年如一梦,此身虽在堪惊。闲登小阁看新晴。古今多少事,渔唱起三更。"

5 辛弃疾《八声甘州·夜读李广传》:"故将军、饮罢夜归来,长亭解雕鞍。恨灞陵醉尉,匆匆未识,桃李无言。射虎山横一骑,裂石响惊弦。落托封侯事,岁晚田间。　谁向桑麻杜曲,要短衣匹马,移住南山。看风流慷慨,谈笑过残年。汉开边、功名万里,甚当时、健者也曾闲。纱窗外、斜风细雨,一阵轻寒。"

6 姜夔《点绛唇·丁未冬过吴松作》:"燕雁无心,太湖西畔随云去。数峰清苦,商略黄昏雨。　第四桥边,拟共天随住。今何许?凭阑怀古。残柳参差舞。"

这些例子更典型。如例3,前面是叙事;例5,前面是议论,而结尾都只是几句景物描写,实际上,写的是景,抒发的是作者的情。例4的结尾是江边的渔唱,所表达的是作者的古今兴亡的感慨。孙浩然《离亭燕·一带江山》:"多少六朝兴废事,尽入渔樵闲话。"可以用来做注解。

这种以景结情的手法唐诗中有没有?我们看下面的例子:

7 白居易《琵琶行》:"浔阳江头夜送客,枫叶荻花秋索索。主人下马客在船,举酒欲饮无管弦。醉不成欢惨将别,别时茫茫江浸月。……曲终收拨当心画,四弦一声如裂帛。东舟西舫悄无言,唯见江心秋月白。……商人重利轻别离,前月浮梁买茶去。去来江口守空船,绕船月明江水寒。"

8 李商隐《王十二兄与畏之员外相访见招小饮,时予以悼亡日近不去因寄》:"谢傅门庭旧末行,今朝歌管属檀郎。更无人处帘垂地,欲拂尘时簟竟床。嵇氏幼男犹可悯,左家娇女岂能忘。秋霖腹疾俱难遣,万里西风夜正长。"

《琵琶行》中几次写到江中之月,都是表达感情的。但这不是以景结情,而是以景表情。李商隐的诗可以说是以景结情了,但和宋词还不大一样。只能说这种表达法滥觞于晚唐,到宋词中才成熟。

(4)讥刺之辞和愤懑之辞

有一些讥刺之辞,不直接说出,而是话里有话,这也是含蓄之一种。如:

1 刘禹锡《元和十一年自朗州召至京戏赠看花诸君子》："紫陌红尘拂面来，无人不道看花回。玄都观里桃千树，尽是刘郎去后栽。"

2 李商隐《龙池》："龙池赐酒敞云屏，羯鼓声高众乐停。夜半宴归宫漏永，薛王沉醉寿王醒。"

3 苏轼《虢国夫人夜游图》："佳人自鞚玉花骢，翩如惊燕踏飞龙。金鞭争道宝钗落，何人先入明光宫。宫中羯鼓催花柳，玉奴弦索花奴手。坐中八姨真贵人，走马来看不动尘。明眸皓齿谁复见，只有丹青余泪痕。人间俯仰成今古，吴公台下雷塘路。当时亦笑张丽华，不知门外韩擒虎。"

4 洪咨夔《促织二首》其二："水碧衫裙透骨鲜，飘摇机杼夜凉边。隔林恐有人闻得，报县来拘土产钱。"

例1，是讽刺那些朝廷新贵。

例2，杨玉环起初是寿王（唐玄宗子李瑁）之妻，后来被唐玄宗看中，纳入宫中，册为贵妃。这首诗是对此事的讽刺。

例3，"雷塘"是埋葬隋炀帝之处，张丽华是陈后主的宠妃，她正在和陈后主寻欢作乐，被隋的大将韩擒虎攻破金陵而杀死。这首诗是说隋炀帝蹈了陈后主的覆辙，唐玄宗又蹈了隋炀帝的覆辙。历史有如此惊人的相似之处！但这些话作者没有直接说出。

例4，是说促织之名和织布有关，促织的鸣叫也会引来官府收税。这是对苛捐杂税的讽刺。

含蓄的又一类是愤懑之辞。作者满怀愤懑，但不直接说出来，而是用反话、牢骚话表达出来。如：

5 杨巨源《题范阳金台驿》："七国唯求客，千金遂筑台。若令逢圣代，憔悴郭生回。"

6 杜牧《送隐者一绝》:"无媒径路草萧萧,自古云林远市朝。公道世间唯白发,贵人头上不曾饶。"

7 罗隐《鹦鹉》:"莫恨雕笼翠羽残,江南地暖陇西寒。劝君不用分明语,语得分明出转难。"

8 陆游《鹊桥仙》:"华灯纵博,雕鞍驰射,谁记当年豪举。酒徒一一取封侯,独去作、江边渔父。　轻舟八尺,低篷三扇,占断苹洲烟雨。镜湖元自属闲人,又何必、君恩赐与。"

9 辛弃疾《鹧鸪天》:"(有客慨然谈功名,因追念少年时事戏作)壮岁旌旗拥万夫。锦襜突骑渡江初。燕兵夜娖银胡䩮,汉箭朝飞金仆姑。　追往事,叹今吾。春风不染白髭须。都将万字平戎策,换得东家种树书。"

10 辛弃疾《西江月·遣兴》(上阕):"醉里且贪欢笑,要愁那得工夫。近来始觉古人书,信着全无是处。"

例5,用的是燕昭王为郭隗筑黄金台的典故。表面上是说:如果处在圣代,像郭隗这样的人就不得重用,但实际上是讽刺当代不重视人才。这可以和温庭筠的诗对比。温庭筠《蔡中郎坟》:"古坟零落野花春,闻说中郎有后身。今日爱才非昔日,莫抛心力作词人。"温庭筠是直接说出:今日不像昔日那样爱才,所以不用费心力去做词人。

例6,一方面是说即使贵人也难免老死,但另一方面是说除了这一点外,其他都是不公道的。

例7,是感叹自己如同被剪掉翅膀养在笼中的鹦鹉,言语不得自由,尤其不能"语得分明"。

例8,陆游词的上阕还说得比较直接,下阕是对心怀报国壮志而只能做江湖闲人的感慨。

例9,"都将万字平戎策,换得东家种树书",用很平淡的语气表达了深深的愤慨。

例10,"近来始觉古人书,信著全无是处",是说世间之事全和古人书相背。

在唐宋诗词中这种讥刺之辞和愤懑之辞很多,上面只是举例说明。

在细密型的诗词中也有含蓄的表达,如上引《琵琶行》中三处对江月的描写,都是以景表情。但在细密型的诗词中这只是一个局部,而疏朗型的诗词大多整篇都很含蓄。

在阅读时,我们对诗词中的含蓄应多加注意,否则就无法领会作者的深意。

# 第十章　继承和发展

在文学发展的过程中，总是有继承、有创新的，唐宋诗词的语言也是这样。唐诗的语言在词语、句式和表现手法等许多方面继承了六朝诗歌，但也有很多新的发展，如四声八病是齐梁时提出的，到唐代形成了近体诗，不仅在声律方面有很多创新，在用词造句方面也有很多新的特点。前面几章讲的句式和语序的特点，很大程度上就是由于平仄和对仗的要求而形成的，话题句和名词语也和近体诗的格律有关。词始于唐代中期，到宋代蔚为大国，宋词对唐诗的词语、句式、表现手法有很多继承，也有很多创新。但限于本人的学力，本书无法从宏观上对此加以阐述。本章只能依据古代一些诗话的提示，对一些具体作品和句子做一些比较，据此来谈谈唐宋诗词在语言方面的继承和发展。

本章谈六个问题。

## 一　用其句

唐宋诗词中有没有整句引用前一时期的诗句的？虽然不多，但还是有的。在诗话中举出了杜甫引用汉魏六朝诗两例。再看看宋词中，引用唐诗整句的还不少。

《诗人玉屑》卷八："一日，有坐客问公曰：'全用古人一句可

乎?'公曰:'然。如杜少陵诗云"使君自有妇""而无车马喧"之类是也。'"其所举杜甫诗即以下两首:

1 杜甫《数陪李梓州泛江有女乐在诸舫戏为艳曲二首赠李》其二:"白日移歌袖,青霄近笛床。翠眉萦度曲,云鬟俨分行。立马千山暮,回舟一水香。使君自有妇,莫学野鸳鸯。"
今按:《陌上桑》:"使君自有妇,罗敷自有夫。"

2 杜甫《赠蜀僧闾丘师兄》:"漂然薄游倦,始与道旅敦。景晏步修廊,而无车马喧。夜阑接软语,落月如金盆。"
今按:陶渊明《饮酒》其五:"结庐在人境,而无车马喧。"

3 欧阳修《朝中措·送刘仲原甫》:"平山阑槛倚晴空,山色有无中。手种堂前垂柳,别来几度春风。　文章太守,挥毫万字,一饮千钟。行乐直须年少,尊前看取衰翁。"

4 苏轼《水调歌头·黄州快哉亭》(上阕):"落日绣帘卷,亭下水连空。知君为我,新作窗户湿青红。长记平山堂上,欹枕江南烟雨,渺渺没孤鸿。认得醉翁语,山色有无中。"
今按:苏轼词是明引欧阳修词,而欧阳修词的"山色有无中"是出于王维《汉江临泛》:"楚塞三湘接,荆门九派通。江流天地外,山色有无中。郡邑浮前浦,波澜动远空。襄阳好风日,留醉与山翁。"

5 晏几道《临江仙·梦后楼台》:"梦后楼台高锁,酒醒帘幕低垂。去年春恨却来时。落花人独立,微雨燕双飞。　记得小蘋初见,两重心字罗衣。琵琶弦上说相思。当时明月在,曾照彩云归。"

今按:翁宏《春残》:"落花人独立,微雨燕双飞。"

6 晏几道《生查子·金鞭美少年》:"金鞭美少年,去跃青骢马。牵系玉楼人,绣被春寒夜。　消息未归来,寒食梨花谢。无处说相思,背面秋千下。"

今按:李商隐《无题》:"十五泣春风,背面秋千下。"

7 苏轼《少年游·重阳》:"与客携壶上翠微。江涵秋影雁初飞。"

8 辛弃疾《木兰花慢·席上呈张仲固》:"君思我、回首处,正江涵秋影雁初飞。"

今按:杜牧《九日齐安登高》:"江涵秋影雁初飞,与客携壶上翠微。"

9 秦观《临江仙·千里潇湘》:"千里潇湘挼蓝浦,兰桡昔日曾经。月高风定露华清。微波澄不动,冷浸一天星。　独倚危樯情悄悄,遥闻妃瑟泠泠。新声含尽古今情。曲终人不见,江上数峰青。"

10 滕宗谅《临江仙·湖水连天》:"湖水连天天连水,秋来分外澄清。君山自是小蓬瀛。气蒸云梦泽,波撼岳阳城。　帝子有灵能鼓瑟,凄然依旧伤情。微闻兰芝动芳馨。曲终人不见,江上数峰青。"

宋词中用"江上数峰青"一句的还有2处。

今按:钱起《省试湘灵鼓瑟》:"曲终人不见,江上数峰青。"

11 贺铸《南歌子·疏雨池塘见》:"疏雨池塘见,微风襟袖知。阴阴夏木啭黄鹂。何处飞来白鹭、立移时。　易醉扶头酒,难逢敌手棋。日长偏与睡相宜,睡起芭蕉叶上、自题诗。"

今按:王维《积雨辋川庄作》:"漠漠水田飞白鹭,阴阴夏木啭黄鹂。"

这样把整句唐诗引入词中,好不好呢?对晏几道的"落花人独立,微雨燕双飞",词学专家夏承焘说:"有晏几道本领,劫掠他人之诗,可也。"①确实,翁宏的原句影响不大,很少有人知道。而晏几道的这两句词却被称为"名句千古,不能有二"②。这说明同样的句子,放在整个作品中,要看它是否能构成一个感人的艺术意境。"山色有无中""江涵秋影雁初飞"等,本身就是优美的诗句,所以宋代词人喜欢用;而且引用后融入词中,并无生硬突兀之感,这样的引用也是可以的。

## 二 改其句

唐宋诗词中有的句子和前人相似,只是改了几个字。这种例子诗话中举了不少。如下面的例1—例4。诗话中举唐诗,有的没有举篇名。我在引用时,在诗句前面用括号加上了篇名。

1《诚斋诗话》:"句有偶似古人者,亦有述之者。杜子美《武侯庙》诗云:'映阶碧草自春色,隔叶黄鹂空好音。'此何逊《行孙氏陵》:'云山莺空响,垄月自秋晖'也。杜(《宿江边阁》)云:'薄云岩际宿,孤月浪中翻。'此庾信'白云岩际出,清月波中上'也。'出''上'二字胜矣。阴铿(《开善寺》)云:'莺随入户树,花逐下山风。'杜(《秦州杂诗》其二)云:'月明垂叶露,云逐渡溪风。'又(《江阁对雨》)云:'水流行地日,江入度山云。'此一联胜。庾信(《皇夏》)云:'永韬三尺剑,长卷一戎衣。'杜(《重经昭陵》)云:'风尘三尺剑,社稷一戎衣。'亦胜庾矣。南朝苏子卿梅诗(《梅花落》)云:'只言花是雪,不悟有香来。'介

---

① 见蔡义江《宋词三百首全解》。
② 谭复《谭评词辨》,见同上。

甫(《梅花》)云:'遥知不是雪,为有暗香来。'述者不及作者。陆龟蒙(《丁香》)云:'殷勤与解丁香结,从放繁枝散诞春。'介甫(《出定力院作》)云:'殷勤为解丁香结,放出枝头自在春。'作者不及述者。"

今按:"白云岩际出,清月波中上"为何逊诗,见下。

2《诗薮》内编卷四:"子昂(《白帝城怀古》)'古木生云际,孤帆出雾中',即玄晖(《之宣城郡出新林浦向板桥》)'天际识归舟,云中辨江树'也。子美(《宿江边阁》)'薄云岩际宿,孤月浪中翻',即仲言'白云岩际出,清月波中上'也。四语并极精工,卒难优劣。然何、谢古体,入此渐启唐风;陈、杜近体,出此乃更古意。不可不知。"

今按:何逊《入西塞示南府同僚诗》:"薄云岩际出,初月波中上。"

3《唐音癸签》卷十一:"又杜(《绝句二首》其二)'山青花欲燃'出沈约(《早发定山》)'山樱花欲燃'。(《晚登瀼上堂》)'江流静犹涌'出阴铿(《和傅郎岁暮还湘州》)'大江静犹浪'。(《陪柏中丞观宴将士》其二)'绣段装檐额,金花帖鼓腰'出庾信(《和赵王看伎》)'细缕缠钟格,圆花钉鼓床'。(《小寒食舟中作》)'春水船如天上坐,老年花似雾中看',出沈佺期(《钓竿篇》)'人如天上坐,鱼似镜中悬'。沈复出陈释慧标(《咏水》)'舟如空里泛,人似镜中行'。冰蓝递有从来。"

4《唐音癸签》卷十一:"戴叔伦(《除夜宿石头驿》):'一年将尽夜,万里未归人。'按:戴句原出梁简文'一年夜将尽,万里人未归',但颠倒用之,字无一易。"

今按:《先秦汉魏晋南北朝诗》作梁武帝《子夜四时歌冬歌四

首》之四:"一年漏将尽。万里人未归。"

这样的例子还可以举出一些:

5 秦观《满庭芳·山抹微云》:"销魂。当此际,香囊暗解,罗带轻分。谩赢得、青楼薄幸名存。"

今按:杜牧《遣怀》:"落魄江南载酒行,楚腰肠断掌中轻。十年一觉扬州梦,赢得青楼薄幸名。"

这是引杜牧诗,并根据词谱,在前后各加一字,而且把中间顿开。在宋词中像这样引唐诗的有不少,就不一一列举了。

6 叶绍翁《游园不值》:"应怜屐齿印苍苔,小扣柴扉久不开。春色满园关不住,一枝红杏出墙来。"

今按:钱锺书《宋诗选注》:"这是古今传诵的名句,其实脱胎于陆游《剑南诗稿》卷十八《马上作》:'平桥小陌雨初收,淡日穿云翠霭浮。杨柳不遮春色断,一枝红杏出墙头。'不过第三句写得比陆游的新警。……这种景色,唐人也曾描写,例如……吴融《途中见杏花》:'一枝红杏出墙头,墙外行人正独愁。'"

上述诸例,都只是把前人的诗句改几个字,这算不算诗人的艺术创造呢?这就要看改得好不好了。上述例句的改动,大部分是像《西清诗话》所说的"因旧而益妍"。此言见《苕溪渔隐丛话》前集卷七所引43,具体是对杜甫"薄云岩际宿,孤月浪中翻"和何逊"白云岩际出,清月波中上"比较。确实,杜甫的诗句比何逊的诗句好,好就好在所改的两个字"宿"和"翻"。《诚斋诗话》说:"'出''上'二字胜矣。"他把优劣颠倒了。我们先看看杜甫诗和何逊诗的全文:

7 何逊《入西塞示南府同僚诗》:"露清晓风冷,天曙江晃爽。薄云岩际出,初月波中上。黯黯连嶂阴,骚骚急沫响。回楂急碍浪,群飞争戏广。伊余本羁客,重暌复心赏。望乡虽一路,怀归成二想。在昔爱名山,自知欢独往。情游乃落魄,得性随怡养。年事以蹉跎,生平任浩荡。方还让夷路,谁知羡鱼网。"

8 杜甫《宿江边阁》:"暝色延山径,高斋次水门。薄云岩际宿,孤月浪中翻。鹳鹤追飞静,豺狼得食喧。不眠忧战伐,无力正乾坤。"

仇注:"何仲言诗,尚在实处摹景。此用前人成句,只转换一二字间,便觉点睛欲飞。"

仇兆鳌说得对,何逊诗只是说云从岩际出来,月从波中上来,并没有做进一步的描写。而杜甫用一个"宿"字写出了云在岩际萦绕不散,用一个"翻"字写出了孤月随着波浪在江中翻动。这是很生动的描写。

《唐音癸签》卷十一所引,沈约《早发定山》:"野棠开未落,山樱花(一作'发')欲然。"杜甫《绝句二首》其二:"江碧鸟逾白,山青花欲燃。今春看又过,何日是归年。"沈约诗把"野棠"和"山樱"一起写,写春日山中花之繁,写得不错。杜甫则是以江碧来衬托鸟之白,以山青来衬托花之红(燃),写得更加生机勃勃,色彩绚丽,应该说是青出于蓝。

《唐音癸签》卷十一所引,"一年夜将尽,万里人未归",这是主谓句;"一年将尽夜,万里未归人",这是名词语。前者是一个叙述:一年即将过去,但人在万里外,尚未归去。后者的蕴含更丰富,"一年将尽夜"可以使人想象此夜的多种情况:思量岁月,思念家人等;"万里未归人"可以使人想象此人的多种情况:客舍孤寂,处境坎壈等。

当然,也有改了字但并没有增加诗意的。如:

9《诚斋诗话》:"山谷集中有绝句云:'草色青青柳色黄,桃花零乱杏花香。春风不解吹愁去,春日偏能惹恨长。'此唐人贾至诗也,特改五字耳。"(原注:贾云:"桃花历乱李花香",又"不为吹愁惹梦长"。)

今按:《全唐诗》二三五卷,贾至《春思二首》其一:"草色青青柳色黄,桃花历乱李花香。东风不为吹愁去,春日偏能惹恨长。"

黄庭坚诗,《全宋诗》卷九九六作《题小景扇》:"草色青青柳色黄,桃花零落杏花香。春风不解吹愁却,春日偏能惹恨长。"

以今《全唐诗》中的贾至诗和今《全宋诗》中的黄庭坚诗相比,并无实质性的差别;若以《诚斋诗话》所引的两诗相比,则改动不止五字,而且也未见得改动后好在哪里。这样的改动是不应当肯定的。黄庭坚有一套"脱胎换骨""点化"的理论,这对诗词创作没有积极作用。韩愈《南阳樊绍述墓志铭》:"惟古于词必己出,降而不能乃剽贼。"韩愈的话是对的。

说到抄袭,有一段著名的公案:

10 司马光《温公续诗话》:"惠崇诗有'剑静龙归匣,旗闲虎绕竿'。其尤自负者有'河分冈势断,春入烧痕青'。时人或有讥其犯古者,嘲之:'河分冈势司空曙,春入烧痕刘长卿。不是师兄多犯古,古人诗句犯师兄。'"

今按:惠崇《访扬云师淮上别墅》:"地近得频到,相携向野亭。河分冈势断,春入烧痕青。望久人收钓,吟余鹤振翎。不愁归路晚,明月上前汀。"

《鹤林玉露》卷九为之辩护:"诗犯古人(赵)紫芝又有诗云:'野水多于地,春山半是云。'世尤以为佳。然余读《文苑英华》所载唐诗,两句皆有之,但不作一处耳。唐僧诗云:'河分冈势断,春入烧痕青。'有僧嘲其蹈袭云:'河分冈势司空曙,春入烧痕刘长卿。不是师兄偷古句,古人诗句犯师兄。'此虽戏言,理实如此。作诗者岂故欲窃古人之语以为己语哉。景意所触,自有偶然而同者。盖自开辟以至于今,只是如此风花雪月,只是如此人情物态。"

王士禛《带经堂诗话》卷二十也说:"若'河分冈势断,春入烧痕青'自是佳句,而轻薄子有'司空曙、刘长卿'之嘲,非笃论也。"

今《全唐诗》《全唐诗补编》均不载司空曙"河分冈势断"之句和刘长卿"春入烧痕青"之句。但《苕溪渔隐丛话后集》卷十三:"《复斋漫录》云:乐天以诗谒顾况,况喜其咸阳原上草云:'野火烧不尽,春风吹又生。'予以为不若刘长卿'春入烧痕青'之句,语简而意尽。"据此,刘长卿应有此句。

看来,说惠崇诗"河分冈势断,春入烧痕青"系抄袭,尚需斟酌。

## 三 用其意

(1)《诗人玉屑》卷八有一节的小标题是"用其意",所举的事例不说明问题,所以不引用,而改用别的例子。

蔡正孙《诗林广记·后集》卷六有一段话:"陈后山《示三子》:'(序云:时三子归自外家。)去远即相忘,归近不可忍。儿女已在眼,眉目略不省。喜极不得语,泪尽方一哂。了知不是梦,忽忽心未稳。'谢叠山云:'杜子美乱后见妻子诗云:"夜阑更秉烛,相对如梦寐。"辞情绝妙,无以加之。晏词窃其意云:"今宵剩把银釭照,犹恐相逢是梦中。"周词反其意云:"夜永有时分明,枕上觑着孜孜地。烛暗时酒醒,元来又是梦里。"皆不如后山祖杜工部之意,着一转语"了知不是梦,忽忽心未稳"意味悠长,可与杜工部争衡也。'"[①]

---

[①] 蔡正孙是宋末元初人,是谢枋得(字叠山)的门人。这段话引谢枋得对几首诗的评论。

"陈后山"即陈师道,是北宋的诗人。他因家贫,把三个儿子放到岳父家,不能相见。后来三子归来,见到久别的儿子,他写了这首诗。谢枋得拿这首诗和杜甫、晏几道、周邦彦(实际上是柳永)的诗词比较,说了这一番话。

我们先看杜甫、晏几道、柳永的诗词:

　　1 杜甫《羌村三首》之一:"峥嵘赤云西,日脚下平地。柴门鸟雀噪,归客千里至。妻孥怪我在,惊定还拭泪。世乱遭飘荡,生还偶然遂。邻人满墙头,感叹亦歔欷。夜阑更秉烛,相对如梦寐!"

　　2 晏几道《鹧鸪天》:"彩袖殷勤捧玉钟。当年拚却醉颜红。舞低杨柳楼心月,歌尽桃花扇影风。　　从别后,忆相逢。几回魂梦与君同。今宵剩把银釭照,犹恐相逢是梦中。"

　　3 柳永《十二时·秋夜》:"晚晴初,淡烟笼月,风透蟾光如洗。觉翠帐,凉生秋思。渐入微寒天气。败叶敲窗,西风满院,睡不成还起。更漏咽、滴破忧心,万感并生,都在离人愁耳。　　天怎知、当时一句,做得十分萦系。夜永有时,分明枕上,觑着孜孜地。烛暗时酒醒,元来又是梦里。　　睡觉来、披衣独坐,万种无憀情意。怎得伊来,重谐云雨,再整余香被。祝告天发愿,从今永无抛弃。"(一曰周邦彦作)

确实,杜甫在安史之乱中从长安逃出,历尽艰辛回到羌村和妻子儿女团聚,诗中写了久别重逢时的激动心情,"夜阑更秉烛,相对如梦寐"是很传神的描写。晏几道的词意思和杜诗相仿,但晏词的描写比杜诗更细腻,所以不能说是"窃其意",可以说是"用其意",而且还有自己的发展。柳永的词确是"反其意",杜诗和晏词说见到了却怀疑是梦,柳词说分明相见了,却原来是梦。陈师道说见了面明知不是梦,但仍然"忽忽心未稳",正是"祖杜工部"而别出新意。这是一个诗词继承和发展的很好的例子。

(2)后人的诗词和前人作品"同其意",这是有的。最典型的例子是唐宋诗人写的《桃源行》。

1 王维《桃源行》:"渔舟逐水爱山春,两岸桃花夹去津。坐看红树不知远,行尽青溪不见人。山口潜行始隈隩,山开旷望旋平陆。遥看一处攒云树,近入千家散花竹。樵客初传汉姓名,居人未改秦衣服。居人共住武陵源,还从物外起田园。月明松下房栊静,日出云中鸡犬喧。惊闻俗客争来集,竞引还家问都邑。平明闾巷扫花开,薄暮渔樵乘水入。初因避地去人间,及至成仙遂不还。峡里谁知有人事,世中遥望空云山。不疑灵境难闻见,尘心未尽思乡县。出洞无论隔山水,辞家终拟长游衍。自谓经过旧不迷,安知峰壑今来变。当时只记入山深,青溪几曲到云林。春来遍是桃花水,不辨仙源何处寻。"

2 刘禹锡《桃源行》:"渔舟何招招,浮在武陵水。拖纶掷饵信流去,误入桃源行数里。清源寻尽花绵绵,踏花觅径至洞前。洞门苍黑烟雾生,暗行数步逢虚明。俗人毛骨惊仙子,争来致词何至此。须臾皆破冰雪颜,笑言委曲问人间。因嗟隐身来种玉,不知人世如风烛。筵羞石髓劝客餐,灯爇松脂留客宿。鸡声犬声遥相闻,晓色葱笼开五云。渔人振衣起出户,满庭无路花纷纷。翻然恐失乡县处,一息不肯桃源住。桃花满溪水似镜,尘心如垢洗不去。仙家一出寻无踪,至今流水山重重。"

3 王安石《桃源行》:"望夷宫中鹿为马,秦人半死长城下。避时不独商山翁,亦有桃源种桃者。此来种桃经几春,采花食实枝为薪。儿孙生长与世隔,虽有父子无君臣。渔郎漾舟迷远近,花间相见因相问。世上那知古有秦,山中岂料今为晋。闻道长安吹战尘,春风回首一沾巾。重华一去宁复得,天下纷纷经几秦。"

(韩愈有《桃源图》诗,今不录。)

这几首诗都是根据陶渊明《桃花源记》而作的,不能改变《桃花源记》的大意,但必须有自己的创新。王维的诗是最接近《桃花源记》的,所改变的是把桃花源中人写成了仙人。他的创新之处是用诗的语言描写了桃源中的生活,而且写得很美:"月明松下房栊静,日出云中鸡犬喧。""平明闾巷扫花开,薄暮渔樵乘水入。"这几句完全是唐诗的格调,如果抽出来单独成诗,也是唐诗中的上乘之作。刘禹锡的诗写了渔人进出桃源的过程,但对洞口的描写让人恐惧:"洞门苍黑烟雾生,暗行数步逢虚明。"王安石的诗从秦末乱世写起,先写了桃源人的生活,到诗的后半才写渔人进入桃花源,而且没有写桃源中的情境,着重写的是世事的变易和纷乱。刘、王二人做这样的改变是必需的:他们不可能把诗写得和王维一样。但从诗歌的语言艺术来看,他们的诗值得称道的地方并不多。

不只是诗,在词中也有写桃源的。如:

4 秦观《点绛唇》:"醉漾轻舟,信流引到花深处。尘缘相误。无计花间住。　烟水茫茫,千里斜阳暮。山无数,乱红如雨,不记来时路。"

这是一首很优美的词。上阕用简练的笔墨写了入桃花源和出桃花源,但桃花源中的事全未写及;下阕对出来后的景物做了描绘,是一幅残春日暮之景,末句"不记来时路"和上阕的"尘缘相误"照应,包含了作者深沉的感慨。这是以桃源为题的全新的艺术创造。

(3)唐宋诗词中还有一些作品是檃栝前人之作。如周邦彦的《西河·金陵》就是檃栝刘禹锡写金陵的两首诗：

1 刘禹锡《金陵五题·石头城》："山围故国周遭在,潮打空城寂寞回。淮水东边旧时月,夜深还过女墙来。"

2 刘禹锡《金陵五题·乌衣巷》："朱雀桥边野草花,乌衣巷口夕阳斜。旧时王谢堂前燕,飞入寻常百姓家。"

3 周邦彦《西河·金陵》："佳丽地。南朝盛事谁记。山围故国绕清江,髻鬟对起。怒涛寂寞打孤城,风樯遥度天际。　　断崖树,犹倒倚。莫愁艇子曾系。空余旧迹郁苍苍,雾沉半垒。夜深月过女墙来,伤心东望淮水。　　酒旗戏鼓甚处市。想依稀、王谢邻里。燕子不知何世；入寻常、巷陌人家,相对如说兴亡,斜阳里。"

周邦彦这首词把两首诗的内容融合成一首词,是相当不容易的。这首词绝不是简单的抄袭点化,而是自己的艺术创造。如"山围故国绕清江,髻鬟对起。怒涛寂寞打孤城,风樯遥度天际",这几句是由"山围故国周遭在,潮打空城寂寞回"引发出来的生动的描写。"想依稀……斜阳里"几句更是对刘禹锡诗加以发挥,表达了自己深沉的感慨。

## 四　用其句律而不用其句意

(1)唐宋诗词对前人作品的继承和发展还有一种情况:用其句律而不用其句意。

1《诚斋诗话》："庾信《月》诗云：'渡河光不湿。'杜（《月》）云：'入河蟾不没。'唐人云：'因过竹院逢僧语,又得浮生半日闲。'坡(《鹧鸪天·林断山明》)云:'殷勤昨夜三更雨,又得浮生一日凉。'杜《梦李白》云:'落月满屋梁,犹疑照颜色。'山谷《簟》诗云:'落日映江波,依稀比颜色。'退之(《宿龙官滩》)云:'如何连晓语,只是说家乡。'吕居仁(《夜雨》)云:'如何今夜雨,只是滴芭蕉。'此皆用古人句律而不用其句意。"

2《苕溪渔隐丛话》前集卷十:"天街小雨润如酥,草色遥看近却无。最是一年春好处,绝胜烟柳满皇都。"此退之《早春》诗也。"荷尽已无擎雨盖,菊残惟有傲霜枝。一年好处君须记,正是橙黄橘绿时。"此子瞻《初冬》诗也。二诗意思颇同而词殊,皆曲尽其妙。

3《唐音癸签》卷十一:白居易(《题州北路傍老柳树》):"但见半衰当此路,不知初种是何人。"罗隐《长明灯》:"不知初点人何在,只见当年火至今。"用法一顺一倒不同。刘长卿《余干旅舍》:"摇落暮天迥,青枫霜叶稀。孤城向水闭,独鸟背人飞。渡口月初上,邻家渔未归。乡心正欲绝,何处捣寒衣。"张籍《宿江上馆》:"楚驿南渡口,夜深来客稀。月明见潮上,江静觉鸥飞。旅宿今已远,此行殊未归。离家久无信,又听捣寒衣。"两诗韵同,而意调亦同。

(2)这里说的是两种情况。

一是构思相同而造句不同。如庾信的"渡河光不湿"和杜甫的"入河蟾不没"意思是一样的。韩愈《早春》和苏轼《初冬》都是对景物变化的细致观察,但他们的语句不同。这样的例子还有:

1杜甫《戏题画山水图歌》:"焉得并州快剪刀,翦取吴松半江水。"

2李贺《罗浮山人与葛篇》:"欲剪箱中一尺天,吴娥莫道吴刀涩。"

3 杨万里《泊平江百花洲》："吴中好处是苏州,却为王程得胜游。半世三江五湖棹,十年四泊百花洲。岸傍杨柳都相识,眼底云山苦见留。莫怨孤舟无定处,此身自是一孤舟。"

4 真山民《泊舟严滩》："天色微茫入暝钟,严陵湍上系孤篷。水禽与我共明月,芦叶为谁吟晚风。隔浦人家渔火外,满江秋思笛声中。云开休望飞鸿影,身亦天涯一断鸿。"

杜甫和李贺诗都是欲剪取山水,杨万里和真山民诗都是看了孤舟或孤雁后说自己就是孤舟或孤雁。

一是内容不同而句式相同。如杜甫《梦李白》诗和黄庭坚《簟》诗,内容不同,但句式都是"落×……,犹疑(依稀)×颜色"。韩愈诗和吕居仁诗内容毫不相干,但句式都是"如何……,只是……"。这样的例子还有:

5 李白《独漉篇》："独漉水中泥,水浊不见月。不见月尚可,水深行人没。"

6 黄庭坚《题竹石牧牛图》："石吾甚爱之,勿遣牛砺角。牛砺角尚可,牛斗残我竹。"

这两首诗都用"……尚可,……"的句式。

7 柳宗元《与浩初上人同看山寄京华亲故》："海畔尖山似剑铓,秋来处处割愁肠。若为化得身千亿,散上峰头望故乡。"

8 陆游《梅花绝句》："闻道梅花坼晓风,雪堆遍满四山中。何方可化身千亿?一树梅花一放翁。"

这两首诗都说"化身千亿"。

9 杜牧《遣怀》："十年一觉扬州梦,赢得青楼薄幸名。"

10 张耒《吊连昌》："兴亡一觉繁华梦,只有山川似旧年。"

这两首诗都用"一觉××梦,赢得/只有……"的句式。

(3)还有的诗,一句用前代某一人之句,另一句用前代另一人之意。如:

范晞文《对床夜语》卷四:诗人发兴造语,往往不约而合。如"雨中山果落,灯下草虫鸣",王维也。"树初黄叶日,人欲白头时",乐天也。司空曙有云:"'雨中黄叶树,灯下白头人'句法王而意参白,然诗家不以为袭也。"(《历代诗话续编》)

这里所引的王维诗是《秋夜独坐》,白居易诗是《途中感秋》,司空曙诗是《喜外弟卢纶见宿》。正如范晞文所说,司空曙诗与王维诗、白居易诗是"不约而合",并不是有意模仿。但这也说明诗词创作中的继承关系。

## 五 同一情景的表达

在唐宋诗词中,有不少相同的情景,而在诗词中有不同的表达,从中可以看到继承和发展。如:

(1)蜡烛垂泪

1 白居易《夜宴惜别》:"筝怨朱弦从此断,烛啼红泪为谁流。"

2 杜牧《赠别》:"蜡烛有心还惜别,替人垂泪到天明。"

3 晏殊《撼庭秋·别来音信千里》:"念兰堂红烛,心长焰短,向人垂泪。"

4 晏几道《蝶恋花·醉别西楼》:"红烛自怜无好计,夜寒空替人垂泪。"

5 陈允平《虞美人·春衫薄薄》:"金虬闲暖麝檀煤。银烛替人垂泪、共心灰。"

白居易的诗在写离别的场合写了烛啼泪,而且说"为谁流",已经把烛拟人化了,并把它和离别联系起来。杜牧的诗更进一层,明确说到"替人垂泪"。在宋词中,晏殊词写红烛"向人垂泪",而写蜡烛替人垂泪的更多,如上面引的晏几道、陈允平的词。

(2)舟船载愁

1 郑文宝《柳枝词》:"亭亭画舸系春潭,直待行人酒半酣。不管烟波与风雨,载将离恨过江南。"

2 苏轼《虞美人·波声拍枕》:"无情汴水自东流。只载一船离恨、向西州。"

3 贺铸《菩萨蛮·彩舟载得》:"彩舟载得离愁动,无端更借樵风送。"

4 周邦彦《尉迟杯·离恨》:"无情画舸,都不管、烟波隔南浦。等行人醉拥重衾,载将离恨归去。"

5 李清照《武陵春·风住尘香》:"只恐双溪舴艋舟。载不动、许多愁。"

6 陈与义《虞美人·大光祖席》:"明朝酒醒大江流,满载一船离恨向衡州。"

7 辛弃疾《水调歌头·落日古城角》:"明夜扁舟去,和月载离愁。"

8 张炎《绮罗香·万里飞霜》:"正船舣、流水孤村,似花绕、斜阳归路。甚荒沟、一片凄凉,载情不去载愁去。"

舟船载愁最早在郑文宝诗中出现,后来在宋词中屡次出现。苏轼词说船载离恨。李清照说"载不动、许多愁",贺铸说"载得离愁动",而且"更借樵风送",似乎两人说的相反,但都是把"愁"当作

275

可用船载之物。陈与义词和辛弃疾词都说舟船载愁去,张炎词则说沟中红叶载愁不载情。

(3)望归舟

1 谢朓《之宣城出新林浦向板桥》:"天际识归舟,云中辨江树。"

2 温庭筠《望江南·梳洗罢》:"梳洗罢,独倚望江楼。过尽千帆皆不是,斜晖脉脉水悠悠。肠断白蘋洲。"

3 柳永《八声甘州·对潇潇》:"想佳人、妆楼颙望,误几回、天际识归舟。"

4 张元干《满江红·春水迷天》:"想小楼、终日望归舟,人如削。"

5 赵长卿《虞美人·江乡对景》:"目断征帆,犹未识归舟。"

6 吴潜《满江红·己未四月》:"怕转头、天际望归舟,江山隔。"

7 蒋捷《木兰花慢·冰》:"只恐东风未转,误人日望归舟。"

识归舟的形象是首先在谢朓诗中出现,温庭筠词写得比较含蓄,没有直接说"识(望)归舟",但已充分表达出女子盼望情人归来的心情,以及她的失望和惆怅。柳永的词写得比较具体,把佳人的"望"和望的结果"误",都写出来了,构成一个完整的场景。这个形象在宋词中多次出现。

(4)天在水

1 李白《东鲁门泛舟》:"日落沙明天倒开,波摇石动水萦回。"

2 贾岛《过海联句》:"棹穿波底月,船压水中天。"

3 陆游《海中醉题时雷雨初霁天水相接也》:"浪蹴半空白,天浮无尽青。"

4 欧阳修《采桑子·画船载酒》:"行云却在行舟下,空水澄鲜。俯仰留连。疑是湖中别有天。"

5 张元干《念奴娇·寒绡素壁》:"明镜池开秋水净,冷浸一天空翠。"

在泛舟的时候,如果天气晴朗,水面清澈,就会看到,似乎天在水面上。这种感觉,在唐宋诗词中多次写到。欧阳修写得最充分。李白没有直接说天在水下,但"天倒开"就是水在上,天在下。贾岛的两句诗把这种感觉写成了棹和船的动作,也很形象。陆游用一"浮"字,写天在水面上。张元干的词没有写泛舟,写的是在水边的感觉。

有的诗没有写水和天,但写了月映水中,上下有两个月:

6 苏舜钦《中秋夜吴江亭上对月》:"江平万顷正碧色,上下清澈双璧浮。"

7 苏轼《与毛令方尉游西菩提寺二首》其二:"白云自占东西岭,明月谁分上下池。"

## 六　用典

唐宋诗词中经常用典,这是继承前人诗文的一个重要方面。用典涉及的问题很多,这里只能举例性地谈一谈。

(一) 有些句子,如果不知道用典,大致也能读懂;如果知道了用典,可以理解得更深。

1 张九龄《望月怀远》:"海上生明月,天涯共此时。情人怨遥夜,竟夕起相思。灭烛怜光满,披衣觉露滋。不堪盈手赠,还寝梦佳期。"

出于陆机《拟明月何皎皎》:"安寝北堂上,明月入我牖。照之有余辉,揽之不盈手。"

2 李白《秋下荆门》:"霜落荆门江树空,布帆无恙挂秋风。此行不为鲈鱼鲙,自爱名山入剡中。"

出于《晋书·顾恺之传》:"恺之与仲堪笺曰:'……行人安稳,布帆无恙。'"《世说新语·识鉴》:"张季鹰辟齐王东曹掾,在洛见秋风起,因思吴中菰菜羹、鲈鱼脍,曰:'人生贵得适意尔,何能羁宦数千里以要名爵!'"

3 李商隐《无题二首》其一:"斑骓只系垂杨岸,何处西南任好风。"

出于曹植《七哀》:"愿为西南风,长逝入君怀。"

4 苏轼《水调歌头·丙辰中秋》:"不应有恨,何事长向别时圆。"

出于石延年(字曼卿)句:"月如无恨月长圆。"

例1,用的是陆机写月光"揽之不盈手"之典。对月光做了很好的描写,从中也可以看出唐诗对六朝诗的继承关系。

例2,李白用顾恺之典,包含了"行人安稳,布帆无恙"之意;用张翰(季鹰)之典,表示不是因为避时局之危,更不是为贪菰菜羹、鲈鱼脍之味,而是为了爱美景而入剡中。

例3,看了典故才能知道,李商隐诗的意思不是等待刮西南风,而是指希望能入情人之怀中。

例4,这是广为传诵的名句。但一般都不清楚其用典,所以只把句子理解为"月儿是不应该有恨的"。为什么平白无故地说"不应有恨"呢?月儿的"恨"又是什么?则没有很清楚地回答。这就必须知道宋代石延年的一个句子:"月如无恨月长圆。"这不是石延年写的诗,是他的一个对子。李贺的诗句"天若有情天亦老",当时以为无人能对,石延年对上这句"月如无恨月长圆"。(见《苕溪渔隐丛话》卷五十三引《迁叟诗话》)石延年这句话的意思是说:月亮如果不是心中有恨(憾事)就会永远是圆的;也就是说,月亮有时缺是因为心中有恨。苏轼就反过来说:月亮不应是有恨而缺的,否则,为什么长在人们离别之时(最有恨之时)反而圆呢?这样就能说清楚了。

(二)有些句子,如果不知道用典,就无法读懂。如:

1 李商隐《骄儿诗》:"文葆未周晬,固已知六七。四岁知名姓,眼不视梨栗。"

出于陶渊明《责子诗》:"雍端年十三,不识六与七;通子垂就龄,但觅梨与栗。"

2 史达祖《东风第一枝·咏春雪》:"行天入镜,做弄出、轻松纤软。"

出于韩愈《春雪》:"入镜鸾窥沼,行天马度桥。遍阶怜可掬,满树戏成摇。"

3 黄庭坚《西江月·老夫既戒酒不饮》:"断送一生惟有,破除万事无过。"

出于韩愈《遣兴》:"断送一生惟有酒,寻思百计不如闲。"《赠郑兵曹》:"杯行到君莫停手,破除万事无过酒。"

4 吴文英《点绛唇·试灯夜初晴》:"卷尽愁云,素娥临夜新梳洗。暗尘不起。酥润凌波地。"

出于韩愈《早春》:"天街小雨润如酥,草色遥看近却无。最是一年春好处,绝胜烟柳满皇都。"曹植《洛神赋》:"凌波微步,罗袜生尘。"

279

例1是用陶渊明的诗来说自己的儿子:不到周岁就识六与七了,到四岁时不看梨与栗。

例2是说雪飘舞于天空,洒落在池面。

例3的前两句都是说酒。不过,这两句类似歇后语,用于文字游戏尚可,写在词里并不优美。

例4"酥润凌波地"用了两个典故:"酥润"指下小雨,"凌波地"指女子行走之地。意思是下了一点儿小雨,在女子行走的路上纤尘不起。

(三)如果把典故当作一般词语读,就会理解错。仅举一例:

1 朱嗣发《摸鱼儿·对西风》(上阕):"对西风、鬓摇烟碧,参差前事流水。紫丝罗带鸳鸯结,的的镜盟钗誓。浑不记、漫手织回文,几度欲心碎。安花著蒂。奈雨覆云翻,情宽分窄,石上玉簪脆。"

这是一首弃妇词,写一个被抛弃的女子。这首词在本书第六章"今昔和人我"引用过,但没有涉及用典的问题。上阕的最后一句"石上玉簪脆",有的注说:"谓愤恨摔碎玉簪。"把这句理解为这个被弃女子的愤恨举动。(《宋词三百首全解》)

其实,这是用典。白居易《井底引银瓶》:"井底引银瓶,银瓶欲上丝绳绝。石上磨玉簪,玉簪欲成中央折。瓶沉簪折知奈何,似妾今朝与君别。"只要把白居易诗引出来,就可以知道上述注释错了。这句不是写女子的愤恨举动,而是女子说自己被抛弃了。

(四)唐宋诗词中的典故涉及面很广,有些典故必须查找有关的工具书。这里再谈两点应当注意的问题:

(1)有些典故是多义的。如:

(A)红泪

《汉语大词典》《全唐诗典故词典》中关于"红泪"都以王嘉《拾遗记》为出处:"文帝所爱美人,姓薛名灵芸,常山人也……灵芸闻别父母,歔欷累日,泪下沾衣。至升车就路之时,以玉唾壶承泪,壶则红色。既发常山,及至京师,壶中泪凝如血。"

但唐宋诗词中,"红泪"有多种用法:

  1 岑参《武威送刘单》:"红泪金烛盘,娇歌艳新妆。"

  2 刘禹锡《和西川李尚书》:"唯见芙蓉含晓露,数行红泪滴清池。"

  3 李贺《蜀国弦》:"谁家红泪客,不忍过瞿塘。"

  4 贺铸《虞美人》:"渭城才唱浥轻尘,无奈两行红泪、湿香巾。"

  5 秦观《沁园春·宿霭迷空》:"微雨后,有桃愁杏怨,红泪淋浪。"

  6 侯寘《玉楼春·市桥灯火》:"归来短烛余红泪,月淡天高梅影细。"

例1和例6,"红泪"指的是红烛之泪。例2和例5指的是花上的露珠或雨点。例3和例4才和《拾遗记》所说的"红泪"有关,指女子伤心之泪。

(B)黄犬

"黄犬"有两个典故。其一,与李斯有关。《史记·李斯列传》:"二世二年七月,具斯五刑,论腰斩咸阳市。斯出狱,与其中子俱执,顾谓其中子曰:'吾欲与若复牵黄犬俱出上蔡东门逐狡兔,岂可得乎!'遂父子相哭,而夷三族。"其二,陆机的一条狗名黄犬,为陆机传递书信。《晋书·陆机传》:"机有骏犬,名曰'黄耳',甚爱之。既而羁寓京师,久无家问,笑语犬曰:'我家绝无书信,汝能赍书取

281

消息不?'犬摇尾作声。机乃为书以竹筒盛之而系其颈,犬寻路南走,遂至其家,得报还洛。其后因以为常。"

唐宋诗词中这两种用法都有。如:

1 刘禹锡《题欹器图》:"秦国功成思税驾,晋臣名遂叹危机。无因上蔡牵黄犬,愿作丹徒一布衣。"

2 苏轼《青玉案·和贺方回韵送伯固归吴中故居》:"三年枕上吴中路。遣黄犬、随君去。"

例1,用的是"黄犬"的第一义。"欹器"是古代一种倾斜易覆的盛水器。水少则倾,中则正,满则覆。"欹器图"是警告人们不要居功自傲。"晋臣"指诸葛长民。他是刘裕的部属,刘裕杀刘毅,他感到危险,怕像李斯一样,不能"上蔡牵黄犬";下一句是他说的话:"贫贱常思富贵,富贵必履机危。今日欲为丹徒布衣,岂可得也!"(见《晋书·诸葛长民传》)

例2,用的是"黄犬"的第二义。词的意思是说:"(你)三年里枕上都想着回吴中故居,现在要回去了,希望能及时给我传书。"

(2)有的典故会以不同形式出现。如:

1 刘禹锡《途次敷水驿伏睹华州舅氏昔日行县题诗处凄然有感》:"昔日股肱守,朱轮兹地游。繁华日已谢,章句此空留。蔓草佳城闭,故林棠树秋。今来重垂泪,不忍过西州。"

2 苏轼《八声甘州·寄参寥子》:"约他年、东还海道,愿谢公、雅志莫相违。西州路,不应回首,为我沾衣。"

3 张炎《月下笛·万里孤云》:"此时心事良苦。只愁重洒西州泪,问杜曲、人家在否。"

上述例句中的"过西州""西州路""西州泪",都是用的同一个典故。《晋书·谢安传》:"安虽受朝寄,然东山之志始末不渝。……雅志未就,遂遇疾笃。……遂还都。闻当舆入西州门,自以本志不遂,深自慨失。……羊昙者,太山人,知名士也,为(谢)安所爱重。安薨后,辍乐弥年,行不由西州路。尝因石头大醉,扶路唱乐,不觉至州门。左右白曰:'此西州门。'昙悲感不已,以马策扣扉,诵曹子建诗曰:'生存华屋处,零落归山丘。'恸哭而去。"羊昙是谢安的外甥。

例1是说,自己不忍看到舅父的行县题诗处。

例2是说,自己希望能实现谢安的雅志,不要让参寥子像羊昙一样为我垂泪。

例3是张炎在宋亡后写的,他在外漂泊,想念故居不忍回去,内心十分痛苦。这里的"西州泪"意义扩大了,指重经旧地时所洒之泪。(张炎《八声甘州·辛卯岁》:"老泪洒西州。"义同。)

(3)有的典故用得很巧。如:

1 苏轼《石苍舒醉墨堂》:"人生识字忧患始,姓名粗记可以休。何用草书夸神速,开卷怳怳令人愁。我尝好之每自笑,君有此病何年瘳。自言其中有<u>至乐</u>,适意无异<u>逍遥游</u>。"

这里的"至乐"是十分快乐,"逍遥游"是逍遥地游乐。但《至乐》和《逍遥游》又是《庄子》的篇名。

有的典故则用得不好,使人觉得生硬。如:

2 黄庭坚《次韵柳通叟寄王文通》:"寄语诸公肯湔祓,<u>割鸡</u>令得近乡关。"

3 杨万里《和仲良春晚即事五首》其五:"我语真雕朽,君诗妙<u>斫泥</u>。"

例2的"割鸡"指做县令。《论语·阳货》:"子之武城,闻弦歌之声。夫子莞尔而笑,曰:'割鸡焉用牛刀?'"当时孔子的弟子子游

283

任武城宰。其实,"割鸡"和做县令差得很远。

例3的"斫泥"指技术高超,用《庄子·徐无鬼》:"郢人垩慢其鼻端若蝇翼,使匠人斫之。匠石运斤成风,听而斫之,尽垩而鼻不伤,郢人立不失容。"把斫垩说成"斫泥",也差得太远。

这些都是读到典故时所应注意的问题。

## 七 翻案

上面几节说的都是对前人诗文的继承和发展。翻案虽是和前人唱反调,但也是一种继承和发展。

古代诗话中说到了"翻案"和"反其意而用之":

《诚斋诗话》:"孔子老子相见倾盖。邹阳云:'倾盖如故。'孙侔与东坡不相识,以诗寄东坡,和云:'与君盖亦不须倾。'刘宽为吏,以蒲为鞭,宽厚至矣。东坡云:'有鞭不使安用蒲?'杜诗云:'忽忆往时秋井塌,古人白骨生苍苔,如何不饮令心哀?'东坡云:'何须更待秋井塌,见人白骨方衔杯?'此皆翻案法也。余友人安福刘浚字景明《重阳》诗云:'不用茱萸子细看,管取明年各强健。'得此法矣。"

《苕溪渔隐丛话》后集卷四:"太白云:'解道澄江净如练,令人还忆谢元晖。'至鲁直则云:'凭谁说与谢元晖,休道澄江净如练。'王文海云:'鸟鸣山更幽。'至介甫则云:'茅檐相对坐终日,一鸟不鸣山更幽。'皆反其意而用之,盖不欲沿袭之耳。"

其实,"翻案"有两种:一是对某种通常见解的翻案,二是对前人诗文的翻案。这两种翻案在唐宋诗词中都很常见。

第一种如:

1 杜甫《兵车行》:"信知生男恶,反是生女好。生女犹得嫁比邻,生男埋没随百草。"

2 张志和《渔父》:"翻嫌四皓曾多事,出为储皇定是非。"

3 杜牧《题乌江亭》:"胜败兵家事不期,包羞忍耻是男儿。江东子弟多才俊,卷土重来未可知。"

4 杜牧《赤壁》:"折戟沈沙铁未销,自将磨洗认前朝。东风不与周郎便,铜雀春深锁二乔。"

5 辛弃疾《江城子·两轮屋角》:"漫道长生学不得,学得后,待如何。"

但这种翻案跟本章所说的继承和发展关系不大,所以不多说。

第二种属于本章讨论的范围。这种翻案,是以前人的诗文为出发点,这是继承;提出和前人诗文相反的看法,这是一种特殊形式的发展。

6 李白《胡无人行》:"胡无人,汉道昌,陛下之寿三千霜。但歌大风云飞扬,安用猛士兮守四方。"

《史记·高祖本纪》:"大风起兮云飞扬,威加海内兮归故乡,安得猛士兮守四方!"李白诗的"陛下"三句,苏辙以为"白诗反用之。……其不识理如此"。(见《栾城第三集》卷八)或以为是后人所增。其实,这是符合李白的反战思想的。

7 杜甫《九日蓝田崔氏庄》:"羞将短发还吹帽,笑倩旁人为正冠。"

8 苏轼《南乡子·霜降水痕收》:"酒力渐消风力软,飕飕。破帽多情却恋头。"

9 刘克庄《贺新郎·九日》:"常恨世人新意少,爱说南朝狂客。把破帽、年年拈出。"

《晋书·孟嘉传》："九月九日,温燕龙山,僚佐毕集。时佐吏并著戎服,有风至,吹嘉帽堕落,嘉不之觉。"例7—例9,都是对孟嘉重九登高风吹落帽的翻案。《诚斋诗话》："孟嘉以落帽为风流,少陵以不落为风流,翻尽古人公案。"历来都把孟嘉事作为美谈,但在这三例中,或说让人正冠,或说帽子不落,或者指出孟嘉事已被用滥。

10 刘禹锡《竹枝词九首》其八："巫峡苍苍烟雨时,清猿啼在最高枝。个里愁人肠自断,由来不是此声悲。"

萧统《锦带书》："闻猿啸而寸寸断肠,听鸟声而双双下泪。""猿鸣断肠"是诗文中常见的描写,刘禹锡则说断肠是由于心中悲伤,与猿鸣无关。

11 柳宗元《梅雨》："素衣今尽化,非为帝京尘。"

陆机《为顾彦先赠妇诗》："京洛多风尘,素衣化为缁。"陆机的诗常被人引用,说明京洛官场的污浊。柳宗元诗是被贬柳州时所作,感慨久处岭南,梅雨季节素衣尽化,不是由于京洛风尘。

12 李商隐《咏史》："北湖南埭水漫漫,一片降旗百尺竿。三百年间同晓梦,钟山何处有龙盘?"

王勃《江宁吴少府宅饯宴序》："蒋山南望,长江北流。伍胥用而三吴盛,孙权困而九州裂。遗墟旧壤,数万里之皇城;虎踞龙盘,三百年之帝国。"历来都认为金陵虎踞龙盘,是帝王之都。但李商隐说,六朝相继灭亡,"三百年间同晓梦",哪里有什么虎踞龙盘之势?

13 陆龟蒙《秋思三首》其三："未得同斋杵,何时减药囊。莫言天帝醉,秦暴不灵长。"

李商隐《咸阳》："咸阳宫阙郁嵯峨,六国楼台艳绮罗。自是当时天帝醉,不关秦地有山河。"张衡《西京赋》:"昔者大帝说秦缪公而觐之,飨以钧天广乐。帝有醉焉,乃为金策,锡用此土,而剪诸鹑首。是时也,并为强国者有六,然而四海同宅西秦,岂不诡哉?"陆龟蒙诗是对李商隐诗的翻案。李商隐诗本身已是翻案,说秦灭六国不是由于秦关百二,有山河之险,而是由于天帝醉了。他的说法是根据张衡的《西京赋》。而陆龟蒙诗对李商隐和张衡的"天帝醉"都予以否定,因为秦的暴政并不久长,可见并未得到天佑。

14 唐彦谦《仲山(汉高祖兄刘仲葬此)》:"千载遗踪寄薜萝,沛中乡里旧山河。长陵亦是闲丘陇,异日谁知与仲多?"

《史记·高祖本纪》:"始大人常以臣无赖,不能治产业,不如仲力。今某之业所就孰与仲多?"《史记》上说,刘邦取天下之后,很得意地对他父亲说:"今某之业所就孰与仲多?"这件事大家都知道。晚唐诗人唐彦谦拿刘仲的墓和刘邦的墓(长陵)比较,说:谁的产业更多呢？这是很冷峻的讽刺,人死以后,天子和平民一样!

15 陆游《黄州》:"局促常悲类楚囚,迁流还叹学齐优。江声不尽英雄恨,天意无私草木秋。万里羁愁添白发,一帆寒日过黄州。君看赤壁终陈迹,生子何须似仲谋。"

《三国志·吴书·吴主孙权》:"曹公攻濡须。权与相拒月余,曹公望权军,叹其齐肃,乃退。"裴注引《吴历》:"公见舟船、器仗、军伍整肃,喟然叹曰:'生子当如孙仲谋。刘景升儿子,若豚犬耳。'"这个典故,后代作家很喜欢引用。如辛弃疾《南乡子·登京口北固亭有怀》:"天下英雄谁敌手？曹刘。生子当如孙仲谋。"但陆游诗是翻案,说当初的赤壁英雄俱为陈迹,似仲谋和不似仲谋都一样。

16 辛弃疾《满江红·敲碎离愁》:"芳草不迷行客路,垂杨只碍离人目。"

王维《送别》："山中相送罢，日暮掩柴扉。春草明年绿，王孙归不归。"

灵一《留别忠州故人》："一身无定处，万里独销魂。芳草迷归路，春流滴泪痕。"

苏轼《桃源忆故人·暮春》："楼上望春归去，芳草迷归路。"

辛弃疾《摸鱼儿·淳熙己亥》："见说道、天涯芳草迷归路。"

在唐宋诗词中，"芳草迷归路"是很常见的说法，辛弃疾自己的词里也这样说。他的"芳草不迷行客路"是对此的翻案，这首《满江红》词，是写一个女子盼望情人归来，所以说"不迷行客路"。

17 吴文英《过秦楼·芙蓉》："能（原注：去声）西风老尽，羞趁东风嫁与。"

韩偓《寄恨》："死恨物情难会处，莲花不肯嫁春风。"

贺铸《踏莎行·杨柳回塘》："当年不肯嫁春风，无端却被秋风误。"

范成大《菩萨蛮·木芙蓉》："冰明玉润天然色，凄凉拼作西风客。不肯嫁东风，殷勤霜露中。"

这几首诗词都是咏荷花（范成大词咏木芙蓉，但寓意相同）。桃杏是春天开花，所以是"嫁春（东）风"；荷花是夏天开花，所以是"不肯嫁春（东）风"。在这一点上，几首诗词是一样的。三首宋词都以"秋（西）风"和"春（东）风"比较，但意思不同。贺铸是说荷花当初不肯嫁春风，没想到现在却被秋风误，这是写荷花不肯趋时而遭冷落的幽怨；吴文英是说荷花宁愿在西风中老尽，也羞于嫁东风，这是写荷花的坚贞。吴文英词和范成大词意思相近，而对贺铸词则是翻案。

18 张炎《八声甘州·辛卯岁》:"一字无题处,落叶都愁。"

19 张炎《渡江云·次赵元父韵》:"惟只有、叶题堪寄,流不到天涯。"

《唐诗纪事》卷七十八:"天宝末,宫娥衰悴,不愿备宫掖。有落叶题诗随御水而流,云:'旧宠悲秋扇,新恩寄早春。聊题一红叶,将寄接流人。'顾况闻而和之,云:'愁见莺啼柳絮飞,上阳宫女断肠时。君恩不禁东流水,叶上题诗寄与谁?'既达宸聪,由是遣出禁中者不少,或有五使之号焉。宣宗朝又有题红叶随流者,为卢渥得之。诗曰:'水流何太急,深宫尽日闲。殷勤谢红叶,好去到人间。'"

晏几道《诉衷情·凭觞静忆》:"凭觞静忆去年秋,桐落故溪头。诗成自写红叶,和恨寄东流。"

秦观《兰陵王·雨初歇》:"御沟曾解流红叶。待何日重见,霓裳听彻。"

落叶题诗,在宋词中多处写到,如上引晏几道和秦观词。张炎词两处写到,一次说无处题写,一次说题叶流不到天涯,都是翻案。可见对同一事的翻案也有不同的写法。

唐宋诗词对以前诗歌的继承和发展是个大题目,本章只做了举例性的讨论,这个大题目是还需要深入研究的。

# 参考文献

蔡义江解:《宋词三百首全解》(第二版),复旦大学出版社,2009。
曹逢甫:《唐宋近体诗三论》,中研院语言所,2005。
陈伯海主编:《唐诗汇评》,浙江教育出版社,1995。
陈铁民:《王维集校注》,中华书局,1997。
陈铁民、侯忠义校注:《岑参集校注》,上海古籍出版社,1981。
程千帆选编:《宋诗精选》,凤凰出版社,2018。
丁福保辑:《历代诗话续编》,中华书局,1983。
丁福保辑:《清诗话》,上海古籍出版社,1963。
高友工、梅祖麟:《唐诗的魅力》,上海古籍出版社,1988。
郭绍虞编选:《清诗话续编》,上海古籍出版社,1983。
何文焕辑:《历代诗话》,中华书局,1961。
胡应麟:《诗薮》,上海古籍出版社,1958。
胡震亨:《唐音癸签》,中华书局,1962。
胡　仔:《苕溪渔隐丛话》,人民文学出版社,1962。
蒋绍愚:《唐诗语言研究》,中州古籍出版社,1990。
刘学锴、余恕诚著:《李商隐诗歌集解》,中华书局,1988。
缪钺等:《宋诗鉴赏辞典》,上海辞书出版社,2015。
钱锺书:《宋诗选注》(第二版),人民文学出版社,1989。
仇兆鳌:《杜少陵集详注》,北京文学古籍刊行社,1955。
上海辞书出版社文学鉴赏辞典编纂中心编:《唐宋词鉴赏辞典》,上海辞书出版社,2016。
松浦友久:《唐诗语汇意象论》,陈植锷、王晓平译,中华书局,1981/1992。
唐圭璋编:《词话丛编》,中华书局,1986。
唐圭璋主编:《唐宋词鉴赏辞典》,江苏古籍出版社,1986。

王　力:《汉语诗律学》,中华书局,2015。
王嗣奭:《杜臆》,中华书局,1963。
王文诰辑注,孔凡礼点校:《苏轼诗集》,中华书局,1982。
王云路:《汉魏六朝诗歌语言论稿》,陕西人民教育出版社,1998。
王云路:《六朝诗歌语词研究》,黑龙江教育出版社,1999。
王云路:《中古诗歌语言研究》,世界图书出版公司,2014。
魏庆之:《诗人玉屑》,中华书局,1959。
萧涤非等撰写:《唐诗鉴赏辞典》,上海辞书出版社,1983。
萧涤非主编:《杜甫全集校注》,人民文学出版社,2014。
杨　伦:《杜诗镜诠》,中华书局,1962。
袁行霈:《中国诗歌艺术研究》,北京大学出版社,1987。
张璋等编纂:《历代词话》,大象出版社,2002。
中国社会科学院文学研究所选注:《唐诗选》,人民文学出版社,2003。
周振甫:《诗词例话》,中国青年出版社,1982。